本书得到2020年教育部人文社会科学研究青年基金项目
"20世纪中国女作家翻译语言的价值形态与历时演变"
（项目批准号：20YJC740033）资助，特此致谢

20世纪中国女作家翻译语言的
价值形态与历时演变

刘立香　著

厦门大学出版社　国家一级出版社
XIAMEN UNIVERSITY PRESS　全国百佳图书出版单位

图书在版编目（CIP）数据

20世纪中国女作家翻译语言的价值形态与历时演变 /
刘立香著. -- 厦门：厦门大学出版社，2023.7
ISBN 978-7-5615-8799-7

Ⅰ. ①2… Ⅱ. ①刘… Ⅲ. ①文学翻译-研究-中国
Ⅳ. ①I046

中国版本图书馆CIP数据核字(2022)第189685号

出 版 人	郑文礼
责任编辑	王扬帆
美术编辑	李夏凌
技术编辑	许克华

出版发行　厦门大学出版社

社　　址	厦门市软件园二期望海路39号
邮政编码	361008
总　　机	0592-2181111　0592-2181406(传真)
营销中心	0592-2184458　0592-2181365
网　　址	http://www.xmupress.com
邮　　箱	xmup@xmupress.com
印　　刷	厦门市明亮彩印有限公司

开本	720 mm×1 020 mm　1/16
印张	14.75
字数	265 千字
版次	2023 年 7 月第 1 版
印次	2023 年 7 月第 1 次印刷
定价	69.00 元

本书如有印装质量问题请直接寄承印厂调换

厦门大学出版社
微信二维码

厦门大学出版社
微博二维码

序

在开展语料库翻译学研究的道路上，我逐渐认识到，翻译语言具有相对独立的价值体系，但是这一价值体系的形态如何？是否随时代而变？这些问题一直困扰着我。

本人前期的语料库翻译学研究从个案研究入手，对薛绍徽、林徽因、冰心三位闽籍女作家的翻译语言特征进行描述，逐渐形成了翻译语言价值研究的基本思路，于2018年出版了专著《20世纪初至60年代闽籍女作家翻译语言研究——基于语料库的考察》，但是书中所提出的理论框架并不完善，也没有开展多维度比较。本书在前期研究的基础上，从翻译语言价值形态描写个案入手，对陈学昭、张爱玲、冰心、杨绛、三毛等多位女作家的翻译语言进行了语内类比、语际对比、横向和纵向比较，提炼了翻译语言的典型价值形态，并描述了其变化趋势，而且对女作家汉译外翻译语言的共情功能展开了专门探讨。

书中章节多为个案研究，每一节都是相对独立的，具有相对完整的研究框架。根据研究对象和材料特点，本书提炼了翻译语言的典型价值形态，并给出了初步阐释。研究提出的核心观点有：翻译语言往往具有局部创新的倾向，呈现出"杂糅"特征，有较强的文学性，可发挥积极的概念功能、语篇功能和人际功能；翻译语言在微观层面往往呈现出词汇创新和结构复杂化的价值形态，具有独特的价值功能；从历时角度看，翻译语言具有时代痕迹，呈现出从"杂糅"到"融合"的历时变化趋势；从女作家的汉译外语言特征看，女作家对中国文化高度认同，具有深切的读者关怀，其翻译语言的隐喻运用有助于引发读者共情。

2018 年，我的第一个教育部人文社科项目完成后，从 2019 年开始酝酿本书选题，不仅扩大了研究对象的范围，还提出了比较完整的价值描写框架，并于 2020 年在申请教育部人文社科项目后获得立项。两年多时间里，从建设语料库到标注、统计、分析，我一直在努力，经过不断的思考、写作、修改、提炼，写了十几篇论文，汇成了本专著的初稿。

本书是 2020 年教育部人文社会科学研究规划青年基金项目"20 世纪中国女作家翻译语言的价值形态与历时演变"的最终研究成果，部分阶段性成果已经以论文形式发表在学术期刊上。

刘立香

集美大学外国语学院

2023 年 1 月

目　录

引　言

第一节　20 世纪中国女作家翻译语言研究的现状与不足

　　语言是一个纯粹价值的系统(Saussure,2001)[110],任何一个语言单位的价值都来自语言系统,语言成分之间的对立和差异构成了价值。在翻译语境中,翻译语言作为客观存在的语言变体(肖忠华等,2010),往往呈现出异于原生语言的独特性。研究表明,翻译语言虽然依托原生语言的材料,却是具有新的意义和组合能力的价值系统(刘立香等,2012;刘立香,2018)。翻译语言成分的概念及语义关系发生变异,翻译语言的价值形态就会随之变化,对此进行描写和分析,有助于考察翻译语言变体形成的动因,揭示人类在跨文化交际语境中语言使用的本质和规律。本书对 20 世纪中国女作家兼翻译家(以下简称女作家)的关注凸显了时空、性别、双重身份等社会历史因素对翻译语言价值形态的影响。描述女作家翻译语言价值形态的共通之处,可为翻译共性研究提供确凿的语料支持;同时,女作家所处的社会历史语境不同,其翻译语言的价值形态和变化轨迹也有差异,考察翻译语言与历史语境之间的互动,有利于揭示翻译语言价值形态的生成机制。然而,目前对 20 世纪中国女作家翻译语言的价值形态及其演变机制等我们知之甚少,并且缺乏基于大样本的系统研究。因此,迫切需要建立一个 20 世纪中国女作家翻译历时复合语料库,并基于该语料库对女作家的翻译语言进行全面系统的描写、分析和研究,从而揭示翻译语言的价值形态及其变化规律,并挖掘女作家优秀的翻译传统和思想,为当代作家在"海丝"背景下从事中外文化翻译实践提供有效策略。

20 世纪中国涌现出了很多优秀的女作家兼翻译家,如薛绍徽、林徽因、冰心、陈学昭、三毛、张爱玲、杨绛等。其中,冰心自 1955 年至 1965 年先后翻译了来自 8 个国家的 50 多部作品;杨绛自 20 世纪 40 年代开始,翻译了《1939年以来的英国散文选》《小癞子》《吉尔·布拉斯》《堂吉诃德》等作品,每出一书,都成佳作(郑永慧,1985);而在台湾,三毛则翻译了美国丁松青神父的系列作品。她们在特定历史背景下自行担负起传播东西方文化的责任,为我国翻译事业做出了重要贡献。然而,女性翻译家的翻译活动在翻译史和翻译研究中尚未引起足够重视。

目前,国内对女作家的翻译研究关注四个方面:(1)通过整理历史资料,对女作家的生平和翻译事迹及作品进行梳理(林怡,2009;刘泽权,2017;刘泽权等,2018),其中郭延礼(2000,2010,2014)、郭延礼等(2009)对薛绍徽的生平和作品进行了系列介绍;(2)从文本层面,对个别女作家的翻译活动、主体性和翻译风格进行研究,如罗列(2014)、刘立香等(2012)、林佩璇(2005,2016)、刘立香(2018)等;(3)对多位女作家的翻译风格、翻译心境等进行对比研究,如钱少武(2010);(4)通过研究译者作品,挖掘其中的意识形态和哲学思想,如李光泽(2013)、姚继中(2015)、辛红娟等(2018)等。国外涉及女作家翻译研究的文献较少,仅见薛绍徽研究的英文专著 1 部(Qian,2015)。综观女作家的翻译研究成果,广度和深度不断拓展,从列表式陈述逐渐发展为对女作家译作的批评性研究,研究方法也更加多样化。但现有研究尚存在以下不足:

(1)现有研究多使用典型例证分析,极少进行文本整体特征描述,结论是否可靠,需要基于语料库方法进行系统检验和进一步探索;

(2)当前的对比研究只针对少数女作家,考察方式决定了观察范围过窄,亟待在信息技术支持下扩展观察范围,开展跨区域的共时和历时比较研究;

(3)这些女作家是特殊群体:创作和翻译能力兼备,是难得的翻译研究资源,可帮助我们揭示翻译行为背后的动因、翻译语言价值的生成机制、女性翻译的性别意识等,但长期以来这一宝贵资源却未得到充分发掘。

当下的语料库翻译研究侧重于翻译共性和具体语言对翻译语言的词汇、句法、搭配、语义韵等。国内外主要成果见 Baker(1993)、Granger et al.(2007)、Wang et al.(2014)、柯飞(2005)、胡显耀等(2009)、王克非(2012,2016)、胡开宝(2009,2018)、胡开宝等(2015)、秦洪武等(2015)、刘泽权(2016,2017)、胡开宝等(2017)、戴光荣等(2018)。近年语料库翻译学综述和书评增多,提出增加语料加工深度和开展跨学科研究的必要性,见赵秋荣等(2015)、黄立波(2017)、胡开宝(2018)。有鉴于此,本书在基于语料库的语言描写的基

础上,探究不同社会历史语境中女作家翻译语言的价值形态及其生成规律等
问题。

第二节　20 世纪中国女作家翻译语言
研究的内容

　　本书关注 20 世纪中国出现的五位女作家兼翻译家陈学昭、张爱玲、冰心、
杨绛、三毛,对其翻译语言的价值形态特征进行历时和共时、语际和语内的多
维考察。研究目标分三步走:(1)比较分析女作家翻译语言价值形态的异同
点。通过基于语料库的多维比较,概括出女作家翻译语言在词汇、结构、语篇、
修辞等层面的形态特点和变化规律,描述翻译语言成分在概念和语义关系上
的变化。(2)考察女作家翻译语言价值形态的成因。在量化和比较分析的基
础上,考察地域、时代、性别和创作风格等因素对翻译语言价值形态的影响。
(3)构建翻译语言价值论。在描写、分析女作家翻译语言特征的基础上,研究
翻译语言的价值形态特点及其变化机制,论证翻译语言的价值假说。

　　研究从宏观、中观和微观三个层次展开:宏观概述女作家翻译的背景、过
程、产品及社会影响;中观比较女作家的翻译选材、目的、方式和传播途径;微
观层面利用历时复合语料库,探索翻译语言概念及其语义关系的异同点,结合
描述翻译学(Toury,1980,2012)等理论阐释机制,总结翻译语言的价值形态
特征和生成规律。重点考察以下问题:

　　(1)翻译语言的价值形态:翻译语言的价值形态变化体现在其语言成分概
念及其语义关系的变化上。我们从语内类比的角度,以关键词、典型词汇、话
语标记、结构容量等为切入点,考察女作家翻译语言在整体和局部两个层面的
价值形态变化:

　　①描述翻译语言的整体形态变化,观察翻译异于创作的突出表现。重点
考察翻译语言在结构容量、语篇构建等结构层面的特点。以冰心翻译和创作
的"介宾"封闭结构为例,在介宾结构使用上,冰心译文中介宾结构的容量高于
她的创作语言,呈现出异于原创的结构特征和价值形态。冰心的翻译语言在
介宾结构容量的设置上偏离她的创作语言有多种原因:冰心使用结构复杂的
语言再现源语的复杂场景、表达复杂认知体验的意图,这导致其翻译语言价值
系统异于其创作语言,由此产生的翻译语言的新价值结构有其存在的合理性

和必要性。翻译的新结构形态在各女作家作品中有何深层体现？

②描述翻译语言的局部形态变化，并考察其功能。以冰心为例，冰心翻译与创作的基本语言成分有共通之处，然而，冰心翻译中局部成分使用发生了变异。以"像……（似的、一样）"的明喻结构为例，对其使用特征及其功能进行考察发现：冰心的翻译与创作存在显著性差异，主要表现为冰心翻译中这一结构使用频次增加，容量扩增，复杂性提高，在认知层面表现出对人的情感和灵魂的深层关注，突出了世俗、精神与自然世界的密切联系等。这一结构形态的变异不仅发挥了概念、语篇和人际功能，还发挥了认知创新功能。从另一角度而言，翻译语言呈现出异于原生语言的结构形态，虽在一定程度上体现了源语文本的透过效应，但从功能来看，译文的变异并非完全是消极模仿源语文本的表现，而是源自表达"多元"功能的实际需要。这也促成了冰心翻译语言的创新，与创作形成了"一条平行的线"。不同女作家翻译语言的局部形态有何特点呢？

（2）翻译语言的形态特点及其影响因素：翻译语言表现出异于原创语言的形态，并非译者随意决策的结果，而是受到了多种因素的影响和制约。

①翻译语言的中介语形态：语内类比显示，在英译中，汉语言功能词的使用比例明显升高，形式特征增强，句段容量扩增，语篇衔接外显，呈现出中介语的特征。语际对比表明，这些特征主要受源语影响。女作家翻译的源语有英语、法语等，经不同源语渗透的汉译语言价值形态有何差异？

②翻译语言的文学性：女作家翻译与写作能力兼备，其翻译语言的价值形态是否具有较强的文学性？与创作相比，翻译语言的文学性及其接受度有无差异？

③翻译语言的偏离形态：女作家的翻译语言往往呈现出偏离创作和原作的倾向，形成了语内和语际偏离的特征。这种偏离策略往往是译者有意而为的，译者以此达到了什么效果？

④翻译语言的时代痕迹：翻译语言成分的价值形态具有较强的时代性。20 世纪初林纾式翻译盛行，薛绍徽也深受影响；之后，翻译一度承担起改造白话的历史使命，林徽因译作的"杂烩"特征就凸显了此时的"众声喧哗"。作品的时代痕迹反映了女作家跟历史语境的互动。女作家译作的时代特征有何异同？反映了怎样的历史互动？

⑤翻译语言的地域特色：女作家的翻译语言体现了地域特色，薛绍徽翻译常用福建方言词，冰心作品则有浓厚的海洋文化特色。中国山水文化在翻译语言中有何深层体现？

⑥翻译语言的女性意识：在语言描写基础上，钻研女作家翻译的性别意识。女作家文笔细腻，翻译语言散发着女性的浪漫、柔美和慈爱。语料库检索显示，林徽因高频使用"那"字抒发浪漫情怀，冰心则常用后缀"儿"表达怜爱，三毛作品的关键词"人"也显示出作家对人的温柔观照。女作家作品中有哪些女性特色的词语和结构？表达了怎样的女性意识？采用了哪些变译手段（黄忠廉，2016）？女作家"叛逆"的主体性表现（许钧，2003）跟历史语境有何互动？

⑦翻译语言与创作的互动：翻译语言呈现出偏离原生语言的价值形态，与译者的双重身份有重要关联。女作家兼具翻译家身份，其翻译与创作存在深层互动。从语言结构看，创作规范制约翻译规范。可比语料库显示，汉语翻译语言介宾结构容量扩增，但平均扩张度在 2 个词以内。这说明，汉语规范始终在隐性地规约翻译语言变化的范围（王克非，2016）。同时，翻译常渗透进创作，外来词语、语法结构、文体风格等在创作中皆有体现，并构建了新的语言价值。而且，翻译与创作都与历史语境互动，受历史主体、文本和环境的影响，所产生的价值体系有何异同？翻译对创作的文化也有影响，如冰心把西方的"上帝之爱"和中国传统的母爱、自然之爱结合起来，创造了"爱的哲学"，带来了文学和文化的创新。

（3）女作家翻译语言价值形态的生成规律：在（1）和（2）语言描写分析的基础上，结合文本内外因素，研究翻译语言价值形态变化的规律。女作家翻译语言的价值形态与社会历史语境各因素的互动有无规律？翻译语言的价值形态是否具有跨地域、跨时代的稳定性？

在历时复合语料库基础上，开展对 20 世纪中国女作家翻译语言价值形态及其生成规律的研究，重点工作包括两点：（1）比较女作家翻译语言价值形态的异同点，总结规律性特征；（2）考察女作家翻译语言的形态特征与文本内外因素的关联。研究难点在于语料库建设，历时复合语料库的创建和深加工需较多人力、物力和财力。

第三节　基于语料库的横向和纵向比较

为解决以上问题，尤其是微观层面（1）和（2）的问题，我们首先结合国内外相关研究成果，对女作家的翻译活动及其作品进行梳理和评价，阐释基于语料库的语言特征研究的认识论基础、研究步骤以及描写模式，指出基于语料库的语言研究与女性主义、社会行为学、翻译史学等理论结合的重要意义及其途径。

其次是建立女作家历时复合语料库。该语料库共选取5位女作家280部作品/文章(含汉语原创作品、英汉双语作品和翻译作品),按照汉语和翻译发展的动态架构历时和复合语料库:历时语料库把女作家20世纪的作品初步分成三个阶段,约30年为一个阶段,重点分析1900—1930(从"以译代作"到引导创作)、1931—1960(用翻译革新创作思想和风格)、1961—1990(翻译与创作互融)各阶段翻译语言异于创作的特征。复合语料库由类比语料、平行语料、参照语料组成。类比语料选取女作家的译作和原创作品,原创作品包括女作家的现代汉语白话著作,以小说、散文为主,含少量剧本和诗歌;平行语料选取女作家较有影响力的英汉、法汉对照作品,包括多译本以对比不同译者风格;参照语料主要选取未受翻译影响的女作家创作。可比语料库库容约800万字,双语平行语料库约220万字,参照语料库约500万字。

最后采用横向与纵向相结合的方法进行语内类比、语际对比、跨区域比较等,全方位地探讨女作家翻译语言价值形态的异同点及演变规律。

横向比较:分别对女作家的翻译、创作进行语内类比、语际对比和跨区域横向比较,以分析不同区域和历史语境中汉语翻译语言的形态特征。

语内类比:比较女作家自身的翻译与创作在关键词、类符形符比、词类使用、句段容量、语篇衔接、偏离策略、话语标记等方面的异同,总结翻译语言异于创作的价值特征及其与创作的共通之处。

语际对比:考察影响女作家翻译语言特点的源语因素。

翻译比较:比较同时期女作家翻译语言在语言成分及语义关系上的特点,总结翻译语言价值形态的差异。

不同性别对比:通过对比男性译本,考察男女译本语言的性别差异。

纵向比较:在横向比较研究的基础上,对女作家翻译语言的特点进行跨时代的纵向分析,对比翻译语言的发展脉络,考察不同时段翻译语言的价值形态及其影响因素等。

(1)通过分析语内类比研究结果的共同点和差异性,总结出翻译语言作为"第三语码"的价值特征,为翻译语言价值论提供证据。

(2)通过梳理女作家所处的历史语境,研究影响翻译语言价值形态和历时演变的因素。结合宏观和中观分析确定哪些因素促进了翻译语言的价值变异,并且结合女作家的身份、性别、所处时代和地域等因素进一步考察翻译与历史语境的关联。

具体研究方法如下：

在语料库翻译学框架下，采用定量和定性相结合的方法来研究女作家翻译语言的价值形态及其演变机制。首先，在提取翻译语言价值形态特征时主要采用语料库语内类比方法，用3GWS对文本进行词类标注，辅以句段、语篇组织、文化处理等层面的人工标注，运用WordSmith 8.0、MonoConc、AntConc、ParaConc、Coh-Metrix等对文本进行检索，比较翻译与创作的词汇密度、词类使用、关键词、衔接手段、句段容量、创造性策略等，归纳翻译语言在词汇、句法和语篇组织上的独特性和变化趋势。其次，在比较分析翻译语言形态的基础上，结合历史语境等因素，总结翻译语言历时演变的一般规律。最后，运用女性主义、翻译社会学（Wolf et al.，2007）、译介学（谢天振，2005）、翻译史学等理论对影响女作家翻译语言的因素开展交叉学科研究。

第四节　20 世纪中国女作家翻译语言研究的价值

利用语料库对女作家的翻译语言进行多维描写、分析和研究，既有重要的理论价值，又有显著的应用价值。

一、理论价值

理论价值主要体现在以下几个方面：

（1）女作家翻译语言历时复合语料库建设解决了当前译作研究样本量偏少的问题，为女作家翻译研究提供了真实可靠的数据，是对现有女作家翻译研究的重要补充。

（2）用历时复合语料库研究女作家的翻译语言，既丰富了女性翻译研究的内容，有利于创建适合我国女性译者的翻译社会学理论，同时又拓宽了翻译语言研究的广度，具有重要的方法论意义。

（3）把社会历史因素纳入语料库翻译学的考察范围，是翻译语言"第三语码"拓展研究的重要内容（庞双子等，2019），是语料库翻译学跨学科研究的重要尝试。

（4）本书关注女作家翻译语言的特点及其生成机制，比较分析在共同的翻译传统和不同的历史语境中各自的语言形态,总结翻译语言发展变化的一般规律,显然是一个颇有价值的研究课题。

二、应用价值

应用价值主要体现在以下几个方面:

(1)记录女性译者的贡献,丰富女性翻译史。通过整理女作家所遗留的宝贵翻译作品,不仅可以丰富翻译史学研究,还能引起人们对女作家翻译语言的关注,具有较高的史学与语言学价值。

(2)研究建立女作家历时复合语料库,不仅可以妥善保存相关译作,还可为以后的翻译语言研究和女性译者研究奠定基础。

(3)用语料库方法研究翻译语言的时代、地域和性别特征等,能够给女性翻译批评以及当代译者参与本地化翻译实践提供重要参考。

第一章　翻译语言的价值: 类型、特征与功能

第一节　语言的价值

索绪尔提出,语言本身是一个纯粹价值的系统(Saussure,2001)[110]。价值是"系统的产物,而系统则是语言实体之间的共现关系和联想关系"(Holdcroft,1991)[108]。这些表述凸显了语言关系(共现关系和联想关系或聚合关系)的重要性。这些对价值的定义与现代对意义的定义和分类研究是一致的。语言的价值系统可以看作广义上的语言意义系统。语言学家 Leech 的意义分类(1983)中,搭配意义体现了共现关系的重要性,而内涵意义、社会意义、情感意义、反映意义和主题意义则体现了联想关系的重要性。Yong et al.(2007)[47]进一步把意义分为两类:概念意义和非概念意义。基于以上的意义分类,我们尝试全面描述语言价值的分类系统,如图 1-1:

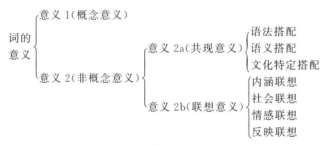

图 1-1　词的意义分类系统

词的意义基本上由两种类型组成:意义 1 和意义 2。意义 1 通常带有一个词的概念,可以称之为概念意义。意义 2 是非概念意义(Yong et al.,2007)[47],可以根据索绪尔的关系类型进一步分为两类:意义 2a 和意义 2b。意

义 2a 展示了词的共现关系,特别是搭配,包括语法搭配、语义搭配和文化特定搭配。意义 2b 表示词的联想关系,包括内涵联想、社会联想、情感联想和反映联想。我们可将更多类型的联想添加到列表中,例如文化联想。

第二节　翻译语言的价值类型

翻译语言具有相对独立的价值体系,其价值由概念价值、共现价值和联想价值构成;其中,概念价值是核心价值,体现了语言单位的基本内涵,共现价值体现了语言单位与其他单位的搭配组合关系,而联想价值主要体现语言单位在翻译语境中所引发的联想(刘立香,2018)。在翻译语境中,翻译语言的价值根据偏离取向,可分为语内价值和语际价值两种类型。下面我们以英译汉实践为例,讨论翻译汉语的具体价值表现。在此,翻译语言指翻译汉语。

一、翻译语言的语内价值

与原生语言进行语内类比,可发现翻译语言在概念、结构和联想等层面普遍存在的特征,我们称之为翻译语言的语内价值。翻译语言与原生语言虽然同属一个语言系统,但两者往往存在系统性差异,而且这些差异并非偶然存在,它们具有一定的存在价值,在一定程度上发挥了增强语言逻辑性、认知创新(刘立香等,2019)等功能。语内价值是语言接触、翻译活动直接产生的结果。语言是发展变化的,在外语和翻译的作用下,语言之间的各种接触可能导致语言发生另样的变化,原生语言和翻译语言也存在种种的相似和相异(王克非,2016)[1]。这些相异之处就是我们要探索的重点。

从理论上来说,翻译语言的语内价值往往在概念关系、共现关系和联想关系这几个层面呈现出不同于原生语言的价值形态。

首先,翻译语言所用词语所表达的概念与原生语言在特定语境下可能会产生差异,生成新的概念或意义。下面我们以冰心的翻译为例,例(1)至例(11)的汉语翻译皆来自《吉檀迦利》(冰心,1998):

例(1):我要从我心中驱走一切的丑恶,使我的爱开花,因为我知道你在我的**心宫**深处安设了座位。

  例(2):旅客要在每个生人门口敲叩,才能敲到自己的家门,人要在外面到处漂流,最后才能走到最深的**内殿**。

  以上两个例子中的"心宫"和"内殿"并不是实质意义上的房屋,而是隐喻人的内心深处和精神世界。从概念上说,这种隐喻用法拓展了汉语"宫殿"的意义,引申成了"内心空间"的意思。

  其次,翻译语言中具有较多的新结构和新形式,这主要体现在新的搭配组合关系和新的结构形态上。例如:

  例(3):我的欲望很多,我的哭泣也很可怜,但你永远用**坚决的拒绝**来拯救我,这**刚强的慈悲**已经紧密地交织在我的生命里。

  例(4):母亲,这是毫无好处的,如你的**华美的约束**,使人和大地**健康的尘土**隔断,把人进入**日常生活的盛大集会**的权利剥夺去了。

  上面例子中的几个异常搭配(下划线部分)在原生汉语中并不多见,在翻译语境下,这几处下划线的搭配组合关系体现了隐喻、矛盾修辞法的运用,不仅增强了文字的感染力,而且表达了新的思想内容,产生了出人意料的修辞效果。

  另外,翻译语言中也有新的结构形态,常表现为新的组合关系或扩展后的容量结构,这种新结构形态不是译者随意而为的,往往体现了翻译的渗透效应。如下:

  例(5):Come out of thy meditations and leave aside thy flowers and incense! What harm is there if thy clothes become tattered and stained? Meet him and stand by him in toil and in sweat of thy brow.

  去迎接他,**在劳动里,流汗里,**和他站在一起罢。

  很明显,上例中"在"与动词的搭配,来自英文的介词词组,是汉语翻译模仿英语语法形式的结果。这种"在＋(动词)＋里"的语法模仿与汉语的典型用法[在＋(名词)＋里]有较大不同。

  而且,翻译语言的结构容量有扩展的倾向。已有研究表明,冰心的翻译汉语中所常用的介宾结构,如"当……时候""像……一样""关于""通过",其结构长度都比原创要长,而且翻译语言中超长结构较多,长度更长(刘立香,2018)[156]。这在一定程度上说明,翻译语言中的结构容量和形态,与原生语言也有相异之处。

从以上例子分析看,翻译语言的概念、组合关系都具有不同于原生语言的特征,这种差异构成了翻译语言的语内价值。然而,这种差异是偶然存在,还是普遍存在的? 为了考察翻译语言语内价值存在的普遍性,我们以冰心翻译与原创类比语料库为基础,进一步量化考察了两个文本中关键词"光"的语内价值异同。

在汉语词典中(现代汉语词典,2008),"光"作为名词的释义包括以下几个:

光 guāng

①通常指照在物体上,使人能看见物体的那种物质,如太阳光、灯光、月光,以及看不见的红外线和紫外线等。也叫光波、光线。

②景物:风～|春～明媚。

③光彩;荣誉:为国增～。

在冰心的原创作品中,"光"出现了 493 次。常用的(使用频次大于 1 次)左搭配词依据频次高低依次有灯光、月光、眼光、阳光、目光、微光、泪光、电光、火光、霞光、星光、发光、晨光、金光、寒光、时光、无光、容光、日光、灵光、风光、黄继光、天光、荧光、银光等;右搭配词依次有光明、光景、光阴、光影、光荣、光亮、光辉灿烂、光屏、光焰、光如水、光艳、光线、光耀、光洁、光云里等。(见图 1-2)可见,在汉语原创中,"光"的概念主要是物理可见的光线,其共现词语多为自然和人造光源,但也有少部分隐喻用法,如"时光、灵光、风光、光阴"等。

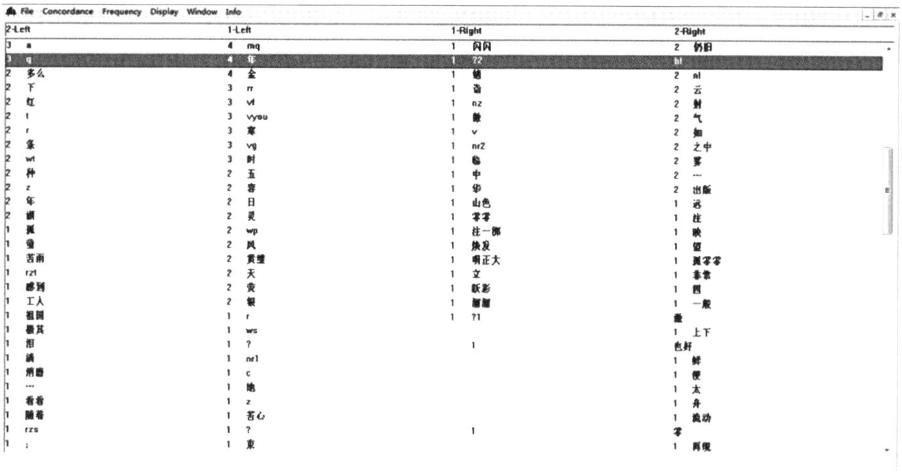

图 1-2　冰心原创中"光"的用法

　　而在冰心翻译作品中,"光"也是一个使用频次较高的词,高达 790 次。常用左搭配词根据频次高低依次有阳光、眼光、时光、灯光、月光、火光、晨光、发光、闪光、目光、电光、金光、日光、明光、微光、强光、星光、天光、晓光、吃光、风光、银光、曙光、耳光、亮光、灯光等;右搭配词依次有光明、光辉、光荣、光阴、光彩、光线、光景、光晕、光影、光照、光星、光秃秃、光临、光艳、光头、光芒、光彩夺目等。

　　比较可知,在冰心的翻译汉语中,"光"的主要概念既有物理光线,也有较多的隐喻用法,这一点与冰心原创作品语言有较大不同。然而,冰心翻译作品中"光"的共现词语与其原创作品相比,有较多重合之处,见图 1-3。

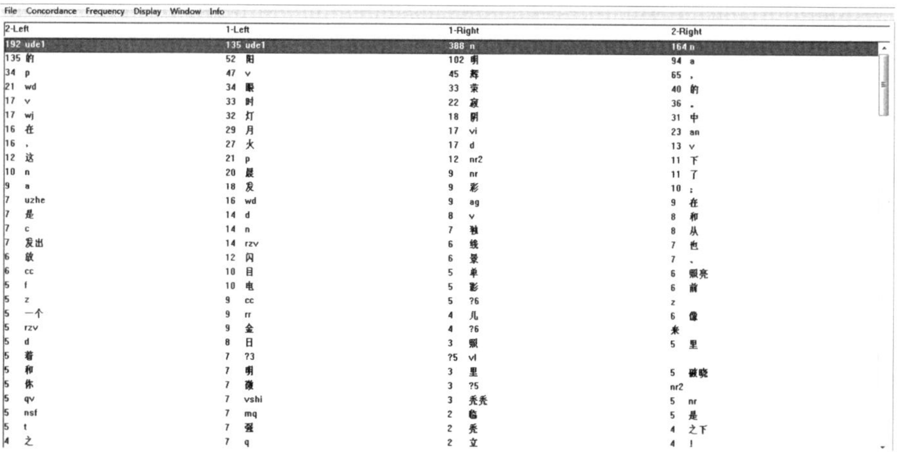

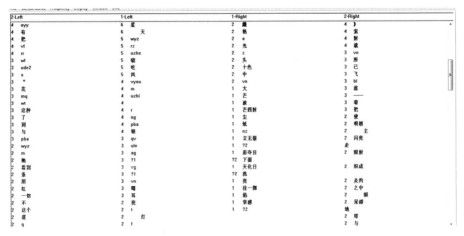

图 1-3 冰心翻译中"光"的用法

可见,仅从概念和共现关系看,冰心翻译作品中的"光"与原创作品中的"光"有很大重合之处,但在冰心翻译作品中隐喻意义使用频次较高,这与英文"light"的隐喻影响不无关系。

我们使用 AntConc,提取了英文作品的关键词,发现"light"一词在《吉檀迦利》中是一个重要的关键词。根据《柯林斯词典》的解释(http://www.iciba.com/word? w＝light),"light"作为名词有三个义项,分别为:

①光;光线;光亮 Light is the brightness that lets you see things. Light comes from sources such as the sun, moon, lamps, and fire.

②发光体;光源;(电)灯 A light is something such as an electric lamp which produces light.

③交通信号灯;红绿灯 You can use lights to refer to a set of traffic lights.

在英文原文中,可以看到"light"多次出现在隐喻语句中,例如:

例(6):Ah, my closed eyes that would open their lids only to the light of his smile when he stands before me like a dream emerging from darkness of sleep.

呵,我的合着的眼,只在他**微笑的光**中才开睫,当他像从洞黑的睡眠

里浮现的梦一般地站立在我面前。(对应翻译)

例(7):The young light of morning comes through the window and spread itself upon thy bed.

清晨的微光从窗外射到床上。(对应翻译)

例(8):When I think of this end of my moments, the barrier of the moments breaks and I see by the light of death thy world with its careless treasures.

当我想到我的时间的终点,时间的隔栏便破裂了,在**死的光明**中,我看见了你的世界和这世界里弃置的珍宝。(对应翻译)

由于译者较多使用"对应策略",翻译语言中的"光"有了更多新的共现关系,如"微笑""死"的光,这种来自翻译的新鲜表达无疑丰富了"光"的语内价值体系。由此可见,翻译语言的语内价值系统虽然具有独立的文本功能,但不是完全偏离原创语言的价值系统,而是一个介乎源语言与目的语(或原创语言)之间的中介语言价值系统。具体而言,翻译语言在内容和形式的各个层面往往融合了源语和目的语的特征。

翻译语言的语内价值生成机制受到译者决策、历史语境等因素影响。对于概念差异较大的翻译语言对,概念意义发生变异的程度可能更大。而在非概念意义层面,由于语言形式的结构和认知差异,翻译语言的共现价值往往是结构重组后的结果,是混杂了源语言(SL)结构和目标语言(TL)结构的结果,既有对原文结构的选择性语法复制(秦洪武等,2015),也有目标语言结构的融合体现。在联想意义层面,翻译语言的联想价值更具灵活性,受译者的翻译思想及水平、历史语境和读者接受等多种因素的影响。

二、翻译语言的语际价值

从语际对比的角度看,翻译语言往往在概念、共现关系和联想关系上,表现出异于原文语言的特征,我们称之为翻译语言的语际价值。下面我们以英译汉为例,阐述翻译汉语所具有的语际价值。

首先,在概念层面,由于语言的系统性差异,翻译语言的概念与其对应的原文概念会存在偏差。例如:

例(9):I shall ever try to keep all untruths out from my thoughts, knowing that thou art that truth which has kindled the light of reason in my mind.

　　我要永远从我的思想中屏除虚伪，因为我知道你就是那在我心中燃起**理智之火**的真理。（灵活翻译）

　　例子中的 light 与"光"看似是对等概念，但在某些情况下，则不宜译为"光"。这种翻译语境中的灵活处理，实际上体现了英汉语言之间的认知差异。在英文中理性、理智往往被比喻成"光"，但在汉语表达中，为了配合动词"kindle（点燃）"，译者变译为"理智之火"。这种翻译的变异和偏离，体现了英汉词语概念的差异。

　　其次，在共现关系层面，汉语的结构往往不同于英文原文，尤其是词序和语序，存在较大的结构性差异，例如：

　　例（10）：But more beautiful to me thy sword with its curve of lightning like the outspread wings of the divine bird of Vishnu, perfectly poised in the angry red light of the sunset.

　　但是依我看来你的宝剑是更美的，那弯弯的闪光**像毗湿奴的神鸟展开的翅翼**，完美地平悬在**落日怒发的红光里**。（对应翻译）

　　例子中的汉语翻译是比较忠实的译文，但在结构上，有多处调整顺序的地方。例子中，英文的后置定语，在汉语翻译中一般都前置。显然，这种局部性结构调整是英汉语言规范差异造成的。

　　在联想层面，由于文化差异，汉语译文也往往不同于英文原文，译者一般要根据读者需求和汉语规范进行调整，例如：

　　例（11）：I shall ever try to keep all untruths out from my thoughts, knowing that thou art that truth which has kindled the light of reason in my mind.

　　我要永远从我的思想中屏除虚伪，因为我知道你就是那**在我心中**燃起理智之火的真理。

　　上例中的"in my mind"对应词语应为"在我的脑中"，然而，"mind"的联想与中文的"脑"的联想却不同。在西方"mind"与"head"相关，可引发"body"

和"heart"的联想,代表了理性思维;而在汉语中,"脑"却没有这种联想关系,另一个字"心"则常常与思考联系在一起。因而,译者用"心"代替"脑",体现了英汉语言的认知差异。

第三节 翻译语言的价值特征

翻译语言的价值来自差异,从语内类比和语际对比的视角看,翻译语言往往呈现出偏离特征;具体而言,译本偏离原文的现象属于语际偏离现象,而译本偏离原创文本规范的现象可称之为语内偏离现象(刘立香等,2018)[1]。在翻译语言价值构成的基础上,根据偏离层次,翻译语言的偏离现象见图1-4:

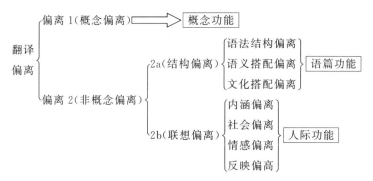

图1-4 翻译语言的偏离层次及其功能

两种翻译偏离可发生在概念、结构和联想关系多个层次。然而,由于偏离方向不同,语内偏离和语际偏离的侧重点也不同,我们在下面详述。

一、翻译语言的语际偏离

从语际对比角度,翻译语言在意义的各个层面都可能出现偏离原文的倾向,形成概念偏离和非概念偏离两个类型。其中,非概念偏离再分为结构偏离和联想偏离,结构偏离产生的主要原因是语言系统的线性结构差异,而联想偏离则与社会历史语境等外部因素有关。

为了考察语际偏离现象,我们采用语料库类比的方法,对薛绍徽译作的语际偏离进行了量化研究(刘立香等,2018)。结果显示,语际偏离的表现有多个层次,包括微观的策略偏离、中观的篇章结构偏离和宏观的文化偏离。在微观层次,薛绍徽翻译语言中的偏离主要是策略偏离,译者采用添加、改写、删除、重写等策略手段,对原文信息重新加工,一定程度上改变了原来的人物形象和人物关系;在中观层次,薛译本的语际偏离主要是文体偏离,译者采用合并段落、添加标题等手段,把英文的章节体改成中国传统的章回体通俗小说;在宏观层次,薛译本的翻译偏离主要是文化态度和价值取向的偏离,主要表现为归化、异化策略的大量使用。

在描述特定译本的语际偏离现象时,不仅要考察语言的结构变化,更要考察其文化联想的变化以及文本描述对象的变化等。需要注意的是,不同译本的偏离特征不同,要根据译本自身的语言特征以及所处的历史语境进行系统描述。我们在以后的章节中,将从案例分析的视角,考察不同层次的语际偏离及其功能。

二、翻译语言的语内偏离

相比语际偏离,语内偏离的表现则有很大不同。从英译汉来看,语内偏离的主要表现是汉语翻译语言的形式化特征增强(刘立香等,2018)[5],例如,翻译汉语有人称代词的类比显化的现象(黄立波,2008)[454]。翻译语言的语内偏离特征有多种具体表现,要描述语内偏离现象,可从多个视角入手。

首先,在类比语料库的基础上,可量化观察翻译语言的语内偏离现象。把翻译语言与原生语言进行系统比较,可比较系统地展示翻译语言的语内偏离特征和规律。我们建设了女作家历时复合语料库,在以后章节中将进行系统比较,发掘女作家翻译语言的语内偏离特征。

其次,从多个译本对比的视角,也可以展开语内类比,用以考察不同译者的翻译策略及思想,考察语内偏离与译者决策的关联。

第四节　翻译语言的价值功能

翻译语言的价值在于其独特性,而这种独特性从语内类比和语际对比的视角看,就是翻译偏离。那么,翻译语言的偏离可以发挥什么功能呢?从理论上讲,在概念、结构和联想三个层面,翻译语言的偏离都可发挥特定的功能。

在概念层面，翻译语言具有概念创新的功能。译本往往通过翻译途径，引入全新的概念，如新的术语翻译，这样可带来新的概念，让人认识新的事物。翻译也可给已有词语增加新的内涵，从而实现概念创新的功能，丰富词的概念意义，或改变其内涵。

在结构层面，翻译文本具有完整的语篇功能。在微观层面，由于语言的结构差异，由翻译而生成的语篇往往受到原文结构的影响；译者不同程度上会复制原文的结构，从而生成具有原文结构痕迹的新语篇形式。这种语篇形式在英译汉语篇中，往往表现为形式化特征增强、功能词外显、结构容量扩增等现象。在宏观层面，语篇结构可能会整体受到原文的形式影响，从而生成新的文学样式，如冰心的《繁星》与《春水》的短诗，受到了泰戈尔诗篇的影响。冰心在《纪念印度伟大诗人泰戈尔》一文中提到，"我在一九二一年以后写的所谓'短诗'的《繁星》和《春水》，就是受着他（泰戈尔）的《离群之鸟》（The Stray Bird）这本短诗集的启发"（冰心，1998）[682]。

在联想层面，翻译语言还具有独立的人际功能。翻译是一种交际活动，其根本目的是实现人际功能。而为了实现积极的人际功能，译者需要判断读者需求、审美喜好、阅读习惯等诸多社会历史因素，做出正确的判断，提升文本的人际功能。译本是否能够实现积极的人际功能，与译者的决策、翻译水平、历史因素等密切相关。

第五节　翻译语言价值形态的描写方法

根据语言比较的方向，翻译语言的价值可分为语内价值和语际价值两类，并分别可从概念、共现和联想价值三个层面进一步细化分类。在描述翻译语言的价值体系时，我们采用了定量和定性相结合的方法。

首先，在定量研究上，主要采用语料库翻译学的描述方法，对翻译语言的词汇、句子、语篇、修辞等进行量化分析：在词汇特征描述上，通过语料库软件和人工辅助，提取词频、词性、高频词、词长、关键词等信息；在句子层面，观察句长、结构容量、结构复杂度等指标；在语篇层面，考察衔接手段、修辞手段等。

其次，在语料库描写的基础上，从价值的各个层面入手，考察翻译语言的典型价值形态。在概念价值上，关注关键概念的语内价值和语际价值，例如，原创与翻译作品中高频关键词的价值形态变化；在共现价值层面，考察翻译语言的线性特征,如搭配、句子组建特点、特定文化搭配等,这可从类比语料库数据提供的句段长和句长、结构容量、复杂度等信息看出,例如,通过原创与翻译作品中的封闭介词＋宾语结构的用法比较,可观察翻译语言异于原创语言的共现关系组合规律,从而对翻译语言的语内和语际结构偏离有更直观的认识;在联想价值层面,考察翻译语言是否存在语内和语际的内涵偏离、情感偏离、反映偏离、社会偏离等,在这一层面,主要采用人工标注、分类、统计的方法。

此外,除了量化描述,我们还采用例证法,对文章提出的观点进行深度阐释,所采用的例证均来自本研究自建的女作家历时复合语料库。

翻译语言价值维度的描写主要从语内类比和语际对比两个方面开展,以偏离为取向,考察翻译语言异于原创语言的价值形态,也考察翻译语言偏离原文语言的价值形态,从而客观描述翻译语言的特征、译者的翻译风格、翻译策略和历史语境的影响等。同时,在微观层面,对女作家的译本开展个案比较、历时比较、多译本比较等多维比较分析,以深入描述和挖掘翻译语言价值形态的形成机制。

第六节　小结

翻译语言的价值理论不是凭空产生的,而是在大量的前期量化研究基础上,总结提炼出来的。本章在前期研究的基础上,进一步细化了翻译语言的价值理论,对翻译语言的价值构成、类型、特征和功能进行了阐释,并采用冰心翻译的例证和量化数据,对部分观点进行了初步论证。然而,理论的论证需要大量实证数据,在接下来的章节中,我们将在翻译语言价值论框架内,在女作家历时复合语料库的基础上,采用语内类比和语际对比的方法,对翻译语言的价值形态进行具体描述和深度阐释,进一步探索翻译语言的价值形态、生成机制和独特功能。

第二章 女作家汉语翻译语言的价值形态

第一节 译中求变，张弛有度：陈学昭童话翻译语言的特征及其价值

一、引言

陈学昭(1906—1991)原名陈淑英、陈淑章,浙江海宁人,是新文学的第一代女性作家之一,留下了 300 余万字的文学作品和译著(石宁,2013)[1]。陈学昭著有长篇小说《工作着是美丽的》《倦旅》《忆巴黎》《南风的梦》和回忆录《天涯归客》,她还参加翻译戴高乐的《希望回忆录》等等,在几十年的创作生涯中,发表了数十种著译(金木,1991)。作为女作家兼翻译家,陈学昭不仅在文学创作领域成果丰硕,而且在翻译领域也做出了瞩目的成绩;她的翻译语言特征、翻译语言价值、翻译所产生的影响等,都有待进一步梳理和深入挖掘。

二、陈学昭研究概述

陈学昭的创作和译作成果颇丰,然而"由于历史原因和新文学评论史上的种种偏见,陈学昭在中国现代文学史上却得不到应有的地位"(钟桂松,1999)[207]。陈学昭早期的作品弘扬个性,无法与一些新文学社团合流,而她中年和晚年的作品则体现了她对历史的认同和对主流的认同,闪耀着历史主义光芒(钟桂松,1999)。至今,中国知网上摘要中出现"陈学昭"的论文有 155

篇,全部文献的可视化分析显示,自 1999 年开始的 2 篇论文起,论文数量呈现缓步上升趋势,至 2006 年达到峰值,多达 51 篇。此后至今,每年的研究论文不足 10 篇,热度仍然不高。从主题词看,对其创作作品《工作着是美丽的》《延安访问记》《春茶》的研究较多,但也不足 10 篇。这说明,对于陈学昭的研究至今都较少,关注度都比较低。而进一步检索陈学昭的译作研究,几乎为零,有的也只在文中略有提及,没有系统考察其翻译语言的特征、功能等。

梳理陈学昭的研究文献可知,一部分文献较多关注陈学昭的女性身份,考察文本中的母女情节(王芳,1999)、自由思想和独立精神(周锦涛,2005)、人生道路(文学武,2015)等。另一部分文献考察其创作特征,或关注某一部作品的研究,如唐小兵(2017)对陈学昭《延安访问记》中延安的声音文化与听觉经验进行了描述和分析,并整体描述其创作风格;李东芳(2005)对陈学昭的创作风格及文坛地位的形成进行了探讨,认为陈学昭的创作只有适应主流叙事的那种被界定为清丽温婉的美学情调得到了认可,而作品里独特的、鲜活的、可以触摸的生命意志被遮蔽掉了。

综上可知,对于陈学昭的研究,学界已经从人物生平、思想观点、创作风格等层面进行了一定的研究,但是比起同时期的女作家,目前学界对陈学昭的关注度并不高,尤其对于其译作的研究,更是极为匮乏。然而,作为女作家兼翻译家、留法博士,陈学昭的翻译功底和水平得到了广泛认可,其翻译作品的价值值得进一步挖掘。鉴于此,我们收集了陈学昭的翻译童话文本,自建了陈学昭翻译童话语料库,参照自建的中国原创童话语料库和西方翻译童话语料库,对陈学昭的翻译童话文本的语言特征、功能等进行分层描述和深度讨论,以挖掘陈学昭翻译作品的价值,考察陈学昭的翻译思想和策略,为今后的法汉翻译提供参考意见。

三、陈学昭童话翻译语言研究

(一)研究对象和材料

本研究主要考察陈学昭汉译童话作品的特色,所用语料分为陈学昭翻译童话、中国原创童话、西方翻译童话三个类型。这些语料主要来源于网络,在建库过程中对照纸质出版物进行了整理,确保语料的准确性。除了未标注的生语料,我们还利用语料库分词技术对汉语文本进行分词处理,标注词性以便检索。

陈学昭童话翻译文本收录了《〈噼啪〉及其他故事》，该书由法国的爱德华·拉布莱依（Edouard de Laboulaye，1811—1883）所著。拉布莱依是法国19世纪的政治家和法学家，对历史、法学、政治学都颇有研究（拉布莱依，2009）。《〈噼啪〉及其他故事》共收录了六个童话故事：《噼啪——治理国家的艺术》《疯子勃莱昂的故事》《小灰色人》《布希奈》《牧人总督》和《野蛮人瑞尔朋》，是陈学昭根据1955年巴黎《千种故事丛书》的版本翻译的（拉布莱依，2009）。

童话参照语料库有两个：中国原创童话语料库和西方翻译童话语料库。其中，中国原创童话语料库包含了中国的传说、俗语、故事等，西方翻译童话语料库包含安徒生系列童话、王尔德童话作品等。两个语料库都是汉语文本，所选故事题材、主题与陈学昭翻译童话相近，可形成参照和对比关系，凸显陈学昭童话翻译语言的特点。

三个语料库文本根据软件需求存为不同的格式，其中，用于 WordSmith 的文本为 Unicode 格式，用于 MonoConc 的为 ANSI 格式。

表 2-1　陈学昭童话翻译文本及参照童话语料文本基本信息

文本序号	文本名称	文本大小/字节
1	陈学昭童话翻译.txt	265 276
2	中国原创童话.txt	179 358
3	西方童话翻译.txt	2 862 586

(二)陈学昭童话翻译语言的五个步骤

我们拟对陈学昭童话翻译语言的普遍特征进行阐释，具体细化为以下几个问题：

(1)陈学昭翻译童话语言的基本特征如何？

(2)陈学昭翻译童话语言的独特性有哪些？

(3)陈学昭翻译童话的修辞特点如何？

我们主要利用语内类比法，从宏观和微观角度量化陈学昭童话翻译语言的特征，并结合童话翻译目的对这些特征进行讨论。

具体研究过程如下：

(1)收集陈学昭童话翻译文本电子版，并与纸质版图书一一校对，确保电子版准确无误；

(2)收集童话参考语料，建设中国原创童话语料库和西方翻译童话语料

库,进行去噪处理;

(3)对收集的文本进行分词、词性标注,用于考察高频词使用情况;

(4)提取陈学昭文本的修辞语句,进一步考察其特征和功能,描述陈学昭童话翻译文本的人际意义构建路径;

(5)从语内类比视角,结合翻译历史语境特点,提炼陈学昭童话翻译语言的独特价值。

四、陈学昭童话翻译语言的特征

(一)用词丰富度

通过语料库软件对未经分词的陈学昭童话翻译文本、中国童话原创文本和西方童话翻译文本进行检索分析,得出以 1 000 词为单位的"标准化类符/形符比 standardized type/token ratio(STTR)",以此判断两种文本的用词丰富度;STTR 数值越大,词汇越丰富。标准化类符/形符比可为我们观察文本的语言特点提供证据。检索结果如表 2-2 所示:

表 2-2 陈学昭童话翻译文本及参照童话语料的词汇丰富度

文本序号	文本名称	类符/形符比/%	标准化类符/形符比/%
1	陈学昭童话翻译.txt	12.58	44.14
2	中国原创童话.txt	18.37	43.63
3	西方童话翻译.txt	4.19	44.78

数据显示,陈学昭翻译的童话标准化类符/形符比(44.14%)高于中国原创童话(43.63%),低于西方翻译童话(44.78%),陈学昭翻译的童话和西方翻译童话的用词丰富度相当,说明陈学昭汉语翻译的童话用词比较丰富,接近西方翻译童话的用词规范。

(二)高频词使用情况

我们对三个语料库的文本进行了词性标注,主要词性符号代表的词性如下:n 名词、v 动词、d 程度副词、a 形容词、rr 人称代词、ude1 助词"的"、p 介词、vi 不及物动词、vf 方向性动词、m 数词、f 方位名词、c 连词等。利用 MonoConc 提取了高频使用的词性,结果如下:

表 2-3 各文本高频词性使用情况（按频次从高到低排序）

中国原创童话			西方翻译童话			陈学昭翻译童话		
词类	频次	比例/%	词类	频次	比例/%	词类	频次	比例/%
n	5 802	7.67	n	81 233	6.93	n	7 572	6.86
v	5 427	7.18	v	76 628	6.54	v	7 466	6.76
wd	3 126	4.13	d	38 210	3.26	wd	4 092	3.70
d	3 113	4.11	rr	38 060	3.25	rr	3 818	3.46
wj	2 767	3.65	ude1	35 476	3.03	ude1	3 407	3.08
a	1 508	1.99	wd	33 746	2.88	d	3 365	3.05
rr	1 449	1.92	wj	24 905	2.13	wj	2 269	2.05
ude1	1 375	1.82	a	21 915	1.87	a	2 102	1.90
p	947	1.25	p	19 311	1.65	p	1 736	1.57
vi	880	1.16	f	13 617	1.18	m	1 118	1.01
vf	819	1.08	m	13 492	1.15	wyz	1 108	1.00
m	774	1.02	vf	11 797	1.01	wyy	1 105	1.00
f	716	0.95	q	10 865	0.93	f	964	0.87
y	661	0.87	vi	9 639	0.82	q	945	0.86
ng	573	0.76	rzv	9 579	0.82	vf	854	0.77
q	569	0.75	vshi	9 189	0.78	vshi	852	0.77
wyz	518	0.69	y	8 666	0.74	y	829	0.75
wyy	493	0.65	c	8 170	0.70	rzv	824	0.75
wp	381	0.50	wyz	7 909	0.67	uzhe	807	0.73
vshi	374	0.49	wyy	7 328	0.82	vi	765	0.69
wt	369	0.49	wt	6 250	0.53	c	722	0.65
rzv	322	0.43	cc	5 762	0.49	mq	592	0.54
uzhe	311	0.41	mq	5 444	0.46	cc	568	0.51
nr	309	0.41	rz	5 144	0.44			
c	275	0.36	ng	4 939	0.42			
cc	141	0.19						

　　从高频使用的词性来看,三个语料库的高频词性都是名词和动词,说明三个语料库的文本都遵循汉语的基本规范。与中国原创童话相比,陈学昭翻译童话中的程度副词(d)、形容词(a)、方向性动词(vf)、不及物动词(vi)、方位名词(f)、语气词(y)等比例有一定程度下降,而人称代词(rr)、助词"的"(ude1)、介词(p)、量词(q)、动词是(vshi)、着(uzhe)、连词(c)等使用比例上升,数词(m)使用比例相当。可推测,陈学昭翻译童话中的功能词性比例上升较大,实词比例下降。

　　在功能词的使用上比较明显的是,与中国原创童话相比,陈学昭翻译童话中的人称代词和助词"的"在使用比例上明显较多(人称代词多 1.54 个百分点,助词"的"多 1.26 个百分点)。而且,把陈学昭翻译童话与西方翻译童话参照库类比,可发现相似的情况,即人称代词和助词"的"使用比例均高居第四、第五位。这一显著的词性使用特征,说明了汉语翻译童话语言所具有的共性。虽然西方翻译童话的源语言是英语,而陈学昭翻译童话的源语言是法语,但英法语言的共性是人称代词使用比例较高,在翻译过程中译者对原文句式结构的模仿很容易产生迁移效果。

　　总体来看,陈学昭翻译童话遵循了汉语的基本使用规范,以名词和动词为主,但由于受法语形式的影响,陈学昭翻译语篇的功能词使用频数上升,呈现出汉语翻译童话功能词使用较多这一共性。这种变化一方面展示了汉语的可变性和伸张力,另一方面也显示了汉语系统的限制力、译者的翻译策略、原文形式的迁移和影响等。

(三)陈学昭翻译童话语言的独特性

1.陈学昭翻译童话中名词的使用

　　童话中的高频名词可反映出作品的主题和关注点,翻译童话也是如此。我们根据使用频次高低,列出了各类童话语料库高频使用的名词,以中国和西方的童话为参照,重点考察陈学昭翻译童话中高频名词的使用情况,结果如表 2-4 所示:

表 2-4　各类童话中高频名词的使用情况（按频次从高到低排序）

陈学昭翻译童话	中国原创童话	西方翻译童话
人、猫、**孩子**、雪、狗、王、妈妈、**时候**、部落、镜子、水、白兔、音、房子、**国王**、头、儿子、国、东西、老头儿、父亲、诸侯、首领、鱼、故事、母亲、翠鸟、树、老太婆、金鱼、人们、军、汤、事、鼻子、传说、纣、冰、火、地方、画、话、眼睛、脚、雪、主人、松鼠、齐国、钱、手、历史、声音、马、天子、脸、时期、贵族、气、山、办法、嘴、树林、大臣、画、公子、人民、尾巴、大海、大树、椅子、老鼠、先生、心、地、兵士、事情、珠子、氏族、枯叶、石头、太阳、狐狸、光、道、太公、命令、妈、文字、野兽、联盟、银子等。	**人**、**时候**、**孩子**、东西、话、地方、故事、人们、事情、头、**上帝**、事、树、**国王**、水、花、眼睛、世界、手、太阳、教堂、声音、风、姑娘、船、母亲、妈妈、屋子、思想、衣服、歌、鸟、王子、房子、女儿、家、诗、钱、磨坊、树林、妻子、鹳、公主、门、父亲、花园、时代、阳光、马、路、诗人、书、心、名字、样子、童话、生命、光、山、鸟儿、床、朋友、脚、主人、猫、钟、玫瑰、叶子、日子、翅膀、儿子、女人、时间、窗子、海、耗子、火、森林、鱼、办法、房间、冰、雪、草、城市、皇帝、燕子、月亮、天鹅、岛、神、人类、身体、天空、爸爸、青蛙、梦、嘴、地、灵魂、王后、字、夜莺、小伙子、丈夫、国家、植物、腿、河、玫瑰花、苹果、皮、空气、牧师、意思、心情、酒、夫人、太太、狗等。	**国王**、**人**、陛下、人们、**时候**、**孩子**、王子、公主、王宫、事、事情、儿子、人民、手、声音、活、夫人、王国、眼睛、医生、头、地方、神父、母亲、女儿、朋友、农夫、妻子、地、牛、宰相、灰色、侯爵、朝廷、心、宫殿、樵夫、水、家伙、斧子、脚、卫士、牧人、秘密、树、东西、主人、办法、丈夫、仆人、巨人、字、衣服、服、眼、时间、香、大臣、先生、柴、气、职业、殿下、耳朵、上帝、巴掌、爱情、钱、名字、男人、小时、疯子、来、嘴、手臂、思想、房间、公报、公牛、命令、皮包、故事、舞厅、太阳、绳子、国家、马、病、愿望、国王、意志、树枝、将军、橡树、面孔、森林、少女、门、理、路、意见、皮等。

注：表中黑体字为高频词。

由表 2-4 可见，童话文本高频使用的名词很大程度上是童话中的重要角色名称，与故事主题息息相关，例如中国原创童话中高居前列的"猫"字与童话《无猫园》主题相关。从高频名词可窥见童话话题，汉语原创童话与汉语翻译童话的名词使用体现了主题差异和文化差异。汉语原创童话高频使用动物名词"狗、白兔、马、松鼠、金鱼、老鼠"等，而西方翻译童话较多使用"鸟、马、猫、耗子、鱼、天鹅、青蛙、夜莺"等，体现了不同的童话角色和话题。此外，汉语原创童话含有较多具有汉文化意象的词语，如"部落、诸侯、氏族、文字"等，而汉语翻译童话则高频使用"上帝、国王、教堂、王后、公主、牧师、王子"等具有鲜明西方文化色彩的词汇。另外，似乎可见汉语翻译词汇向汉语原创童话渗透的趋势，如"国王、大臣、野兽"等词语在原创汉语童话中的使用。

就陈学昭翻译童话而言，高频名词与西方翻译童话有重合现象，如"国王、人、时候、孩子"等均为高频运用的主题。然而，陈学昭的翻译童话也有自己的主题特色，政治类词汇较多，如"国王、陛下、总督、王后、王子、公主、王宫、人民、王国、宰相、侯爵、朝廷、宫殿"等,这与童话的主题密切相关。原著作者是法国19世纪的政治家和法学家,作者的风格细腻、幽默,富有哲理性,反映了作者所生活时代的风貌,体现了其政治思想和见解(拉布莱依,2009)。

不论是中国原创童话还是西方翻译童话,都是关于"人、孩子"的主题,都有动物和自然的词汇,是在某一个"时候"发生的"故事",给孩子们创造了一个可以想象的美丽世界。陈学昭翻译童话同样反映了童话的主题特征,也体现了独特的政治色彩。

2.陈学昭翻译童话中动词的使用

高频动词在各个语料库中使用频繁,可反映出故事中人物的行为,体现文本的文体特征。我们使用 MonoConc 提取了三类语料库位居前列的高频动词,结果如下:

表 2-5　童话中的高频动词使用情况

	中国原创童话	西方翻译童话	陈学昭翻译童话
高频动词	**说、到、要**、想、**看**、走、做、没有、吃、**会**、见、**能**、**让**、跑、**听**、**带**、**打**、**知道**、**死**、放、问、成、**可以**、望、看见、找、开、杀、抓等	**说、到、要**、**会**、走、**可以**、**没有**、**能**、像、想、**看**、**知道**、做、坐、说道、讲、看到、**让**、**听**、成、掉、**使**、开、唱、得到、吃、**带**、写、**死**等	**说、到**、**会**、**使**、**要**、做、**能**、**没有**、走、**看**、想、喊、**知道**、**让**、惹、**带**、回答、拿、爱、**死**、感到、就是、**可以**、**听**、笑、砍、**打**、跑、回到等

注:黑体字显示三个文本的相同之处。

由表 2-5 可见,中国原创童话和西方翻译童话高频使用的前三个动词是相同的,都是"说、到、要"。这三个动词表明童话中角色的主要活动是"说、到、要",是最基本的动作,也是最易理解的动词。前 29 个高频动词中,中国原创童话使用的动词多为单音节词,西方翻译童话则更多地使用了双音节词,如"可以、没有、知道、说道、看到、得到"等。

与中国原创童话相比,陈学昭翻译童话的高频动词有 18 个(62%)与之重合:说、到、要、想、看、走、做、没有、会、能、让、跑、听、带、打、知道、死、可以。其中高度重合的是动作类(说、到、要等)。与西方翻译童话比较,陈学昭的高频动词有 16 个(55%)与之重合:说、到、要、会、走、可以、没有、能、想、看、知道、做、让、听、带、死。

3.陈学昭翻译童话中"使动结构"的运用

从前几个高频动词看,陈学昭童话中动词"使"使用比例较高,远远超出了西方翻译童话的使用比例,与中国原创童话更是形成了鲜明的对比。这也反映了陈学昭翻译语言的独特性。下面我们单独就动词"使"的使用情况进行讨论。

MonoConc Pro - [Frequency Statistics - [v]]
File　Concordance　Frequency　Display　Window　Info

2-Left	1-Left	1-Right	2-Right
1441 d	645 说	673 着	837 v
1114 n	234 到	591 了	829 rr
1020 rr	176 会	558 也	673 uzhe
837 v	171 使	383 的	595 n
476 wd	170 要	250 地	558 wd
212 ude2	120 能	226 他	453 ule
161 f	116 能	208 在	383 ude1
147 vf	108 没有	199 我	357 p
126 p	98 走	129 你	357 vf
125 c	97 看	115 到	250 wj
118 wj	92 想	108 一	213 y
107 nrf	91 喊	95 得	167 d
99 wyz	90 知道	94 一个	165 m
87 vshi	78 让	83 要	130 a
78 rzv	62 意	76 说	115 mq
76 cc	55 带	73 国王	109 rzv
71 b	55 回答	72 这	107 rz
67 usuo	54 拿	61 不	98 vi
65 ad	52 爱	58 她	95 ude3
63 q	50 死	56 wd	57 f
57 mq	45 感到	54 去	53 uguo
56 s	44 就是	54 过	48 cc
56 ng	43 可以	54 给	45 ng
50 rz	40 听	49 来	41 ry
50 uzhe	40 笑	48 起	40 qv
45 pbei	38 欣	47 出	40 vyou
44 ns	38 打	43 吧	38 vshi
36 k	38 跑	40 有	37 b
36 nr	35 回到	38 这个	33 pba

图 2-1　陈学昭翻译童话的高频动词使用情况

MonoConc Pro - [Frequency Statistics - [v]]
File　Concordance　Frequency　Display　Window　Info

2-Left	1-Left	1-Right	2-Right
1205 d	300 说	558 了	701 n
906 n	194 到	339 ，	563 v
623 wd	115 要	273 ：	404 ule
563 v	94 想	252 着	342 vf
424 rr	86 看	192 。	339 wd
146 f	68 走	132 的	307 rr
120 vf	58 能	112 他	276 wp
114 ude2	55 没有	99 到	252 uzhe
100 nr	52 吃	98 在	212 y
84 wj	48 会	73 得	192 wj
74 ng	47 见	61 我	175 p
63 vi	43 能	54 不	147 a
57 s	43 让	53 一	137 d
54 nr1	43 带	51 来	132 ude1
53 p	41 听	48 小	123 vi
51 vshi	40 知道	47 去	103 m
50 ad	37 死	46 你	96 ng
39 c	36 欣	43 出	73 ude3
38 wyz	35 问	41 起来	56 nr1
32 t	33 成	38 过	54 f
30 ule	29 可以	38 上	48 mq
29 m	29 望	30 一个	44 q
29 q	29 看见	30 起	40 s
26 uzhe	29 找	30 ！	40 rzv
23 pbei	29 开	29 把	36 uguo
23 wyy	28 系	27 是	30 nr
23 nr2	28 抓	26 住	30 wt
23 k		25 "	29 ry
22 rzv		23 地	29 vg

图 2-2　中国原创童话的高频动词使用情况

（1）陈学昭翻译童话"使动结构"的搭配情况

"使"在陈学昭翻译童话中是个高频动词。我们使用 MonoConc 提取了相关数据，发现"使动结构"在陈学昭翻译童话中主要搭配人称代词、名词、指

2-Left	1-Left	1-Right	2-Right
1569 d	3732 说	6656 了	959 v
1065 rr	3217 到	4054 着	651 n
1061 n	1968 要	3858 、	609 rr
959 v	1631 会	3710 的	573 vf
5110 wd	1340 走	3318 。	490 lude
3022 f	1260 可以	2549 在	404 uzhe
1372 vf	1206 没有	1889 到	388 lp
1342 ude2	1200 能	1416 得	385 lwd
1286 p	1084 像	1349 他	371 lude1
948 vshi	1000 想	1223 一	331 lwj
893 vi	997 看	1083 过	220 ly
843 s	928 知道	1015 我	198 ld
819 c	717 做	996 ：	182 lm
776 wyz	681 坐	957 出	163 la
751 rzv	667 说道	870 她	149 lude3
744 ng	661 洪	748 不	133 vi
730 wj	632 看到	748 一个	133 rzv
705 pbei	609 让	748 来	114 lwp
695 q	588 听	742 这	107 lmq
597 nrf	568 成	677 你	100 luguo
590 usuo	496 掉	660 是	772 rz
556 cc	405 使	631 它	750 f
544 t	466 开	602 ！	660 vshi
501 rzs	446 唱	579 去	602 wt
494 ad	426 得到	553 上	526 pba
391 mq	405 吃	547 进	503 ry
381 rz	389 带	538 起来	495 ng
361 ude3	383 写	526 把	413 s
351 m	383 死	491 起	346 vyou

图 2-3　西方翻译童话的高频动词使用情况

示代词等,人称代词"我、他、你、您、她、他们、她们"搭配较多,其中主要搭配"我、他、你",形成了较多的"使我""使他""使你"的使动结构。

2-Left	1-Left	1-Right	2-Right
20 ，	39 d	31 我	100 rr
9 为了	29 v	28 他	38 n
9 不	23 wd	13 你	7 b
7 真	14 n	13 人	7 rz
7 要	10 p	8 您	3 rzv
6 能	9 q	7 国王	2 mq
6 会	6 rzv	4 这个	2 nsf
6 这	5 ad	4 她	2 ng
6 很	3 rr	4 他们	2 a
4 没有	3 v	3 她们	2 我
4 却	2 a	3 这	1 v
4 那样	2 cc	3 所有	1 p
3 曾经	2 vi	3 大家	1 ag
3 能够	2 追	2 i	1 vg
2 作	2 vn	2 苏丹	1 z
2 变	2 qv	2 自己	1 vn
2 次	2 ude2	2 人们	1 nrf
2 c	2 c	2 臣	1 f
2 地	2 mq	2 巴	
2 没法	2 rz	2 一句	
2 来	1 wj	2 它	
2 一个	1 vd	2 一个	
2 因而	1 uzhe	1 刺刀	
2 n	1 wyy	1 刺头	
1 场面	1 ude1	1 阿姨	
1 的	1 ry	1 可怜	
1 am	1 ude3	1 子孙后代	
1 种种	1 k	1 整个	
1 ．	1 wyz	1 都	

图 2-4　"使"在陈学昭翻译童话中的搭配情况

　　进一步考察陈学昭翻译童话中的"使我"结构,发现该结构后面的词语多为副词、形容词、动词等,结果如下:

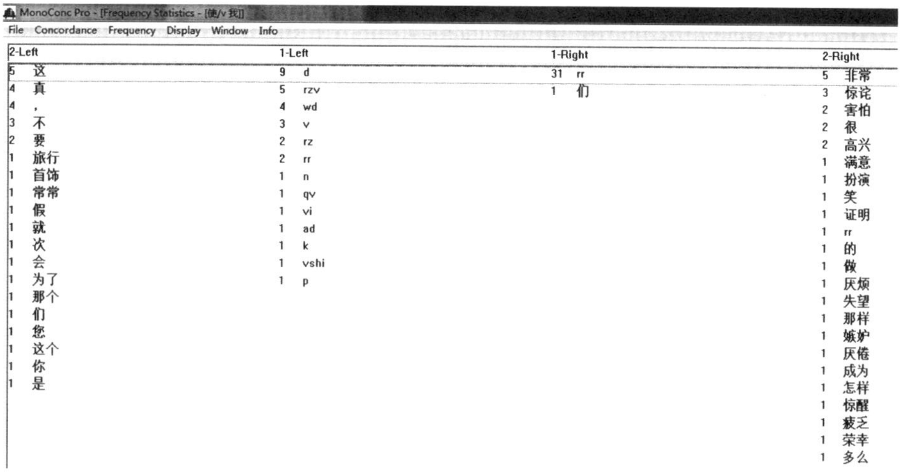

图 2-5　陈学昭翻译童话中"使我"结构的搭配情况

　　陈学昭翻译童话中,多数"使我"使动结构可单独发挥小句功能,表达某事给"我"带来的感觉,但也有少数使动结构用作定语,例如:请/v 允许/v 我/rr 拒绝/v 这个/rz[使/v 我/rr]荣幸/a 的/ude1 建议/n ,/wd。下面我们将详细讨论使动结构的语法功能。

　　(2)陈学昭翻译童话"使动结构"的构成

　　为了更细致地描述陈学昭翻译童话中"使动结构"的构成形式,我们对其结构成分进行了标注和统计,结果如下:

表 2-6　陈学昭翻译童话中各类使动结构的使用情况

使动结构	频次	比例/%
使＋小句	**137**	**85.09**
使＋人称代词＋形容词	15	9.32
使＋名词＋形容词	4	2.48
使＋人称代词＋动词	3	1.86
使＋并列句	1	0.62
使＋修饰语＋名词＋副词＋形容词	1	0.62
总计	161	100

注:表中百分比经过四舍五入。

从陈学昭翻译童话的"使动结构"看,绝大多数使动结构形式是"使＋小句",表达使某人做某事,另有 9.32% 的使动结构表达使某人如何,也有少数比较复杂的使动结构,在"使"后加上了并列句或者复杂的修饰语等。可见,陈学昭翻译童话中的使动结构形式多样,比较复杂。

(3)陈学昭翻译童话中"使动结构"的情感色彩

使动结构往往表达在外力作用下,某人做某事或发生变化,因而其情感色彩往往偏向贬义。陈学昭翻译童话使动结构的情感色彩有三种,数据如表2-7:

表 2-7　陈学昭翻译童话中各类使动结构的情感色彩

情感色彩	频次	比例/%
褒义	34	21.12
中性	26	16.15
贬义	101	62.73
总计	161	100

注:表中百分比经过四舍五入。

从使动结构的情感色彩来看,贬义色彩占大多数(62.73%),其次是褒义色彩,最后是中性色彩。可见,使动结构带有的情感往往比较明显,而且多倾向于贬义。这与陈学昭翻译童话的主题相关。陈学昭翻译童话收录的六个童话故事反映了作者拉布莱依独特的风格和笔调:细腻、幽默,行文自然流露出讽刺意味,以及对当时社会的鞭挞(拉布莱依,2009)。陈学昭翻译童话中使动结构的高频使用,恰好表达了这种讽刺鞭挞的风格,契合原作者"发表自己人生感悟和生存智慧"的目的。

(4)陈学昭翻译童话中"使动结构"的成因

陈学昭翻译童话中大量使用使动结构,一是为了满足文本功能表达的客观需要,二是译者模仿复制原文结构的结果,三是体现翻译语言独特价值特征的必然选择。

就文本功能而言,使动结构超越了汉语的使用规范,从频次、比例、功能各个层面,都超出了汉语的常用范围,形成了超常规的、过度的使用现象。"使动结构"的大量存在说明了意义表达的需要。为了考察使动结构的具体语法功能,我们对其语法功能进行了标注,结果如表2-8:

表 2-8 陈学昭翻译童话中各类使动结构的语法功能

语法功能	频次	比例/%
谓语	109	67.70
状语	19	11.80
修饰语	17	10.56
宾语	10	6.21
独立小句	4	2.48
补语	2	1.24
总计	161	100

由上表可知,陈学昭翻译童话中的使动结构用法较多,不仅可用作谓语、状语、修饰语、宾语、补语,还可以独立成句段。其中,多数(67.7%)使动结构用作谓语结构,说明某人、某物的外力所产生的结果。其次,使动结构用作状语,表达目的、结果等。另外,使动结构还用作修饰语,多数情况前置,形成"使动结构＋的＋名词"的形式。还有一些使动结构用作宾语,特别是介词的宾语。亦有很少数句段或小句,独立成句,发挥语法功能。也有 2 处使动结构用作补语,补充说明某人或某物的特点。部分使动结构如下例:

　　1.温情/n 的/ude1 慈爱/an［使/v］他/rr 放弃/v 了/ule 一切/rz 可行/a 的/ude1 办法/n。/wj〈使＋小句/谓语/贬义〉

　　2.…? 掌握/v 你/rr 的/ude1 命运/n ,/wd［使/v］你/rr 忏悔/v 自己/rr 的/ude1 叛逆/n 之/…〈使＋小句/目的状语/贬义〉

　　3.您/rr 背/v 的/ude1 这个/rz 句子/n 是/vshi［使/v］我/rr 那样/rzv 讨厌/v 的/ude1 演说/vn 中/f 的/ude1 一/m 句/q。/wj〈使＋人称代词＋动词/修饰语/贬义〉

　　4.…/wyz 我/rr 的/ude1 朋友/n ,/wd 你/rr［使/v］我/rr 害怕/v。/wj/wyy…〈使＋人称代词＋动词/小句/贬义〉

　　5.… /ude1 孩子/n 就/d 跳舞/vi 跳/vi 得/ude3 ［使/v］人/n 心醉/vi ,/wd 骑马/vi 骑/v 得/ude3 …〈使＋小句/补语/褒义〉

此外,陈学昭翻译童话中大量使用"使动结构",同原文结构基本"对应"。从文中有"翻译腔"的句子,可以看出译者的翻译策略,例如:

　　1."/wyz 我/rr 的/ude1 朋友/n ,/wd 你/rr ［使/v］我/rr 害怕/v。/

wj ”/wyy

2.“/wyz 夫人/n，/wd 您/rr 真/d[使/v]我/rr 失望/a！/wt”/wyy

3.“/wyz 这/rzv 真/d 是/vshi 一个/mq[使/v]你/rr 显得/v 高贵/a 的/ude1 举动/n。/wj

4.王国/n 的/ude1 辛劳/an 事务/n[使/v]他/rr 身心交瘁/al 而/cc 死/v。/wj

这种读起来带有"翻译腔"的句子，多数是复制原文结构的结果，特别是人称代词的迁移，加上使动结构的超常规使用，产生了翻译语言的独特"异"味。

此外，陈学昭翻译童话的"使动结构"体现了翻译语言独特的价值。陈学昭所用的使动结构并未过度偏离读者的认知和阅读水平，总体读来，故事流畅生动，引人入胜，接受度较高。但是与中国原创童话相比，陈学昭的"使动结构"的确形成了独特的语言特征，与中国原创童话形成了鲜明的对比。

从数据看，在中国原创童话语料库中，"使"是个低频词，只有 12 次，而且"使动结构"非常少见，只有 3 次，见图 2-6：

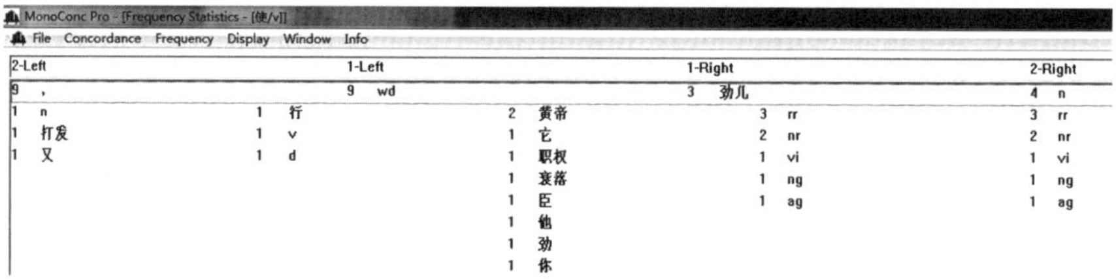

图 2-6 中国原创童话中"使＋"结构的搭配情况

可见，根据中国原创童话的语言规范，使动结构使用较少，频次很低。根据"汉典"(https://www.zdic.net/hans/%E4%BD%BF)的解释，"使"的义项之一是"致使；让；叫"，例证有"清·黄宗羲《原君》：不以一己之利为利，而**使天下受其利**。"，"《诗经·郑风·狡童》：维子之故，使我不能餐兮。"，"唐·杜甫《蜀相》诗：出师未捷身先死，长使英雄泪满襟。"，意义多为"使某人受到某种影响"，结构比较简单，典型用法是"使＋名词＋修饰语"，往往独立用作小句。

与此对比，在陈学昭的翻译童话中，使动结构比较复杂，"使＋小句"的使用频次较高，用作修饰语、状语、宾语、补语、谓语等非独立成分的比例较高，呈现出结构复杂化、功能多样化的特征。陈学昭翻译童话的特征与西方翻译童话的基本特征相符。在西方翻译童话中，使动结构频次较高，凸显了童话翻译语言的独特性，其中，"使＋人称代词""使＋指示代词""使＋名词"等结构较为普遍。

```
MonoConc Pro - [Frequency Statistics - 修/小]
File  Concordance  Frequency  Display  Window  Info
```

2-Left	1-Left	1-Right	2-Right
120　，	120　wd	71　人	292　rr
26　可以	97　v	66　他	119　n
23　好	87　d	55　她	13　rzv
22　这	49　n	51　我	8　b
18　难	25　rzv	31　它	6　rz
16　会	22　ad	30　你	6　nrf
15　能	14　rr	19　他们	5　vi
9　足够	7　p	18　我们	5　a
8　就	6　vn	12　这	4　ag
8　要	5　vf	11　它们	4　ule
7　真	4　c	5　尽	3　vf
6　能够	4　vshi	5　自己	3　ng
5　他	4　q	5　了	3　t
5　为了	3　wn	4　劲	2　ude3
5　它	3　墅	4　整个	2　s
5　都	3　vi	3　这个	2　nsf
4　来	3　wyz	2　过	2　uguo
4　是	3　ude2	2　园丁	2　、
4　特别	3　wj	2　一个	2　v
3　。	2　wp	2　主人	2　m
3　多么	2　a	2　孩子	2　mq
3　、	2　指	2　丹麦	1　y
3　足以	2　ng	2　火	1　d
3　不	2　ude3	2　冬天	1　z
3　d	2　ry	2　出	1　pba
3　人	2　mq	2　她们	1　r
3　办法	2　an	2　别人	1　uzhe
3　wd	2　促	2　格	1　rzs
3　得	2　nrf	2　所有	1　an

图 2-7　西方翻译童话的使动结构

可推测，陈学昭的翻译童话与西方翻译童话使动结构的高频使用，一方面归因于东西方语言的系统差异，以及中西方语言的结构性差异，体现了西方语言对汉语结构和功能的补充、渗透和影响；另一方面，体现了汉语翻译语言的系统张力和价值特征。

4.陈学昭翻译童话的修辞运用

修辞是达到劝说目的的有效手段。陈学昭童话中使用了一定的修辞手段，发挥了较好的人际功能，成为其独特的语言风格。统计得出，陈学昭翻译童话中共有 29 处"像"的明喻，虽然数量不多，但发挥了重要的作用。

首先，明喻本体的主题类型可体现童话的关注点。从数据统计看，25 处明喻描写了人物类主题，4 处明喻描写了事物类主题，如表 2-9 所示：

表 2-9　陈学昭翻译童话中明喻的主题类型

主题类别	频次	比例/%
〈人物状态类〉	8	27.59
〈人物面貌类〉	6	20.69
〈人物动作类〉	6	20.69
〈人物性格类〉	1	3.45

续表

主题类别	频次	比例/%
〈人物品质类〉	2	6.90
〈人物话语类〉	1	3.45
〈人物行动类〉	1	3.45
〈具体事物类〉	2	6.90
〈抽象事物类〉	2	6.90
总数	29	100

由表可知,〈人物状态类〉〈人物面貌类〉〈人物动作类〉是陈学昭翻译童话中使用频次较高的三大明喻主题,关注人物的状态、面貌和基本动作;而事物类主题中,具体和抽象事物各占一半。

其次,明喻的本体与喻体的关系可展示概念的整合类型,体现人的认知方式。我们对陈学昭翻译童话中的明喻结构概念整合类型进行了标注,结果如表 2-10:

表 2-10　陈学昭翻译童话中明喻的概念整合类型

概念整合类型	频次	比例/%
〈世俗—世俗〉	14	48.28
〈世俗—自然〉	14	48.28
〈世俗—精神〉	1	3.45
总数	29	100

从上表看,有 48.28% 的明喻概念整合类型关注世俗世界内部的相似性,也有 48.28% 关注世俗世界与自然世界的相似性。可见,世俗世界是主要关注点,概念的整合类型比较单一。

最后,明喻结构往往具有鲜明的情感色彩。我们对明喻结构的情感色彩进行了标注,结果如表 2-11:

表 2-11　陈学昭翻译童话中明喻的情感色彩

情感色彩	频次	比例/%
〈褒义〉	10	34.48
〈贬义〉	18	62.07
〈中性〉	1	3.45
总数	29	100

从表 2-11 数据看,超过半数的明喻结构具有明显的贬义色彩,另有部分具有明显的褒义色彩,极少数表达中性色彩。可见,大多数的明喻结构情感色彩比较明显、强烈,以贬义为主,与童话的幽默讽刺风格一致。

五、小结

基于语料库的语内类比视角,我们对陈学昭翻译童话的基本语言特征及其独特性进行了分析。综合以上发现,可知陈学昭翻译童话语言具有以下特征:首先,陈学昭翻译童话用词比较简单,遵循了汉语的基本使用规范,以名词和动词为主,但由于受法语形式影响,陈学昭翻译的功能词使用频数上升。这种变化既展示了汉语的可变性和伸张力,又显示了汉语系统的限制力、译者的翻译策略、原文形式的迁移和影响等。其次,陈学昭翻译童话用词反映了其主题特征,体现了独特的政治色彩。语内类比显示,陈学昭童话中动词"使"使用比例较高,结构形式多样,比较复杂,情感多倾向于贬义;这样的现象一是满足了文本功能表达的客观需要,二是译者模仿复制原文结构的结果,三是体现翻译语言独特价值特征的必然选择。陈学昭的翻译童话与西方翻译童话相似,使动结构高频使用,一方面归因于中西方语言的结构性差异,体现了西方语言对汉语结构和功能的补充、渗透和影响;另一方面,体现了汉语翻译语言的系统张力和价值特征。最后,陈学昭翻译童话中的明喻结构多关注人物状态、面貌和基本动作,世俗世界是其主要关注点,概念的整合类型比较单一,多数明喻结构情感色彩比较明显、强烈,以贬义为主,与童话的幽默讽刺风格一致。

可见,不论是用词、独特的中介语结构,还是修辞手段,陈学昭翻译童话都与原著的幽默讽刺风格保持了高度一致,体现出译者对法语原著深刻的感知和理解,也体现出了译者作为作家对汉语语言规范的控制力,保持了童话语言简洁明了的风格。同时,使动结构的超常、创新性使用,也体现了汉语的结构张力和译者对翻译语言的创新拓展能力。从语言层面,可看出译者严谨的翻译态度、高超的翻译水平、译中求变的创新能力,以及对汉语张弛有度的把控力。陈学昭翻译作品还有很多尚未进行系统开发和研究。在今后的研究中,我们将扩大研究样本,深入历史语境,考察影响译者和译作的关键因素。这不仅将丰富陈学昭的研究,还将进一步验证翻译语言具有独特的价值体系这一假设。

第二节　双向偏离、译其所感：张爱玲《鹿苑长春》汉译本语言偏离特征研究

一、引言

张爱玲是著名女作家，完成了不少高质量的翻译作品。其翻译作品有多种形式，体裁包括小说、散文、诗歌以及电影剧本等（佟晓梅等，2010）。其中，《鹿苑长春》是一部脍炙人口的译作。原著是英文小说 The Yearling，美国作家玛·金·罗琳斯（Marjorie K. Rawlings）1938 年所著，张爱玲根据"作者节本翻译"，译本删节较多，但故事情节完整，读来仍然动人心扉。该译作不仅体现了原作的精彩故事，也展示了译者高超的翻译能力，是张爱玲翻译语言研究的宝贵材料。

The Yearling 的张爱玲译本于 1953 年 9 月由香港天风出版社出版，书名《小鹿》。1962 年 7 月由香港今日世界社出版，书名改为《鹿苑长春》。1988 年 6 月，台北台湾英文杂志社有限公司再次出版该书。目前，对于该译作的研究并不多见。我们尝试从语料库视角入手，考察该译作的语言特征，分析形成原因，挖掘译本的价值和当下意义。

二、相关研究概述

近年来，张爱玲的翻译研究逐渐引起学界关注，从前人研究成果看，主要有以下几个方面：（1）张爱玲的自译现象研究；（2）张爱玲的个别译本研究或多译本对比研究；（3）从某理论视角考察张爱玲的翻译研究（游晟，2018）。研究理论视角有叙事学生态伦理思想（胡靖红，2009）、叙事学理论（钱红旭，2013）、操纵理论（周妙妮，2015）、女性主义视角和多元系统理论等视角（游晟，2018）。

其中，钱红旭（2013）从叙事学角度，对张爱玲译作《鹿苑长春》加以研究，考察张爱玲译本中的改编情况，包括整体上的删节与重组、部分及细节的改编，并对改编后形成的基本叙事特征和审美效果上的影响及潜在原因进行探讨。另有学者对《鹿苑长春》的两个汉译本，即张爱玲和李俍民的翻译进行了对比研究（周妙妮，2015）。此外，有学者对作品本身的思想进行研究，如胡靖

红(2009)对《鹿苑长春》的生态伦理思想进行了梳理和挖掘,认为人类要想与自然和谐相处,就要节制欲望,崇尚朴素的生活,担负起拯救环境的责任,积极协调人和自然的关系,使之健康而和谐地发展。

可见,目前对张爱玲的翻译研究还缺乏系统的梳理和对其翻译本质的探讨(佟晓梅等,2010),仍有较大的挖掘空间。或者对译本的研究不够透彻,尤其是《鹿苑长春》被冷落(钱红旭,2013),研究方法比较传统,缺乏基于语料库的系统描述和数据分析;研究理论视角受限,往往从理论出发,而忽视了译本自身的语言特征和内在规律。

传统的翻译研究视角,是将译文与原文作比较,以忠实程度为取向,主要是审视翻译质量;而基于语料库的新视角,不仅做传统的研究,还关注译文与母语的比较,以偏离程度为取向,考察译文语言的特征,并同原生语言作比较,尝试进一步认识翻译的特征和共性,也探究翻译语言对原生语言(主要是译入的目标语)的潜在影响(王克非,2021)[72]。对于汉语翻译语言的特征,已有研究表明,翻译语言往往呈现出两大偏离现象;从偏离方向看,译本偏离原文的现象属于语际偏离现象,而译本偏离原创文本规范的现象可称为语内偏离现象(刘立香等,2018)[1]。那么,张爱玲的翻译语言是否也呈现出语际偏离或语内偏离的趋向呢? 译者是否有意识采取了偏离策略? 原因何在?

鉴于此,我们采用语料库的方法,对张爱玲的《鹿苑长春》译本进行个案描述,尝试从语际对比和语内类比两个视角分别描述《鹿苑长春》张爱玲译本的语言偏离现象,并考察译者的翻译决策及其影响因素。

三、《鹿苑长春》汉译本语言特征研究五步法

本研究主要考察以下三个具体问题:

(1)《鹿苑长春》张爱玲译本的语言是否呈现出语际偏离和语内偏离趋向?

(2)译本语言的偏离特征形成的原因是什么?

(3)译者的翻译决策是怎样的? 张爱玲的翻译策略对当下的翻译研究有何启示?

我们采用语料库翻译学的研究方法,使用常用的语料库检索软件,对 *The Yearling* 及其中译本《鹿苑长春》(玛乔丽·劳林斯,2015,张爱玲译)进行了研究,过程如下:

(1)我们收集了三个文本:英文原著、《鹿苑长春》张爱玲汉语译本、张爱玲原创作品文本(用作参照语料),对其进行去噪处理,形成语料库软件可以识别

的电子文本,基本信息如表 2-12:

表 2-12　三个文本的基本信息

序号	文件	文件大小/字节
1	THE YEARLING.txt	1 391 588
2	《鹿苑长春》张爱玲汉语译本.txt	42 093
3	张爱玲原创作品.txt	693 539

(2)使用 AntConc 对英文文本进行初步描述,提取英文原文的词汇特征;

(3)使用 3GWS 软件,对中文文本进行分词标注;

(4)使用 MonoConc 对中文文本进行词汇层面的描写,并比较中英文词汇使用差异;对《鹿苑长春》张爱玲汉语译本和张爱玲原创作品文本进行语内类比,考察汉语译文的语内偏离现象;

(5)针对译本语言呈现出的显著偏离特征,提炼张爱玲的翻译策略及其影响因素,并挖掘译作研究的当下价值。

四、《鹿苑长春》汉译本语言偏离特征

(一)《鹿苑长春》的语际偏离现象

1.词汇使用的语际偏离

从英语原著与其汉语译本的词汇使用总体情况看,两个文本的标准化类符/形符比明显不同,WordSmith 8.0 统计数据如表 2-13:

表 2-13　中英两个文本的词汇密度

序号	文件	类符/形符比(TTR)	标准化类符/形符比(STTR)	平均词长
1	THE YEARLING.txt	6.48%	42.51%	4.01
2	鹿苑长春.txt	12.47%	45.11%	1.38

由上表可知,两个文本的 STTR 具有一定差异;很明显,中文的词汇密度较大,英文较小,而且从平均词长看,英文词汇较长,中文更短。而且,*The Yearling* 英文文本的 TTR 为 6.48%,STTR 为 42.51%,可知,该文本总体上词汇使用比较简单,具有口语化特点。

接着,我们使用 AntConc 对英文原著 *The Yearling* 的高频词汇进行了分析,数据如图 2-8 所示:

Rank	Freq	Word	Rank	Freq	Word	Rank	Freq	Word	Rank	Freq	Word	Rank	Freq	Word	Rank	Freq	Word
Word Types: 8135			Word Types: 8135			Word Types: 8135			Word Types: 8135			Word Types: 8135			Word Types: 8135		
1	8939	the	19	1030	with	36	486	them	53	335	could	71	239	git	88	201	came
2	4766	and	20	1025	for	37	485	up	54		we	72	239	old	89	201	forresters
3	3865	he	21	993	that	38	453	there	55	300	if	73	237	good	90	194	house
4	3463	to	22	954	on	39	449	would	56	291	over	74	231	been	91	194	right
5	3107	a	23	820	they	40	438	no	57	290	d	75	230	don	92	194	turned
6	2339	was	24	781	as	41	403	now	58	290	then	76	229	have	93	193	hit
7	2121	of	25	781	t	42	394	all	59	288	so	77	227	its	94	192	this
8	2091	his	26	718	at	43	393	back	60	279	or	78	227	time	95	192	too
9	1869	it	27	658	not	44	386	into	61	279	got	79	224	ain	96	191	bear
10	1747	in	28	648	but	45	381	down	62	273	baxter	80	222	again	97	191	oliver
11	1401	i	29	616	were	46	380	ma	63	273	o	81	215	flag	98	191	where
12	1349	him	30	601	she	47	370	me	64	266	go	82	215	what	99	187	made
13	1244	s	31	578	be	48	359	like	65	262	do	83	213	your	100	185	pa
14	1241	you	32	546	from	49	355	buck	66	258	father	84	203	dogs	101	182	my
15	1165	had	33	534	her	50	355	one	67	254	come	85	203	fawn	102	181	away
16	1096	penny	34	527	ll	51	345	when	68	250	went	86	203	here	103	178	day
17	1073	said	35	509	out	52	340	their	69	248	by	87	202	about	104	178	long
18	1069	jody							70	246	water				105	178	xa

图 2-8　英文文本高频词使用情况

英文文本使用频次位居前 14 位的词语中，最高频次的词为冠词，其他高频词依次为连词、代词、介词，均为虚词。由此可知，英文文本的主要高频词皆为功能词，主要发挥指代人或物(the，a，he，his，it，I，him，you)、表明逻辑关系(and)、表达方位(to，of，in)、表现时间(was)等语法功能，发挥构建语篇意义的功能；其中，s 多为 is/has 缩写，具有口语化、非正式的语言特点。

为了具体考察微观层面的词语使用，我们进一步使用 MonoConc，对《鹿苑长春》标注词性的汉语译本语言进行描述，结果如图 2-9 所示：

2-Left	1-Left	1-Right	2-Right
143 sude1	229 乔弟	916 ，	916 wd
843 v	170 鹿	744 。	883 v
535 n	159 人	573 g	744 wj
512 a	141 时候	409 的	713 f
496 q	104 弟	328 rf	529 d
416 p	97 乔	242 r1	409 ude1
399 wj	91 父亲	241 上	407 n
358 rzv	89 司	203 里	269 p
341 wd	84 水	135 "	166 武
273 rr	83 爵	134 r	145 a
155 mq	82 孩子	116 在	144 vl
142 wyy	82 东西	113 是	139 wyy
137 nr1	81 草	102 来	131 vi
119 d	78 头	94 与	113 vshi
111 uzhe	75 翅膀	73 都	100 ng
109 vl	72 n	72 n	98 cc
107 vg	69 士	65 翅膀	97 弟
105 ule	68 旗	64 了	81 秧
101 wyz	66 狗	63 中	74 ，
99 pba	65 地	56 说	72 y
98 m	64 妈妈	56 也	64 的
91 b	60 事	54 丢	60 rr
85 rz	52 脚	50 一样	56 uyy
81 ng	52 手	35 不	55 。
74 cc	51 妈	34 走	44 "
63 vshi	51 地方	33 把	41 m
44 vyou	49 爸	32 就	40 k
41 uguo	49 母亲	30 从	37 翻译
40 ag	47 树林	29 到	32 s

图 2-9　中文文本高频名词使用情况

可知，名词是汉语译本使用频次最高的词类。按照使用频次高低，前几位较高频名词依次为乔弟、鹿、人、时候、父亲等。汉语翻译文本凸显了动物小鹿与人的关系,塑造的主要人物形象有乔弟、人、父亲。

动词是汉语译本的第二位高频词类,主要动词依次为**到、说、走、要、会、想、吃、没有、像、可以**、看、知道、觉得、赖、做、使、看见、让、开、跑、能、坐、跟、拿、望、躺、死、能够、打等。如图 2-10 所示:

2-Left	1-Left	1-Right	2-Right
1307 d	385 到	564 了	951 v
1254 rr	315 说	554 着	742 rr
951 v	223 走	478 ，	639 vf
883 n	204 要	389 他	630 n
686 wd	146 会	295 在	551 uzhe
267 f	132 想	244 。	478 wd
221 vf	119 吃	236 到	393 p
203 ude2	110 没有	194 的	380 ule
136 nrf	108 像	158 那	244 wj
125 b	101 可以	152 一	242 rzv
85 nr1	97 看	102 过	201 m
83 q	94 知道	92 出	194 ude1
78 wj	86 觉得	91 得	193 y
78 vshi	85 赖	85 问	193 a
71 vi	81 做	81 不	189 d
68 rzv	73 使	77 你	143 vi
65 wyz	70 看见	76 去	139 ng
64 p	62 让	75 来	97 uguo
63 ad	57 开	75 它	88 ude3
60 s	56 跑	60 起来	70 f
54 ng	54 能	60 我	69 mq
54 m	54 坐	55 下	52 vshi
46 rzs	48 跟	54 上	44 rz
45 uzhe	44 拿	52 是	38 q
44 c	43 望	51 起	38 rzs
44 t	41 躺	50 一个	34 pba
33 a	41 死	45 这	34 vg
33 ule	40 能够	43 下来	29 ry
30 nr	38 打	41 地	29 vyou

图 2-10　中文文本高频动词使用情况

语际对比显示,汉语翻译文本与其英文文本的高频名词有一定差异:英文的高频词中,实词按照频次依次为 had、Penny、said、Jody。可推测,英文文本塑造的主要人物是父亲 Penny 和儿子 Jody,主要动作有 had、said 等。与此对比,汉语翻译文本似乎凸显了鹿的存在,弱化了父亲的存在。

2.主要形象的语际偏离

为了考察人物形象的偏离情况,我们使用 MonoConc,对主要角色的搭配词进行了描述。首先,为了考察父亲的形象变化,我们搜索父亲 Penny 的索引行,统计其搭配情况,发现父亲 Penny 的右搭配词主要如下:

英文原著中,父亲的主要动作有说(289 次)、是(59 次)、有(43 次)、喊(25 次)、转身、去、举、指、大喊、摇头、看、拿、告诉、停止、来、跑、抓住、坐、放、躺、低声说、点头、观察、讲、做、推、晃、打开等,这些动作描述了父亲的常见举动——说话,其余动作则是描述父亲的力量、权威、关注等,符合父亲高大、权威而又和蔼的形象。

MonoConc Pro - [Frequency Statistics - [Penny]]
File Concordance Frequency Display Window Info

2-Left		1-Left		1-Right		2-Right	
98	the	46	and	289	said	50	his
39	his	32	him	59	was	48	the
34	and	21	it	43	had	46	to
29	a	17	that	35	and	34	Jody
28	to	17	father	25	called	29	I
25	was	15	to	18	Baxter	24	a
20	with	10	her	16	turned	24	Now
16	for	10	but	12	went	23	and
15	of	10	them	12	would	19	at
12	in	8	you	11	lifted	18	him
10	it	8	as	9	pointed	18	on
9	so	7	again	9	shouted	17	not
9	them	7	with	9	shook	17	The
8	he	7	for	9	did	16	out
8	him	6	here	9	looked	13	He
8	no	5	morning	8	took	12	it
8	her	5	home	8	told	12	that
8	were	5	when	8	stopped	11	in
7	their	5	me	8	came	9	I'm
6	at	5	day	7	ran	9	was
6	followed	4	then	7	held	9	back
6	said	4	water	7	could	9	Well
5	not	4	now	7	sat	9	You
5	that	4	up	6	in	8	Ma
5	o'	4	swamp	6	laid	8	after
5	Jody	4	around	6	lay	8	We
5	I	4	ground	6	whispered	8	her
5		4	gone	5	nodded	8	up
4	us	4	was	5	watched	7	them

图 2-11　英文文本中父亲的搭配词

小鹿 Flag 使用频次有 212 次，右边的主要搭配词有是（22 次）、有（21次）、来（6 次）、踢、叫，表现了小鹿的活泼好动。左边的搭配词主要有叫（3次）、拴（3 次）、愿望（2 次）、是、保持等，可知，小鹿既与人保持亲密关系，又缺乏自由。如图 2-12 所示：

MonoConc Pro - [Frequency Statistics - [Flag]]
File Concordance Frequency Display Window Info

2-Left		1-Left		1-Right		2-Right	
14	and	10	with	22	was	8	him
13	the	8	to	21	had	8	the
12	He	8	and	11	He	7	in
10	to	7	him	10	's	7	not
6	it	5	for	8	The	6	up
5	had	4	it	6	would	5	fawn
4	Jody	3	called	6	came	5	to
4	ran	3	tied	6	in	5	he
4	in	3	across	5	and	4	with
4	he	3	when	4	were	4	a
3	his	3	If	3	kicked	4	was
2	leetle	2	as	3	bleated	3	had
2	don't	2	wagon	3	to	3	He
2	asked	2	of	3	beside	3	disappeared
2	of	2	was	3	come	3	be
2	do	2	keep	2	out	3	and
2	I'll	2	Flag	2	he	3	you
2	would	2	on	2	done	3	gone
2	was	2	me	2	from	3	at
2	her	2	untied	2	by	2	dead
2	for	2	reckon	2	ain't	2	would
2	You	2	But	2	You	2	carcass
2	arm	2	Kin	2	lay	2	could
2	back			2	Flag	2	too
2	git	1	did	2	'll	2	as
2	said	1	left	2	of	2	lost
2	him	1	listenin'	1	ran	2	The
2	go			1	have		
2	called	1	enticed	1	inside	2	on

图 2-12　英文文本中小鹿的搭配词

而在汉语译本中,父亲辨尼的形象通过一系列动作展现出来,包括说、喊、坐、告诉、转、下、叫、伸、向、走、喃喃、沉默等,这些动作基本上表现了父亲的权威形象。

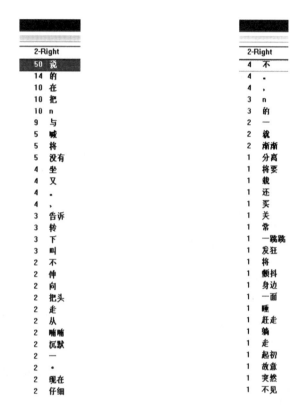

图 2-13　中文文本中父亲的右搭配词　　**图 2-14　中文文本中小鹿的右搭配词**

另外,小鹿 Flag 的搭配词有个、分离、将要、载、还、买、关、跳、发狂、颤抖、睡、赶走、躺、走、不见、学会、漫游、闯祸、玩等(见图 2-14),突出了这只小鹿的顽皮特征和被约束的痛苦。

比较而言,父亲和小鹿的形象在英语与汉语译本中差异较大,详情见表 2-14:

表 2-14　中英文主要角色在英语原文与汉语译本中的形象对比

	英语原文	汉语译本
父亲形象	父亲的高大、权威而又和蔼的形象	父亲的权威形象
鹿的形象	小鹿既与人保持亲密关系,又缺乏自由	小鹿的顽皮特征和被约束的痛苦

由此可知,小说中主要人物和动物的形象在翻译文本中偏离了原文,在概念意义层面形成了一定的语际偏离。

综合以上分析可知,英文原著与汉语译本不仅在主要词汇使用上有较大差异,如词汇密度和高频词运用上区别明显,而且两个文本中主要角色的形象也产生了语际偏离。

(二)《鹿苑长春》的语内偏离现象

1.译本的宏观偏离

(1)词汇密度偏离

首先,我们对《鹿苑长春》汉语译本和张爱玲原创文本进行了宏观层面的描述,考察其词汇密度的整体情况,如表 2-15:

表 2-15　汉语翻译文本与原创文本的词汇密度比较

序号	文件	类符/形符比	标准化类符/形符比(STTR)	平均词长
1	鹿苑长春.txt	12.47%	45.11%	1.38
2	张爱玲原创.txt	3.91%	48.04%	1.44

从宏观层面看,《鹿苑长春》汉译本的词汇密度低于张爱玲原创文本,而且汉译本的平均词长小于原创文本,一定程度上说明,汉语译本的词汇密度较低,用词较为简短,表现出了较强的**语内偏离**现象。

(2)词性使用偏离

根据 MonoConc 分析,张爱玲原创文本使用的高频词性依次为:

最高频使用的是动词(191 900 次,10.9684%),主要包括有(6 248 次)、说(6 082 次)、去(5 183 次)、到(4 269 次)、来(4 183 次)、要(3 323 次)、看(2 653 次)、笑(2 424 次)、走(2 327 次)、想(2 032 次)、吃、叫、出、是、会、像、坐、做、住、起、拿、见、听等单音节动词,表达具体动作、状态、心理活动等,以及没有、知道、起来、觉得、看见等双音节动词,表达状态、认知、动作等。从前几位高频动词看,单音节动词较多。(见图 2-15)

位居第二位的是名词(163 826 次,9.3638%),其中关注度较高的是人(5 563 次)、曼桢(2 269 次)、太太(2 205 次)、世钧(1 821 次)、时候(1 550 次)、话(1 290 次)、事(1 104 次)、母亲(947 次)、头(927 次)、孩子(895 次)、家(880 次)、叔惠(872 次)、翠芝(829 次)、女人(769 次)、姊(748 次)、手(698 次)、钱(678 次)、脸(676 次)等。这些高频名词凸显了小说对"人"的关注,尤其是对故事主人公和女人的关注。(见图 2-16)

2-Left	1-Left	1-Right	2-Right
2486 v	1440 是	2004 f	149 m
2221 n	6246 有	1730 i	132 v
1619 rr	6082 说	1440 shi	105 rr
1467 wd	5183 去	1216 了	8821 ,
6223 f	4269 着	7744 着	859 ule
466 vl	4183 来	7353 ,	773 fuzhe
3462 nr2	3323 要	6251 you	735 wd
3043 vshi	2653 看	4358 。	668 vl
2789 wj	2424 笑	3901 的	498 f了
2675 vi	2327 上	3462 n	477 f.
2583 ude1	2032 想	3394 ;	435 wj
2500 c	1943 道	3118 她	424 d
2223 ule	1906 没有	3020 他	423 fy
2071 s	1806 知道	2920 g	423 p
1950 ad	1660 起来	2811 在	390 lude1
1932 m	1529 觉得	2228 到	352 wp
1849 ng	1516 吃	2178 l	334 f的
1829 ude2	1471 叫	2099 得	281 fm
1745 p	1455 出	1943 不	254 fa
1614 q	1282 看见	1811 道	208 fude3
1603 a	1265 会	1557 —	205 fvi
1590 rzv	1255 像	1271 是	1971 —
1541 t	1172 坐	1211 你	187 frzv
1435 nr	1149 做	1151 过	133 fng
1208 rzs	1105 往	1060 我	127 fvshi
980 uzhe	1051 起	894 去	120 ff
815 ude3	1042 拿	863 上	118 f在
742 wyz	956 见	812 出	110 fjuguo
670 mq	946 听	799 这	100 fmq

图 2-15 张爱玲原创文本的动词

2-Left	1-Left	1-Right	2-Right
1927 v	5563 人	2098 ,	209 fwd
183 fude1	3512 wj	1033 g	139 fv
1573 n	3463 v	9173 。	123 fd
8525 wj	3027 wp	8626 r2	113 fn
8429 wd	2716 道	6967 f的	948 f
8061 q	2552 「	4831 r	917 fwj
7448 p	2549 」	3913 r1	696 fude1
5918 a	2269 曼桢	3320 里	427 frr
4033 rr	2205 太太	3219 上	349 fwp
3512 .	1821 世钧	3206 ;	290 fp
3472 frzv	1550 时候	2457 s	281 fvl
3364 m	1383 a	1700 来	270 f.
3125 nr1	1290 话	1572 也	250 fa
2980 ;	1145 ww	1489 是	244 fvi
2602 mq	1104 都	1193 都	228 fng
2835 ule	1834	1188 它	197 f的
2264 uzhe	947 母亲	1100 了	177 fy
2083 vshi	927 头	1060 去	166 fm
2081 ng	923 n	1030 不	148 fvshi
1982 vl	895 孩子	1019 rf	134 fnr2
1967 b	880 家	1000 你	104 f.
1938 wyy	872 叔惠	937 n	103 frzv
1677 wp	829 翠芝	930 她	102 fcc
1648 fvyou	769 女人	902 我	101 f太太
1497 pba	748 姊	803 说	100 fnr1
1265 rz	698 手	785 他	936 c
1168 vi	678 钱	734 —	829 笑
1145 ?	676 脸	703 就	786 道
1140 c	648 w	695 —	731 k

图 2-16 张爱玲原创文本的名词

接下来的是副词(80 687 次,4.6118%)、**人称代词(48 319 次,2.7618%)**、**助词"的"(32 970 次,1.8845%)**、形容词(29 244 次,1.6715%)、介词(22 955 次,1.3120%)、量词(21 917 次,1.2527%)、方位动词(20 043 次,1.1456%)、方

位词（17 405 次，0.9948％）、不及物动词（17 300 次，0.9888％）、数词（15 630
次，0.8934％）、动词"是"（14 405 次，0.8233％）、语气词（14 352 次，0.8203％）、
指示词（12 250 次，0.7002％）等。

我们用 MonoConc 对《鹿苑长春》的词性使用情况进行分析，得出如图 2-
17 所示数据：

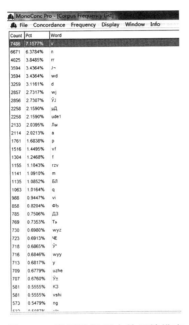

图 2-17　张爱玲汉译本的词性排序

汉译本的词性按照频次高低依次为：动词（7 486 次，7.1577％）、名词
（6 671 次，6.3784％）、人 称 代 词（4 025 次，3.8485％）、副 词（3 259 次，
3.1161％）、助词"的"（2 258 次，2.1590％）、形容词（2 114 次，2.0213％）、介词、
方位动词、方位词、指示代词、量词、数词、不及物动词、语气词、动词"是"等。

从张爱玲原创文本与翻译文本人称代词使用的语内类比来看，张爱玲翻
译文本的显著特征是人称代词的高频使用，排名仅次于动词和名词，位列第
三，使用频次高达 4 025 次，占比 3.8485％。与翻译文本相比，张爱玲原创文
本最高频的是动词和名词，人称代词使用的比例相对较低，使用频次为
48 319，占比 2.7618％，位居第四。仅从词性使用的位次和比例来看，张爱玲
译本中人称代词的使用比例高于其原创作品，展示出语内偏离的倾向。另外，
助词"的"在原创中的比例为 1.8845％，而翻译文本是 2.1590％，也呈上升趋
势。总体来看，一定程度上，汉语译本的语言呈现出功能性、逻辑性增强的趋

势。接下来我们将从微观层面考察译本中人称代词和助词"的"的偏离情况。

2.译本语言的微观偏离

（1）人称代词搭配的语内偏离

首先，我们对张爱玲《鹿苑长春》汉译本人称代词的使用情况进行了统计，结果如图 2-18：

2-Left	1-Left	1-Right	2-Right
903 wj	2133 他	383 的	125 v
742 v	478 我	131 。	628 d
560 wd	404 你	112 ，	383 ude1
405 p	318 它	108 说	259 n
311 wyz	227 她	102 把	231 p
183 wyy	177 他们	97 在	131 wj
149 c	92 我们	78 父亲	120 vi
132 pba	71 自己	76 不	112 wd
108 uzhe	68 它们	55 要	100 pba
79 ule	27 你们	54 是	89 a
60 n	11 别人	53 就	84 f
48 vi	6 大家	44 母亲	63 rzv
48 vshi	3 彼此	44 想	62 vl
43 rr	3 己	42 也	55 m
39 d	3 人家	39 自己	54 vshi
35 vl	2 自	37 一	48 t
32 cc	1 本人	34 知道	43 rr
29 t	1 自我	31 觉得	43 s
17 f		30 那	21 ryv
11 wp		29 走	21 vyou
10 qt		28 会	19 y
9 uguo		27 到	17 mq
8 vyou		26 可以	16 ad
8 qv		26 去	15 rz
7 m		24 用	13 vg
7 udeng		24 从	12 b
6 vg		24 看见	10 c
5 ulian		22 这	10 rzs
3 wf		21 站	10 z

图 2-18　张爱玲《鹿苑长春》汉译本高频使用的人称代词

MonoConc 统计显示，张爱玲的《鹿苑长春》汉译本高频使用的人称代词其使用频次有 4 025 次，包括他（2 133 次）、我（478 次）、你（404 次）、它（318 次）、她（227 次）、他们（177 次）、我们、自己、它们、你们、别人、大家、彼此、己、人家、自、本人、自我。可见，张爱玲译本中人称代词以第三人称"他"为主，其次是第一和第二人称"我、你"，然后是第三人称的"它"及其他代词。可知，汉译本以第三人称为主，其中有不少口语，用到了第一和第二人称，而且动物的"它"也凸显了故事的主要叙事对象。

进一步分析汉译本中"他"的搭配情况，得出如下结论：

由图 2-19 可知，张爱玲的《鹿苑长春》汉译本中"他"主要搭配助词"的"，表达所属关系。另外，与"父亲、母亲、自己"等搭配，表达人物关系。在动词搭配上，则与"说、是、想、走、要、站、觉得、用、到、会、看见、没有"等搭配，主要表达内心情感或具体动作。

张爱玲《鹿苑长春》汉译本中第一人称"我"的使用情况如图 2-19、图 2-20：

2-Left	1-Left	1-Right	2-Right
621 。	621 wj	229 的	679 v
274 ,	389 v	78 父亲	264 d
127 "	274 wd	62 把	229 ude1
98 在	242 p	62 。	204 n
66 着	127 wyy	61 说	131 p
54 把	77 c	59 在	66 vi
47 到	66 uzhe	49 ,	62 wj
47 了	53 pba	42 母亲	60 pba
46 使	45 ule	35 不	58 f
43 "	43 wyz	27 是	49 a
33 向	25 vl	26 自己	49 wd
25 但是	22 vi	23 想	31 s
25 给	20 n	21 走	27 rr
20 让	19 t	19 要	27 vshi
15 看见	19 cc	19 一	24 m
15 像	13 vshi	17 给	19 vl
13 用	13 d	16 向	17 t
13 如果	12 f	16 觉得	17 rzv
13 觉得	7 wp	15 就	10 ad
13 是	5 vg	15 用	9 vyou
12 知道	4 ulian	15 到	9 mq
12 叫	4 qv	15 会	8 y
11 与	4 udeng	14 也	8 z
11 替	4 qt	13 看见	7 c
11 因为	3 ude3	12 没有	6 cc
11 起	3 vyou	12 后面	6 vg
11 和	3 wf	11 从	6 b
11 将	3 m	11 身边	5 ng
10 看	2 y	10 又	5 ryv

图 2-19　张爱玲《鹿苑长春》汉译本人称代词"他"的使用情况

2-Left	1-Left	1-Right	2-Right
143 "	143 wyz	26 的	158 v
85 ,	85 wd	20 要	138 d
63 。	62 wj	18 不	26 ude1
12 是	60 v	17 就	18 p
12 把	32 p	13 想	17 vl
11 给	20 c	12 可以	14 t
7 让	12 vshi	11 知道	11 vi
7 了	12 pba	10 "	10 wj
6 可是	10 n	10 真	9 wd
6 在	7 ule	9 把	9 pba
6 着	7 d	9 ,	8 m
5 跟	6 uzhe	8 一	8 rzv
5 等	4 vl	8 也	7 n
4 看	3 vi	7 说	5 a
4 告诉	3 qt	7 去	4 rr
4 时候	2 t	7 从来	4 vshi
3 但是	1 udeng	7 还	3 vyou
3 像	1 f	6 来	3 y
3 天知道	1 w	6 一定	3 mq
3 比	1 wp	5 这	2 rz
3 那替	1 rzv	5 看见	2 rzs
3 说	1 rz	5 觉得	2 al
3 吃	1 vyou	5 跟	2 ad
2 听	1 wyy	5 在	2 ryv
2 对		5 再	1 "
2 来		4 是	1 wt
2 想		4 现在	1 是
2		4 可	1 k
		4 一直	

图 2-20　张爱玲《鹿苑长春》汉译本人称代词"我"的使用情况

"我"主要与助词"的"搭配,其次为动词"要、想、知道、说、去、来、看见、觉得、是",表达内心想法、认知状态、具体感想或动作等。

而对于张爱玲《鹿苑长春》汉译本中"你"的用法,我们也做了分析,结论如图 2-21 所示:

2-Left	1-Left	1-Right	2-Right
87 "	87 wyz	22 的	140 v
64 ,	77 v	14 妈	61 d
51 .	64 wd	13 不	22 n
12 给	51 wj	11 把	22 ude1
10 是	34 p	11 .	17 rzv
10 把	17 c	11 看	14 vf
7 可是	15 n	11 要	14 p
7 告诉	10 vshi	10 ,	11 wj
6 叫	10 pba	9 说	11 ryv
6 要替	6 d	8 知道	11 pba
6 让	6 vi	7 怎么	10 vi
5 看见	4 uguo	7 可	10 wd
5 n	4 t	6 是	9 a
5 知道	4 ule	6 去	9 t
4 好像	2 wp	6 那	6 vshi
4 跟	2 f	6 觉得	4 rzs
4 了	1 m	6 到	3 m
4 谢谢	1 qt	6 没	3 b
3 等	1 uzhe	6 这	3 cc
3 倒	1 rr	5 就	3 y
3 对	1 vyou	5 也	2 rr
3 现在	1 cc	5 一定	2 vyou
2 请	1 udeng	4 这样	2 s
2 到	1 vg	4 给	2 ryt
2 y	1 ryv	4 会	2 c
2 保护	1 vf	4 对	1 uyy
2 说		4 现在	1 ad
		4 好	1 f
		4 已经	1 wp

图 2-21　张爱玲《鹿苑长春》汉译本人称代词"你"的使用情况

"你"与助词"的"搭配最多,其次为"妈",可推测说话人多为"父亲"。搭配的动词有"看、要、说、知道、是、去、觉得、到、没、给"等,主要表达具体动作、想法、状态等。

张爱玲《鹿苑长春》汉译本中"它"的搭配情况如图 2-22:

2-Left	1-Left	1-Right	2-Right
52 .	75 v	36 的	85 v
41 ,	52 wj	28 ,	40 d
38 把	41 wd	21 .	36 ude1
16 着	35 pba	14 在	28 p
13 了	28 p	12 是	28 wj
9 到	16 uzhe	6 从	21 wd
8 在	13 ule	6 就	12 vshi
7 "	10 vi	6 吃	11 vi
6 让	9 c	4 要	9 f
5 但是	7 wyz	3 转	8 a
5 住	5 cc	3 有	6 n
5 给	4 vf	3 不	3 vyou
5 觉得	4 d	3 又	3 rzv
3 因为	4 n	3 走	3 y
3 使	3 vshi	3 抱	3 m
3 起	3 a	3 跟前	2 an
3 大	2 qt	2 了	2 o
3 而	2 qv	2 玩	2 pba
3 是	1 vyou	2 那	2 k
3 看	1 m	2 看见	2 vf
2 过	1 uguo	2 把	1 ng
2 从	1 t	2 上面	1 mq
2 死	1 f	2 确	1 nr1
2 笑		2 用	1 ad
2 抓住		2 并	1 ulian
2 向		2 们	1 vd
2 也许		2 头	1 rr
2 和		2 结	1 rr
2 拿		2 招招	1 ryv

图 2-22　张爱玲《鹿苑长春》汉译本人称代词"它"的使用情况

"它"多与助词"的"连用,表达所属关系。"它"与动词"是、吃、转、有、走、抱、玩、看见、用、站、摇摆"等搭配,表达动物的基本动作或状态。也有不少情况下"它"用在标点符号逗号和句号之前,一般用作动词的宾语,例如,可是/c 我/rr 好久/m 都/d 不会/v 忘记/v [它/rr]。/wj

其次,我们对张爱玲原创文本的人称代词使用情况进行了统计分析,发现主要有我、你、他们、自己、她、我们、他、它、大家、你们、人家、她们、别人等,如图 2-23 所示:

2-Left	1-Left	1-Right	2-Right
1051 v	1353 她	3537 的	119 v
8033 wd	1259 他	1546,	102 ld
6045 wj	7292 我	1259 也	386 fn
5067 p	5719 你	1127 不	353 ude1
4155 fn	2809 他们	1060 说	209 lp
1911 c	1702 自己	1034 是	154 fwd
1293 vshi	1287 我们	916 —	147 frzv
1077 wyz	586 它	707 这	146 vi
997 uzhe	563 大家	677 在	1105 vf
852 ule	528 你们	654 母亲	103 vshi
800 vi	515 人家	639 就	930 s
745 d	386 她们	596 自己	916 wj
733 pba	225 别人	526 一	809 m
667 rr	83 她	465 看	757 t
646 t	74 他	457 还	688 a
582 wyy	62 您	448 那	667 rr
571 cc	61 自	432 要	415 y
490 ww	45 它们	407 把	406 pba
388 wt	32 本人	405 去	403 f
351 vf	30 彼此	397 有	397 vyou
283 wp	24 各人	387 又	293 c
221 f	22 各自	369 想	286 mq
166 pbei	20 咱们	360 都	283 rz
150 vyou	18 他们	316 觉得	280 ryv
120 uguo	16 咱	303 倒	277 ad
112 qt	15 自我	296 知道	256 rzs
99 ude3	12 己	288 家里	213 cc
85 qv	11 某人	287 来	148 r
82 udeng	10 自身	282 这样	117 wt

图 2-23 张爱玲原创文本人称代词的使用情况

从高频使用的人称代词看,张爱玲原创以第一人称"我"为主,其次为第二人称"你",接着是第三人称"他们"。

数据显示,"我"搭配的词语有动词"说、想、是、要、倒、看、去、知道、觉得、有、跟、来",表达具体动作和心理;助词"的"表达所属关系;副词"也、不、就、还、又"等表达逻辑关系。(见图 2-24)

"你"搭配的词主要有副词"不、也、就、还",表达逻辑关系;助词"的"表达所属;动词"说、看、是、去、要、知道、有、不要、跟、倒、想"等表达具体动作、心理、认知状态、意愿等。(见图 2-25)

对于"他们"的搭配,如图 2-26 所示:

MonoConc Pro - [Frequency Statistics - [我/rr]]
File Concordance Frequency Display Window Info

2-Left	1-Left	1-Right	2-Right
1562 ,	1563 wd	334 也	2135 v
806 .	1060 v	290 的	194 td
422 "	880 n	238 不	434 n
367 wp	806 wj	193 就	318 p
226 是	515 p	191 说	290 ude1
224 「	429 wyz	177 想	224 rzv
156 给	320 c	174 是	212 vf
152 ?	226 vshi	150 这	174 vshi
142 !	159 t	150 ,	155 vi
99 叫	152 ww	119 要	150 wd
86 跟	142 vi	108 倒	137 t
79 了	142 wt	107 还	99 a
61 wj	128 d	106 看	94 y
58 把	83 wp	99 去	89 rr
58 着	77 ule	89 知道	77 wj
58 "	63 wyy	86 在	66 m
56 说	58 uzhe	83 真	64 vyou
55 告诉	58 pba	77 。	61 mq
54 所以	48 vf	75 自己	48 rzs
53 看	48 f	72 觉得	46 s
49 ——	26 ws	72 母亲	46 f
49 对	24 qt	64 有	39 pba
47 n	22 qv	61 父亲	39 rz
42 因为	19 cc	60 跟	39 ryv
41 可是	18 ude3	56 来	36 ad
40 在	16 udeng	55 一	36 wt
40 使	16 ulian	53 都	34 c
39 知道	15 自	49 又	26 wp
38 让	13 a	45 到	24 ry

图 2-24　张爱玲原创文本"我"的使用情况

MonoConc Pro - [Frequency Statistics - [你/rr]]
File Concordance Frequency Display Window Info

2-Left	1-Left	1-Right	2-Right
1094 ,	1211 v	262 不	159 v
412 "	1094 wd	257 的	130 td
392 wp	990 n	188 这	335 n
312 .	468 p	148 ,	264 rzv
258 「	415 wyz	148 说	257 ude1
152 给	312 wj	139 也	243 p
129 跟	145 c	131 看	181 vf
127 !	127 wt	114 就	148 wd
125 是	125 vshi	104 。	134 vi
117 ?	117 ww	98 还	120 t
82 说	80 vi	96 是	105 ryv
82 告诉	78 d	88 别	104 wj
74 wj	74 wp	80 去	99 m
73 知道	68 t	76 要	96 vshi
70 看	67 ule	76 怎么	93 y
67 了	52 uzhe	70 在	87 a
61 叫	48 pba	62 来	61 rr
57 n	23 vf	58 可	50 vyou
52 着	18 ws	52 知道	42 rz
49 :	16 vyou	51 姊	40 f
48 把	14 ng	50 有	37 wt
42 那	13 f	50 自己	36 pba
41 对	12 ude3	49 不要	32 mq
40 找	11 uguo	49 这样	28 s
40 要	10 rzv	47 跟	24 c
39 看见	9 ryv	44 倒	21 ad
36 请	8 vg	42 一定	18 r
33 在	8 cc	40 今天	15 ww
31 想	8 nr2	40 想	13 rzt

图 2-25　张爱玲原创文本"你"的使用情况

2-Left	1-Left	1-Right	2-Right
354 、	768 v	235 的	617 v
326 ,	393 p	83 家	446 d
104 是	354 wj	65 ,	292 n
102 在	326 wd	55 是	235 ude1
80 给	136 n	53 这	121 p
66 着	104 vshi	53 自己	112 vi
54 到	100 c	50 在	106 m
51 叫	66 uzhe	49 。	98 rzv
51 跟	58 vi	41 说	66 s
43 知道	53 cc	39 不	65 wd
43 wj	52 d	35 两	61 vf
42 把	50 t	31 那	59 rzs
41 了	42 pba	30 也	58 rr
38 和	41 ule	30 一	55 vshi
32 看	36 vf	29 俩	51 f
31 让	25 wyz	28 有	49 wj
31 因为	22 wyy	28 家里	38 t
31 向	18	26 都	33 a
28 说	18 f	26 把	28 vyou
23 使	17 nr2	23 就	26 pba
23 "	17 vyou	23 要	25 rz
23 看见	17 pbei	20 这里	15 c
23 对	12 qt	20 夫妇	15 mq
22 着	10 udeng	19 已经	15 nr1
22 "	9 nr	18 去	15 y
22 觉得	8 ng	17 来	11 vf
20 送	7 m	17 到	9 q
19 见	7 wt	17 现在	8 ryv
17 被	7 wp	15 上	8 ad

图 2-26　张爱玲原创文本"他们"的使用情况

可见,代词"他们"主要搭配助词"的",表达所属;搭配名词"家、家里、夫妇、现在",表达地点和时间;搭配动词"是、说、有、要、去、来、到"等,表达状态、具体动作、心理、去向等。

对张爱玲翻译文本和原创文本的高频人称代词进行对比,可发现,两个文本的叙事对象不同。张爱玲原创以第一人称"我"为主,翻译文本则以"他"为主,但都具有较强的口语特征,"你、我"使用的频次较高。翻译文本中人称代词与助词"的"的搭配最为高频,而原创文本则有多种形式,与副词、动词搭配更加频繁。另外,翻译文本的人称代词凸显了故事的动物主题,原创则凸显了"人"的主题。可见,虽然人称代词的基本指代功能是类似的,但是在叙事对象、搭配形式、叙事主题方面,翻译文本都具有独特之处,凸显了英文的结构、逻辑和内容三个层面的影响。

在结构上,英文的大量物主代词多迁移到汉语翻译文本中,形成了较多的"人称代词+的"的结构;在逻辑上,形成了更为清晰的指代关系,但同时对汉语语义的空间性、模糊性造成了一定的冲击;而在内容上,人称代词的结构引入了新的叙事对象和主题,让人产生了新的阅读感受和认知体验。

(2)人称代词结构形式的语内类比

为了考察人称代词的结构,我们使用 MonoConc 进一步提取了《鹿苑长春》汉译本中人称代词的结构形式,数据如图 2-27 所示:

MonoConc Pro - [Advanced Collocation - 2L, 0, 2R]

File Concordance Frequency Display Window Info

Count	Pct	Word
358	8.8944%	wj ... rr ... v
192	4.7702%	wd ... rr ... v
157	3.9006%	wd ... rr ... d
150	3.7267%	v ... rr ... v
149	3.7019%	wj ... rr ... d
117	2.9068%	wyz ... rr ... v
116	2.8820%	v ... rr ... ude1
100	2.4845%	wyy ... rr ... v
92	2.2857%	p ... rr ... v
87	2.1615%	wj ... rr ... p
86	2.1366%	wyz ... rr ... d
74	1.8385%	v ... rr ... wj
72	1.7888%	pba ... rr ... v
64	1.5901%	v ... rr ... n
64	1.5901%	p ... rr ... n
57	1.4161%	v ... rr ... d
55	1.3665%	v ... rr ... wd
53	1.3168%	p ... rr ... f
53	1.3168%	c ... rr ... v
50	1.2422%	wj ... rr ... pba
42	1.0435%	c ... rr ... d
42	1.0435%	p ... rr ... ude1
41	1.0186%	wj ... rr ... n
37	0.9193%	pba ... rr ... ude1
37	0.9193%	wj ... rr ... vi
33	0.8199%	wd ... rr ... ude1
33	0.8199%	wj ... rr ... ude1
31	0.7702%	wd ... rr ... p
28	0.6957%	v ... rr ... p
24	0.5963%	v ... rr ... vi
23	0.5714%	wd ... rr ... n
22	0.5466%	uzhe ... rr ... ude1
22	0.5466%	uzhe ... rr ... wd
22	0.5466%	p ... rr ... wd

图 2-27　张爱玲汉译本人称代词的结构形式

从前 30 位高频使用的人称代词结构看,在张爱玲汉译本中,人称代词右边多与动词搭配,其次为副词、助词"的"、介词以及标点符号等,从功能来看可大致分为三种结构形式:(1)用在句首或小句开头较多,功能上充当主语;(2)用在动词后面,用作宾语;(3)用在介词、"把"字、连词后面。

张爱玲汉语原创文本中的人称代词结构形式也非常多样,主要是人称代词＋副词、人称代词＋动词、人称代词＋助词"的"、人称代词＋名词、人称代词＋介词等。(见图 2-28)

总体而言,张爱玲翻译与原创文本中的人称代词结构形式有相似之处,与副词、动词、助词、介词等搭配的频次都比较高,但也有一定差异:翻译文本中人称代词与动词、助词"的"的搭配频次更高,而且"把＋人称代词＋的"这一结构使用比例差距较大,在翻译文本中占 0.9193％,而在原创文本中只有

```
MonoConc Pro - [Advanced Collocation - 2L, 0, 2R]
 File  Concordance  Frequency  Display  Window  Info
Count  Pct      Word
2965   6.1363%  wd ... /rr ... d
1961   4.0584%  v ... /rr ... v
1888   3.9074%  wd ... /rr ... v
1730   3.5804%  wj ... /rr ... v
1647   3.4086%  p ... /rr ... v
1576   3.2617%  wj ... /rr ... d
1232   2.5497%  n ... /rr ... v
1223   2.5311%  v ... /rr ... ude1
1187   2.4566%  n ... /rr ... d
1055   2.1834%  v ... /rr ... d
883    1.8274%  v ... /rr ... wd
860    1.7798%  v ... /rr ... n
636    1.3163%  p ... /rr ... n
625    1.2935%  c ... /rr ... d
549    1.1362%  v ... /rr ... wj
528    1.0927%  wd ... /rr ... n
448    0.9272%  p ... /rr ... d
447    0.9251%  c ... /rr ... v
419    0.8672%  wj ... /rr ... n
412    0.8527%  v ... /rr ... p
406    0.8402%  v ... /rr ... vf
405    0.8382%  p ... /rr ... ude1
404    0.8361%  v ... /rr ... rzv
391    0.8092%  wj ... /rr ... p
388    0.8030%  wd ... /rr ... p
361    0.7471%  pba ... /rr ... v
311    0.6436%  wyz ... /rr ... v
303    0.6271%  wyz ... /rr ... d
302    0.6250%  v ... /rr ... vi
297    0.6147%  v ... /rr ... vshi
286    0.5919%  n ... /rr ... n
271    0.5609%  p ... /rr ... s
256    0.5298%  p ... /rr ... vi
255    0.5277%  wd ... /rr ... ude1
```

图 2-28　张爱玲原创文本中人称代词的结构形式

0.2566％。

　　原创文本中"把"与人称代词的搭配情况如下："把"多与"她、他、它、自己"等连用,其中"把她"使用频次最高,凸显了女性被动、被操控的状态,如图 2-29 所示。

　　而在翻译文本中,"把"与"他、它、我、你、她、它们"等使用,其中,"把他"和"把它"使用频次较高,如图 2-30 所示。

　　从文中例子来看,"把他"后面多半跟着助词"的",多数是形容词性物主代词"his"迁移到汉语翻译文本中的,这明显是受到了英文原文的影响,例如:

　　[1]他/rr 把[/pba] **他/rr 的/ude1 锄头/n** 倚/v 在/p 那/rzv 用/p 劈/v 开/v 的/ude1 木桩/n 搭/v 成/v 的/ude1 栅栏/n 上/f。/wj

MonoConc Pro - [Frequency Statistics - [/pba]]
File Concordance Frequency Display Window Info

2-Left	1-Left	1-Right	2-Right
769 wd	3211 把	253 她	130 fn
707 d		207 那	733 rr
406 rr		198 他	271 rzv
265 n		129 一	234 m
262 v		74 它	103 v
116 m		64 脸	76 rz
92 nr2		62 这	74 nr
59 vf		58 我	61 a
54 ude2		52 两	59 s
46 c		48 你	58 nr2
41 vshi		44 孩子	49 f
37 f		42 他们	36 b
33 uzhe		33 手	22 mq
31 nr		28 头	20 t
26 a		27 自己	17 nr1
23 wj		23 这些	17 ng
21 vi		21 灯	11 nrf
18 ad		19 桌上	10 d
18 ng		19 话	7 ns
18 t		18 曼桢	5 r
16 ule		18 一个	5 p
16 ude1		18 声音	4 vi
10 p		17 小	3 nl
9 nrf		17 头发	3 vn
9 z		17 椅子	3 ry
8 q		16 被窝	3 ag
8 dl		15 人	2 nsf
7 qv		14 眼睛	2 nz
7 vyou		14 电灯	2 wyz

图 2-29　张爱玲原创文本中"把"与人称代词的搭配

MonoConc Pro - [Frequency Statistics - [/pba]]
File Concordance Frequency Display Window Info

2-Left	1-Left	1-Right	2-Right
100 rr	343 把	53 他	132 rr
63 wd		45 那	82 n
34 v		35 它	51 rzv
32 n		12 我	19 m
28 d		11 一	13 a
12 vf		10 你	8 nrf
10 b		9 她	5 v
10 nrf		8 它们	5 rz
8 wyz		6 这	5 nr
7 ude2		5 小	4 vg
6 wj		4 两	4 b
4 c		4 门	3 nr1
3 nr		4 老	3 s
3 t		3 柴	2 rzs
3 f		3 髻个	2 mq
2 m		3 辨	i iiy
2 a		3 乔弟	1 vi
2 uzhe		2 恼懑	1 f
2 rzv		2 自己	1 dg
2 rzs		2 马	1 d
1 vg		2 一个	
1 nr2		2 刀	
1 ule		2 脚后跟	
1 qv		2 几	
1 mq		2 手	
1 ry		2 牛奶	
1 x		2 乔	
1 wf		2 身体	
1 ng		2 鸡	

图 2-30　张爱玲汉译本中"把"与人称代词的搭配

英文原文：He stood his hoe against the split-rail fence.

[2]乔弟/nrf 把[/pba] 他/rr 的/ude1 盘子/n 堆/v 得/ude3 高高的/

z,/wd

　　英文原文:Jody heaped his plate.

　　以上例子分析可知,"把他的＋名词"结构基本对应英文的"v＋形容词性物主代词＋名词"这一结构,可推测,汉语翻译文本超常使用"把"字结构,一定程度上受到了英文结构的影响。

　　综合以上分析,我们初步得出结论:(1)语际对比显示,英文原著与张爱玲汉译本不仅在词汇密度和高频词运用上有较大差异,而且两个文本主要角色也产生了语际偏离。(2)语内类比显示,在宏观层面,张爱玲汉译本词汇密度较低,用词简短,呈现出了功能性、逻辑性增强的趋势,表现出了较强的语内偏离倾向;在微观层面,张爱玲翻译和原创的语言结构也有不少差异。虽然两个文本的人称代词基本指代功能是类似的,但在叙事对象、搭配形式、叙事主题方面,翻译文本具有独特之处,凸显了英文的结构、逻辑和内容三个层面的影响;另外,汉译本超常使用"把"字结构,一定程度上也受到了英文结构的影响。

　　由此可见,不论是从语际对比的角度,还是语内类比的角度,汉语译文在用词和结构上都呈现出独特之处,不仅偏离了原著的词语运用和角色塑造,也偏离了原创文本的词语和结构特征,具有语际偏离和语内偏离双向偏离倾向;同时杂糅了英文原文和汉语原创的双重结构形态,是一个既偏离又融合原著和原创语言特征的翻译语言"杂糅体"。这种"杂糅"不是译者随意而为的,而是在多种因素影响下,译者进行主观选择和决策的结果。

五、《鹿苑长春》汉译本语言偏离现象的原因

(一)译者因素

1.译者对文本的选择

　　译者的个人阅读喜好对翻译文本的选择和语言特征起着重要作用。在文本选择方面,张爱玲对《鹿苑长春》的故事有很深的感触,产生了很强的共情和共鸣,这是译者翻译的初始动力,如张爱玲在译本后记中所述:

　　　有一种书,是我们少年时代爱读的作品,隔了许多年以后再拿起来看,**仍旧很有兴味**,而且有些地方从前没有注意到的,后来看到了**会引起许多新的感触**。看这样的书,几乎可以说是我们自己成熟与否的一个考

验。这样的书不多,像这本《小鹿》就是一个例子。(玛乔丽·劳林斯,2015)[203]

可见,张爱玲选择该文本进行翻译是出于对作品的喜爱、兴趣和感触。而且,张爱玲对该作品有很深刻的了解,对作品内容非常熟悉。

2.译者感悟与汉译本的角色塑造

张爱玲汉译本呈现出语际偏离和语内偏离的双向偏离特征,尤其在主要角色形象的塑造上偏离了英文原文,这与译者的主观理解和感悟有重要关系,具体见张爱玲译后对小说的评价:

《小鹿》是一九三九年获普立兹奖的小说。曾经摄成彩色影片,也非常成功。作者玛乔丽·劳林斯(Marjorie Rawlings)于一八九六年生于美国华盛顿,她所写的长篇小说总是以美国南部佛洛利达州偏僻的乡村为背景,**地方色彩很浓厚**,书中人物都是当地的贫民,她以一种**诗意的伤感**的笔调来表现他们,然而在悲哀中常常搀杂着**幽默感**,当代的批评家一致承认她的作品最精彩的时候确是不可及的,有风趣与温情,而又有男性的力,强烈的泥土气息。

谈到近人的作品,说"不朽"总仿佛还太早,然而《小鹿》在近代文学上的地位已经奠定了。

这故事具有真正的悲剧的因素——**无法避免,也不可挽回的**。书中对于儿童心理有非常深入的描写,可以帮助做父母的人了解自己的子女。写父爱也发掘到人性的深处。

它是健康的,向上的,但也许它最动人的地方是与东方的心情特别接近的一种淡淡的哀愁。最后的两段更是充满了一种**难堪的怅惘**,我译到这里的时候,甚至于译完之后重抄一遍,抄到这里的时候,也都是像第一次读到一样地觉得**非常感动,眼睛湿润起来**。我相信许多读者一定也有同感。

《小鹿》里面出现的动物比人多——鹿、响尾蛇、八字脚的老熊、牛、马、猪——像一个动物园,但是里面的人物,尤其是那男孩子乔弟,**是使人永远不能忘记的**。那孩子失去了他最心爱的东西,使他受到很深的刺激,**然而他从此就坚强起来,长大成人了**。我们仔细回味,就可以觉得这不止是一个孩子的故事,任何人遇到挫折的时候,都能够从这里得到新的勇气。(玛乔丽·劳林斯,2015)[203]

由以上评价可知,张爱玲认为,该小说的主要特点是地方色彩、幽默感、伤感、泥土气息、悲剧色彩,而且译者与故事产生了强烈的共情:"我译到这里的时候,甚至于译完之后重抄一遍,抄到这里的时候,也都是像第一次读到一样地觉得非常感动,眼睛湿润起来。我相信许多读者一定也有同感。"这体现了译者对原文故事深刻的感悟,也体现了译者将所感所悟传递给读者的信心。

由此可见,张爱玲不仅对故事的背景、作者、作品风格、角色有自己的看法,也具有强烈的共情能力。因而,在编译角色时,张爱玲汉译本偏离了原文,凸显了"小鹿"的存在,尤其是小鹿的顽皮特征和被约束的痛苦,而父亲的权威形象在汉译本中也更加凸显,符合东方色彩。张爱玲对原文的理解使得汉译本的人物塑造进一步凸显了小说的悲剧色彩。

(二)跨语言的差异性融合

英汉文本无疑具有结构上、逻辑上和内容上的巨大差异。然而,在翻译过程中,这些差异并没有进行完美的转换、替换,而是或多或少地,英文的结构和价值形态逐渐渗透并融合到汉语译本中,形成了既基本符合汉语原创规范,又融合英文原文结构的翻译语言"杂糅体"。

这种杂糅一方面凸显了译者的无意识渗透,例如,以上所发现的人称代词的语内偏离倾向表明,汉语翻译文本的人称代词很大程度上受到了英文的影响,直接被译者迁移到了汉语中。有些形容词性物主代词并没有必要迁移,译者的过度迁移导致汉语翻译语言中人称代词比例大幅上升。同时,这种迁移也产生了新的认知结构,形成了新的人称代词结构形式,或凸显了某些平时并不常用的结构形式(例如把字句)。

六、小结

这一节关注张爱玲的翻译小说《鹿苑长春》的语言特色。我们使用语料库,对张爱玲的《鹿苑长春》汉译本语言进行了语际对比和语内类比。研究认为,张爱玲汉译本不仅在词汇密度和高频词运用上与英文原著有较大差异,而且译本的主要角色也产生了一定程度的语际偏离。此外,张爱玲译本也表现出了较强的语内偏离倾向:在宏观层面,张爱玲汉译本的词汇密度较低,用词简短,呈现出了功能性、逻辑性增强的趋势;在微观层面,张爱玲翻译和原创的语言结构也有不少差异,虽然两个文本中人称代词的基本指代功能类似,但在叙事对象、搭配形式、叙事主题方面,张爱玲译本具有独特之处,凸显了英文结构、逻辑和内容三个层面的影响；另外，张爱玲译本超常使用"把"字结构，一定程度上也受到了英文结构的影响。不论是从语际对比还是语内类比的角度，张爱玲译本在用词和结构上都呈现出了独特之处，不仅偏离了原著的词语运用和角色塑造，也偏离了原创文本的词语和结构特征，具有语际偏离和语内偏离双重倾向，同时杂糅了英文原文和汉语原创的双重结构形态，是一个既偏离原著和原创语言，又融合原著和原创语言特征的翻译语言"杂糅体"。这种"杂糅"不是译者随意而为的，而是在多种因素影响下，译者进行主观选择和决策的结果。

第三节　翻译语言的文学性：基于冰心翻译与创作类比语料库的考察

一、引言

文学性常指文学语言所具有的价值和特征。"文学性"这一术语最早由 20 世纪俄国形式主义批评家雅克布森提出，用以明确文学研究对象（朱英丽等，2019）[62]。从前人的研究来看，具有文学性的语言往往使用偏离常规的语言手段，"实现陌生化、前景化的效果"（孙会军，2018）；也有学者认为文学性的语言具有审美价值，描述虚构事物，强调人性的内核（蓝启红，2019）[142]。

翻译文学作为文学的重要组成部分，其文学性一直是译者和研究者关注的焦点，如何再现文学性是文学翻译研究的重要课题。文学翻译不仅要传递信息，更是文学性的转换，翻译文学作品要求译文必须同样具有文学价值，具有文学性（朱英丽等，2019）[62]。然而，在翻译实践中可发现，文学翻译往往注重信息表达，而忽略"文学性"，由此而生成的翻译文本缺乏可读性，无法与原文本形成对等关系。当代中国文学形象不尽如人意，原因之一是作品的文学性被忽略、被抹杀（孙会军，2018）。可见，当下文学翻译（尤其是外译）缺乏文学性的问题，已经成为阻碍文学外译传播和被接受的重要因素之一。

冰心是中国 20 世纪文坛的巨星，其原创作品语言优美，风格清丽，素有"冰心体"美称。同时，冰心也是一位多产的翻译家，其翻译语言具有"顺、真、美"的特点。观察冰心翻译语言的文学性表征和翻译策略，可为当下中外文学翻译实践提供有效参考。

二、翻译文学性研究概述

近年来,翻译研究对于翻译语言"文学性"的关注度越来越高,研究围绕翻译文学文学性的丧失(赵彦春等,2017;孙会军,2018)和再现(钟毅,2019;许钧,2021)等问题,展开了深度讨论。赵彦春等(2017)对文学性的机制进行了研究,提出文学性可以有多种体现方式,如修辞手法(隐喻、拟人、夸张等)、格律及样式(头韵、尾韵、韵式、节奏、文本形式等),并指出,翻译中文学性的丧失是根本性的丧失,再次强调了翻译文学性的重要性。

另外,有学者对"文学性"的分类和内涵进行了阐释,以具体作品为例,探讨"文学性"的表现方式。例如,岳孟杰(2017)以王尔德童话作品为研究对象,从非传统性、哲思性和唯美性三个方面探讨其文学性价值。蓝启红(2019)[142]则论述了"文学性"的四个内涵:一是具有语言与形式、结构的美感;二是还原作家的个体经验;三是拥有非凡的虚构和想象能力;四是具有"文学即人学"的高度,即强调人性的内核。

如何再现"文学性"是研究关注的核心问题。孙会军(2018)[14]指出,文学性与文学形式密切相关,文学性跟"偏离"紧密相关,偏离常规的表达手法,可实现陌生化、前景化的效果,制造作品的文学性。在翻译过程中,"文学性"再现的手段也是研究探索的热点。朱英丽等(2019)对翻译文学性的手段,如增译,进行了深入探索,认为文学性增译是译者将源语转化为译语时,为再现原作的文学性、补偿转化过程中的审美损失,创造性地在译作中增加若干表达,以求译作与原作审美和谐的翻译方法。他们还将文学性增译划分为还原性增译、审美性增译和扩张性增译(朱英丽等,2019)[62]。

译者自身的文学素养是再现"文学性"的关键因素。钟毅(2019)以20世纪八九十年代奥尼尔戏剧汉译本为例,指出该时期的译者具有较强的修辞辨识能力,对原作修辞手段进行了重现、补偿、增添,使得戏剧译本在文本的陌生化和文学性方面具有较高的审美价值。针对文学翻译的语言问题,许钧(2021)[91]也再次强调了翻译文学性的重要性和译者的使命感。他认为,翻译一方面应重视文学语言所携带的"抗译性",力戒以通顺、流畅之名去"抹平"原作语言的特质;另一方面应理解与处理好"翻译腔"与"外语性"的关系,努力保留原作在词语、句式、叙事等多层面的异质性,担负起传达差异、开拓语言空间、再现原作文学性、丰富文化的使命。

可见，针对"文学性"这一问题，目前的研究主要集中在"文学性"是什么和如何再现这两个问题上，少数研究以译本为例对"文学性"的再现手段进行了总结和提炼，为"文学性"的后续研究奠定了基础。从前人研究可知，文学性体现于形式，包括修辞、节奏和韵律等层面；文学性体现于思想内容和想象力；文学性体现于功能，着重于引发读者的审美体验。因此，在翻译过程中，译者不仅要具有文学修养，还要采用灵活的翻译手段，再现原作的文学性，这已经成为译者的使命。然而，目前研究缺乏实证性探索，对"文学性"的客观描述不够系统，急需借用量化的研究方法，从大量的典型翻译案例中，提取"文学性"的规律性表现和翻译策略。为了给当下的文学翻译（外译）实践提供有效策略，我们从高素养作家型译者的作品入手，考察其翻译作品中"文学性"的表现和再现方法。冰心翻译与创作能力兼备，是文学翻译的典型代表，探究其翻译语言的文学性再现策略，可为当下文学外译提供重要参考。

三、研究问题

我们关注冰心翻译语言的文学性，尝试回答以下三个研究问题：
（1）冰心翻译语言的文学性体现在哪些方面？
（2）冰心翻译语言文学性的生成机制是怎样的？
（3）冰心翻译对提升文学翻译语言的文学性有何启示？

四、研究对象和方法

我们尝试使用语料库的方法，对冰心翻译与创作的文学性开展语内和语际的多维对比分析。研究文本包括冰心翻译文本、冰心创作文本以及部分英文文本。信息如表 2-16 所示：

表 2-16　冰心文本信息

序号	文本	文件大小/字节
1	冰心原创.txt	661 608
2	冰心翻译.txt	221 574

首先，从冰心翻译文本与原创文本语内类比的视角，考察两种文本语言的文学性差异和具体表现，总结冰心翻译语言文学性的特征。在此，主要从词汇、节奏、修辞三个层面开展。

在词汇层面,考察关键词、高频词的使用情况。其中,关键词分析是语料库语言学研究获取文本主题信息的重要手段,通过关键词分类和标注分析,我们拟对冰心翻译与创作的关键词的词类、主题、创新度三个指标进行观察。关键词词类分为实词和虚词,可表现出语言的结构特征。一般而言,文学性较强的文本关键词以实词为主,而非文学文本的关键词虚词较多。高频关键词则可凸显作品主题,描述作品关注的焦点,如表示人物、情感、动作等的词。文学性较强的文本往往与人物、情感、内心世界等主题相关,而非文学文本的关键词多与科技、商业等主题有关。

此外,考察两个文本的句长、句段长、节奏安排,以考察语言形式的文学性表现。

接着,考察两个文本的修辞运用情况,主要考察明喻修辞的使用差异。修辞是语言文学性的重要表现手段,一般而言,修辞使用得越好,文学性越强。那么,两个文本的修辞运用有何差异? 在文学性表达方面,有何异同呢?

然后,从语际对比角度,考察冰心翻译语言文学性的生成机制,提炼冰心翻译语言文学性的表征策略。

最后,总结冰心翻译文学性的策略,为现阶段中外文学翻译实践提供有效参考。

五、结果与讨论

(一)冰心翻译词汇的文学性

WordSmith 的主题词表可列出冰心原创与翻译的主要关键词。主题词表一般由两个部分构成:第一部分列出的主题词常被称为正主题词(positive keywords),这一部分的所有词汇在观察语料库中的使用频率都显著高于它们在参照语料库中的使用频率;第二部分位于词表的底部,所列出的是在观察语料库中使用频率显著低于参照语料库的那些词汇,这些主题词称作负主题词(negative keywords),因为这些词的主题性(keyness)为负值(王立非等,2007)。冰心作品的关键词数据如表 2-17、表 2-18 所示:

表 2-17 冰心原创作品的主要关键词

序号	关键词	频次	Keyness	P
1	笑着	233.00	305.34	0.00
2	笑说	185.00	280.92	0.00
3	姊姊	142.00	215.61	0.00
4	了一	397.00	194.16	0.00
5	看着	225.00	169.79	0.00
6	笑了	133.00	165.25	0.00
7	的太太	103.00	156.38	0.00
8	我们的太太	101.00	153.34	0.00
9	施女士	95.00	144.23	0.00
10	张老师	86.00	130.57	0.00
11	陈姨	83.00	126.01	0.00
12	笑道	82.00	124.49	0.00
13	渐渐的	82.00	124.49	0.00
14	慢慢的	81.00	122.97	0.00
15	说你	224.00	107.37	0.00
16	说着	132.00	101.87	0.00

表 2-18 冰心翻译的主要关键词

序号	关键词	频次	Keyness	P
386	我的心	12.00	−103.41	0.00
387	就像	16.00	−107.41	0.00
388	的时候我	22.00	−112.43	0.00
389	时候我	27.00	−113.95	0.00
390	的人	155.00	−118.52	0.00
391	的时候	321.00	−132.25	0.00
392	当我	8.00	−151.07	0.00
393	在你	23.00	−160.60	0.00
394	他的	232.00	−169.41	0.00
395	的心	39.00	−174.94	0.00
396	在我	87.00	−205.83	0.00
397	它的	12.00	−251.82	0.00
398	你的	180.00	−321.33	0.00
399	我的	508.00	−394.28	0.00

上表显示,冰心原创的主要关键词以实词为主,包括动词"笑、说"、人物名称、副词等;而冰心翻译作品的关键词与原创有很大不同,功能词较多,包括物主代词"我的、你的、它的、他的"等,以及介词词簇"在我、在你",时间短语"……的时候",名词"心"等,这体现了翻译语言形式化较强的特征。

从关键词的描述对象看,冰心原创多关注身边的普通人物,如"姊姊、太太、老师、女士",而冰心翻译的焦点则多关注人的内心世界。由关键词的数据,可进一步推测,冰心原创文学的视角是向外的,是以观察为主的叙事性文学,而其翻译则多是向内的,是以启发和反思为主的哲理文学。

进而,我们统计了使用频次达到 100 以上的 2~5 个多音节词语,两个文本情况如表 2-19 所示:

表 2-19　冰心原创的高频词

序号	词语	频次	比例/%
1	我的	508.00	0.26
2	了一	397.00	0.20
3	了我	384.00	0.20
4	的时候	321.00	0.16
5	也不	301.00	0.15
6	不是	290.00	0.15
7	说我	266.00	0.14
8	她的	242.00	0.12
9	笑着	233.00	0.12
10	他的	232.00	0.12
11	看着	225.00	0.12
12	说你	224.00	0.11
13	我说	207.00	0.11
14	我们的	207.00	0.11
15	来了	199.00	0.10
16	坐在	198.00	0.10
17	不能	192.00	0.10
18	走了	192.00	0.10
19	笑说	185.00	0.09
20	我也	182.00	0.09
21	你的	180.00	0.09
22	两个	177.00	0.09

续表

序号	词语	频次	比例/%
23	去了	177.00	0.09
24	都是	176.00	0.09
25	的我	163.00	0.08
26	了她	157.00	0.08
27	了他	156.00	0.08
28	的人	155.00	0.08
29	就是	152.00	0.08
30	是我	149.00	0.08
31	的一	145.00	0.07
32	我不	143.00	0.07
33	姊姊	142.00	0.07
34	一天	140.00	0.07
35	着我	140.00	0.07
36	到了	139.00	0.07
37	站在	139.00	0.07
38	着一	134.00	0.07
39	笑了	133.00	0.07
40	说着	132.00	0.07
41	上的	126.00	0.06
42	这一	126.00	0.06
43	也是	124.00	0.06
44	了起来	124.00	0.06
45	的事	116.00	0.06
46	走到	115.00	0.06
47	过了	114.00	0.06
48	好了	110.00	0.06
49	了这	109.00	0.06
50	我就	107.00	0.05
51	着说	106.00	0.05
52	一面	103.00	0.05
53	的太太	103.00	0.05
54	我们的太太	101.00	0.05
55	说这	101.00	0.05

表 2-20 冰心翻译的高频词

序号	词语	频次	比例/%
1	我的	1498.00	0.67
2	你的	767.00	0.35
3	的时候	760.00	0.34
4	他的	669.00	0.30
5	的人	455.00	0.20
6	在我	429.00	0.19
7	不是	376.00	0.17
8	她的	375.00	0.17
9	我们的	355.00	0.16
10	了我	329.00	0.15
11	的心	279.00	0.13
12	不能	276.00	0.12
13	有一	270.00	0.12
14	它的	263.00	0.12
15	我不	236.00	0.11
16	把我	235.00	0.11
17	一天	232.00	0.10
18	的一	224.00	0.10
19	也不	221.00	0.10
20	在你	220.00	0.10
21	就是	205.00	0.09
22	上的	199.00	0.09
23	我在	198.00	0.09
24	是一个	198.00	0.09
25	自己的	194.00	0.09
26	时候我	186.00	0.08
27	一种	185.00	0.08
28	在这	176.00	0.08

续表

序号	词语	频次	比例/%
29	的时候我	171.00	0.08
30	这是	171.00	0.08
31	的东西	166.00	0.07
32	使我	163.00	0.07
33	人的	162.00	0.07
34	了他	161.00	0.07
35	当我	161.00	0.07
36	是我	160.00	0.07
37	我就	157.00	0.07
38	苏达沙那	150.00	0.07
39	在我的	149.00	0.07
40	就像	149.00	0.07
41	他们的	147.00	0.07
42	的是	147.00	0.07
43	是一	145.00	0.07
44	都是	144.00	0.06
45	不会	143.00	0.06
46	给我	143.00	0.06
47	对我	140.00	0.06
48	来的	139.00	0.06
49	一只	136.00	0.06
50	了你	136.00	0.06
51	在他	133.00	0.06
52	我是	133.00	0.06
53	我的心	133.00	0.06
54	来了	132.00	0.06
55	的我	129.00	0.06
56	让我	129.00	0.06

续表

序号	词语	频次	比例/%
57	里的	129.00	0.06
58	坐在	128.00	0.06
59	的话	126.00	0.06
60	说我	126.00	0.06
61	但是我	125.00	0.06
62	把你	125.00	0.06
63	一个人	124.00	0.06
64	了一	120.00	0.05
65	有一个	120.00	0.05
66	的声音	120.00	0.05
67	在我们	119.00	0.05
68	是在	117.00	0.05
69	在她	115.00	0.05
70	中的	113.00	0.05
71	是不	112.00	0.05
72	着我	112.00	0.05
73	他就	111.00	0.05
74	大的	109.00	0.05
75	把它	109.00	0.05
76	不知道	107.00	0.05
77	也没有	106.00	0.05
78	在一起	106.00	0.05
79	一件	103.00	0.05
80	他是	103.00	0.05
81	到了	102.00	0.05
82	里去	102.00	0.05
83	有一天	101.00	0.05
84	带着	100.00	0.05

上表多音节高频词的统计结果与关键词的统计结果类似,说明冰心翻译与原创在词汇使用上存在较大差异:冰心原创汉语文学作品以人物、动作为主特征,关注普通人的生活世界,而冰心翻译文学具有形式化较强的特征,关注内心世界,与冰心原创作品的语言规范、关注对象存在较大区别。

(二)冰心翻译语言的节奏

节奏是考察作品文学性的重要指标。为考察冰心翻译语言的节奏,我们使用 WordSmith 8.0 统计了冰心翻译与原创的相关词长、句长信息。词长、句长与句子的节奏密切相关。词长关系到汉语的音节,词语长则音节长,显示出用词繁复的风格,词语短则音节短,表现用词简洁的风格。句子的长短也是节奏,句子长则节奏缓慢,句子短则明快简练。冰心翻译和原创的词长、句长信息如表 2-21 所示:

表 2-21 冰心原创与翻译的词长、句长信息

文本类型	平均词长	句子数量	平均句长
冰心原创	1.36	10 028	19.47
冰心翻译	1.41	11 365	19.52

从以上数据来看,在词语层面,冰心翻译的词长比原创略长,但差异不大,只长 0.05 个词,两个文本的词语多数集中在双音节词上;在句子层面,冰心翻译与原创也相差不大,平均句长约为 19 个词,冰心翻译的句子略长(长 0.05个词)。可见,总体而言,冰心翻译语言的句子构建与原创非常接近,并未明显偏离原创的构句规范。

一般而言,汉语的句段长不宜超过 7 个词,虽然冰心翻译和原创的平均句长有 19 个词,但其断句频繁,平均句段并不长,因而节奏并不拖沓。我们以冰心(2015)翻译的《吉檀迦利》为例,考察其断句情况,观察文本的基本节奏类型,发现冰心翻译的节奏一般有以下几种:

(1)节奏明快型。此类型以 7 个词以内的"短"句段为主,句段容量较小,总体句子节奏明快。例如:

短十短:离你最近的地方,路途最远。

长句化短:天刚破晓,我就驱车起行,穿遍广漠的世界,在许多星球之上,留下辙痕。

有的句子不长,句段较短,节奏简洁明快。而有的句子较长,冰心翻译善用逗号断句,长句化为几个小句段,而且用了四字表达,形成节奏明快的"短"句段,整个句子读起来朗朗上口,也富有节奏感。

（2）长短配合型。此类型以"长＋短"句段配合为主,句段容量有大有小,节奏轻重相间,缓解了句子容量过大的问题。例如:

> 短＋长:我的骄傲,是因为时代的脉搏此刻在我血液中跳动。

（3）节奏舒缓型。此类型以"长＋长"句段为主,句段容量较大,节奏舒缓,例如:

> 长＋长:当我的日子在世界的闹市中度过,我的双手满捧着每日的赢利的时候,让我永远觉得我是一无所获——让我念念不忘,让我在醒时或梦中都怀带着这悲哀的苦痛。

例句中的句段较长,平均在 7 个词以上,读起来节奏舒缓,与表达的痛苦绵长的意义相匹配,因而读起来并不拖沓冗长。

从冰心翻译语言的节奏来看,句子多以"短"句段为主,节奏整体比较明快,富有乐感,偶有较长句段,也符合作者表达的意境。这种短句段为主、长短搭配的句式节奏,形成了冰心翻译的节奏风格,有利于其文学性的表达。

（三）冰心翻译语言修辞的文学性

冰心翻译和原创都善于使用各种修辞手段,提升其文学价值。在翻译文本中,常见的修辞有明喻、暗喻、拟人、排比、重复等,其中,比喻类修辞使用范围较广,构建了广阔的文学想象空间,而排比、对照、重复等则加强了语言的节奏感,也有利于提升其文学性。

首先,概念隐喻的大量使用扩展了语言的文学想象空间。从认知语言学视角看,冰心翻译中有丰富而新鲜的概念隐喻,丰富了读者的认知想象空间,有利于读者理解和接受。例如:

> 不在你的面前,我的心就不知道什么是安逸和休息,我的工作变成了无边的**劳役海**中的无尽的劳役。（概念隐喻:劳役像大海,形容工作量多）

天空**像失望者**在哀号。（概念隐喻：天空像失望的人，突出天空的阴郁）

我把她深藏在心里，到处漫游，我**生命的荣枯**围绕她起落。（概念隐喻：生命如植物，表达生命的周期性）

其次，重复、排比、对照等修辞手段则加强了语言的节奏感。例如：

在那里，心是无畏的，头也抬得高昂；

在那里，知识是自由的；

在那里，世界还没有被狭小的家园的墙隔成片段；

在那里，话是从真理的深处说出；

在那里，不懈的努力向着"完美"伸臂；

……

例子中使用了重复、排比的手法，突出了"在那里"的美好生活。而且，有时冰心翻译语言中各类修辞混合使用，提升了作品的文学价值，例如：

在那里，清晨来了，右手提着金筐，带着美的花环，静静地替大地加冕。

在那里，黄昏来了，越过无人畜牧的荒林，穿过车马绝迹的小径，在她的金瓶里带着安静的西方海上和平的凉飙。

此例使用了重复、排比、拟人等多种修辞手段，蕴含"时辰是女神"的概念隐喻，提升了作品的想象力和审美价值。

六、冰心翻译文学性的生成机制

首先，文学性的内核与描述对象密切相关。冰心翻译与创作的关注点都是"人"，但是翻译关注自我，而创作关注他者，反映了中外文学的思想内涵差异。冰心创作关注他者，尤其是女性，对她们的情感世界进行描写，构建了中国女性慈爱温婉的形象，蕴含着中国传统文化"慈母""家庭"的精神内涵。冰心翻译的关键词反映出作者对内心世界的关注，定位以自我为标志，但是这个自我的位置并不主动，而是一个接受者，这反映了作品的主题与"我"的关系，描绘了人物的心理和精神世界。

其次,文学性的形式与语言节奏关联。冰心翻译与创作的语言有较大共通之处,节奏感都比较强。冰心翻译善于使用标点断句,采用长短不一的句段,形成节奏感较强的句子。这展示了冰心深厚的语言功底。

最后,文学性的价值实现在于劝说手段的使用。冰心翻译采用了大量的修辞手段,尤其是隐喻思维的运用,为读者带来了不同的认知体验,构建了新的认知空间。这些隐喻一般来自翻译,展示了冰心准确而又灵活的翻译策略,例如:

英文原文:The light of thy music illumines the world. The life breath of thy music runs from sky to sky.

冰心翻译:你的音乐的**光辉照亮**了世界。你的音乐的**气息**透彻诸天。

这一例子中,冰心采用了准确的翻译策略,与原文形成了对应关系,给读者带来了异国文化中对音乐的认知。而在下面的例子中,冰心则使用了灵活的翻译策略。

英文原文:I shall ever try to keep all untruths out from my thoughts, knowing that thou art that truth which has kindled the light of reason in my mind.

冰心翻译:我要永远从我的思想中屏除虚伪,因为我知道你就是那在**我心中燃起理智之火**的真理。

英文中的隐喻是"点亮理智之光",冰心译为"燃起理智之火",略加修改,表达的情感更加强烈,更加符合读者的认知习惯。

七、小结

文学性是文学翻译过程中必须重视的问题。为了更好地开展文学翻译实践,尤其是推动中国优秀文学作品外译,我们采用类比语料库的方法,对冰心的翻译和创作的文学性进行了类比研究,研究从词汇、节奏和修辞三个层面展开,考察冰心翻译文学性的表现、生成机制。研究初步得出以下结论:(1)从关键词的使用看,冰心翻译语言的形式化较强,多关注人的内心世界,而冰心原创多关注身边的普通人物;(2)冰心翻译语言节奏感强,采用了节奏明快型、长短配合型、节奏舒缓型等类型,提升了语言形式的文学性;(3)冰心翻译中修辞手段的大量使用扩充了读者的文学想象空间,提升了语言的节奏感;(4)冰心翻译文学性的生成是多层面的,其内核与描述对象密切相关,其表现形式与语言节奏关联,而其价值实现在于劝说手段的使用,这体现了冰心高超的文字功底和准确灵活的翻译策略。冰心翻译实践案例启示我们,在文学翻译中,译者不仅要传递原作信息,还要再现原作的文学性,在当下中国文化和文学走出去的背景下,这已经成为文学翻译工作者的责任和使命。译者要具有深厚的"文学性"素养,掌握"文学性"再现的手段和方法,承担起新时代的文化传播使命。

第四节 译海情深:冰心翻译与原创中"海"的修辞特征及其功能

一、引言

"海"是冰心原创作品的重要主题(荣松,1995;王敏,2010;彭松,2019),冰心文学中的"海"不仅与作者的生平经历有关,更反映了五四时代精神的深刻影响(彭松,2019)[14]。目前,研究者往往从微观文学作品赏析和宏观社会历史描写的视角,探索冰心原创作品中的海洋文化观(王敏,2010)、海洋情怀(彭松,2010)、海洋意象(卢月风,2020)等问题。然而,目前研究方法一般为小范围的例证或案例分析,研究视角多为文学视角,对于冰心作品中海洋情感生发的源流,尚未从语内类比的视角切入。冰心作为融通中西的翻译家,其原创作品受到了翻译的深刻影响,从语内类比的视角考察冰心的海洋书写,可为当下的冰心研究提供新的视角和实证支持。

语言体现思想。冰心翻译和原创作品中,都有大量描写"海"的片段,"海"作为冰心原创作品中的重要元素,融合了冰心对自然、母爱、童真等的热爱之情,是冰心"爱的哲学"的重要表现内容。然而,冰心翻译中的"海"与原创中的"海"存在多大差异或共通之处,两者是否存在风格迁移或价值渗透,对此我们尚未有明晰的认识。

根据《现代汉语词典》第五版,"海"的第一义项是真实的海,而第二义项则是修辞意义上的海：海①大洋靠近陆地的部分，有的大湖也叫海；②比喻连成一大片的很多同类事物：人海、火海。冰心原创作品中的海洋意象分为以海寄托情思的诗性吟咏和以海隐喻生命的哲理化感悟（卢月风，2020）[50]，前者往往描述真实的海，后者则往往使用修辞用法。本研究重点关注"海"的修辞语句，采用类比语料库的方法，提取冰心翻译和原创作品中所有对"海"直接描述的语句，对其修辞用法进行深入分析，考察其在翻译和原创语境下所具有的修辞特征、情感色彩和文学价值功能等问题。

二、研究问题

本研究在冰心翻译和原创类比语料库的基础上，采用语内类比的方法，重点考察以下三个问题：

（1）冰心翻译与原创作品中"海"的修辞特征有何异同？

（2）冰心翻译与原创"海"的修辞用法差异的原因有哪些？

（3）冰心翻译与原创中"海"的修辞发挥了怎样的功能？

三、研究方法与过程

首先，我们建立了冰心翻译和原创作品类比语料库，标注了词性信息。WordSmith 8.0 统计的文本基本信息如表 2-22 所示：

表 2-22　冰心翻译与原创标注文本的基本信息

序号	文件名	文件大小/字节
1	冰心翻译.txt	1 759 089
2	冰心原创.txt	1 621 094

从文本大小看，两个语料库规模相差不大，文体相似，包括散文、小说、诗歌等，文学性强，具有较强的可比性。

其次，使用 MonoConc 提取冰心翻译和原创作品中"海"的语句，区分"海"的直接描述和修辞用法。

再次，对"海"的修辞用法进行标注，标注其修辞手段、情感色彩、概念投射等，并统计数据，比较分析冰心翻译和原创中"海"的修辞用法的异同。部分标注例子如下：

冰心翻译：…时间/n 像/v 宁静/a 的/ude1 ［海］洋/n 一般/ad 停/vi 住/vi 不/d 动/v。/wj …〈隐喻/时间—海洋/中性〉

冰心原创：… v 一个/mq 人/n，/wd 只是/c 在/p 灵魂/n ［海］里/s 起/vf 了/ule 一/m 朵/q 浪花/n ，/wd …〈隐喻/灵魂—海/中性〉

最后，结合文本功能和译者风格，探讨冰心翻译和原创中"海"的修辞功能。

四、研究结果与讨论

（一）冰心翻译与原创中"海"的修辞特征

首先，我们对冰心翻译与原创中"海"的修辞用法进行了统计，发现两个文本存在较大差异。在冰心翻译作品中，我们提取到 190 条直接带"海"的片段，对每一条进行识别和标注，发现有 49 条具有修辞特征。在冰心原创作品中，提取到 278 条片段，其中 35 条直接包含"海"。相关修辞手段使用情况如表 2-23 所示：

表 2-23　冰心翻译与原创中"海"的修辞用法比较

"海"的修辞用法	冰心翻译作品		冰心原创作品	
	频次	比例	频次	比例
拟人	19	10％	4	1.44％
隐喻	30	15.79％	31	11.15％
"海"修辞总数	49	25.79％	35	12.59％
"海"总条数	190	100％	278	100％

数据显示，在冰心翻译作品中，"海"的修辞用法比例较高，占 25.79％，而在冰心原创作品中，"海"的修辞用法比例明显比翻译作品中低得多，占 12.59％。从另一个角度可知，"海"在原创作品中的非修辞用法较多，经常以真实描写出现在原创作品中，而翻译作品中，对"海"的真实描写比例略低。

冰心翻译和原创作品中"海"的修辞用法都以隐喻为主。其中，冰心翻译中"海"的隐喻使用比例高于冰心原创作品，同样，冰心翻译作品中"海"的作品的拟人用法比例高于冰心原创作品。

然后，我们进一步对"海"的修辞语句进行情感色彩标注，以考察"海"修辞的基本情感，得出表 2-24：

表 2-24 冰心翻译与原创中"海"修辞的情感色彩比较

情感色彩	冰心翻译作品				冰心原创作品			
	拟人		隐喻		拟人		隐喻	
	频次	比例/%	频次	比例/%	频次	比例/%	频次	比例/%
积极	3	6.12	14	28.57	3	8.57	16	45.71
中性	11	22.45	13	26.53	1	2.86	13	37.14
消极	5	10.20	3	6.12	0	0	2	5.71
总数	49				35			

　　"海"拟人的情感色彩在翻译和原创作品中差异较大。在冰心翻译作品中,拟人的情感色彩以中性情感为主,其次为消极情感,最后是积极情感。而在冰心原创中,拟人的情感色彩以积极情感为主,其次为中性情感,没有消极情感。

　　关于"海"隐喻的情感色彩,冰心翻译作品以积极情感为主,其次为中性情感,消极情感最少。同样,在冰心原创作品中,"海"隐喻的情感色彩以积极情感为主,其次为中性情感,最后为消极情感。可见,在隐喻使用方面,冰心翻译与原创"海"修辞的情感有共通之处,都以积极为主,消极情感较少。

　　为了进一步考察"海"的修辞结构,我们标注了"海"隐喻语句中的概念投射类型,观察从本体到喻体的投射频次和比例,数据如表 2-25 所示:

表 2-25 冰心翻译与原创中"海"隐喻的概念投射比较

隐喻的概念投射 (本体—喻体)	冰心翻译作品		冰心原创作品	
	频次	比例/%	频次	比例/%
事物—海	26	86.67	29	93.55
海—事物	4	13.33	2	6.45
总数	30	100	31	100

　　结果发现,在隐喻的概念投射方面,冰心翻译与原创都较多使用"事物像海"的概念投射,把抽象或具体事物比作海,较少使用"海像事物"的概念投射,对"海"的修辞描述比较少。而且,冰心原创中"事物—海"隐喻比例高达93.55%,比翻译作品中的使用比例高出 6.88%。

　　以上研究初步发现:(1)冰心翻译和原创中,"海"多数以真实形象出现,修辞用法比例较低,其中,冰心翻译作品中"海"的修辞用法比例比原创作品中高。(2)冰心翻译和原创作品中"海"的修辞都以隐喻为主,而且情感色彩有共通之处,都以积极情感为主,消极情感较少;但两个文本中"海"的拟人用法情感色彩差异较大。(3)冰心翻译与原创都较多使用"某物像海"的概念投射,较少使用"海像某物"的概念投射。可见,在修辞类型、情感色彩、概念投射等方面,冰心翻译与原创作品的"海"修辞具有共通之处。

(二)冰心翻译与原创"海"修辞特征的成因

1.原文与译者翻译策略的双重影响

冰心翻译作品中"海"的修辞用法比例比原创作品中高,这既是源自英文原文的影响,也是译者翻译策略产生的结果。以上讨论发现,冰心翻译中有较多的拟人用法,相比之下,冰心原创中使用较少。从文本功能看,冰心翻译的拟人类型更为多样化,把海比作人,或把海波、海岸比作人;情感也更为丰富多样,以中性为主,贬义次之,积极最后。而冰心原创中对"海"的拟人情感比较积极。造成这一差异的主要原因是英文原文具有丰富的"sea/ocean"的表达,而且,译者采用了对应策略,把原文的修辞手段引入了汉语翻译中,例如:

英文原文:And once I spoke of a brook to the sea, and the sea thought me but a depreciative defamer.

冰心翻译:**……对大海谈到小溪,大海认为**我只是一个低估的 ……(冰心,1998)[70]〈拟人/海—人/中性〉

从例子可见,冰心把英文原文中的拟人用法比较准确而忠实地带人了汉语翻译,这体现了英文的影响以及译者"对应"的翻译策略。

同样,冰心翻译有很多隐喻用法也受到了原文和译者翻译策略的双重作用,例如:

英文原文:And he who has deserved to drink from the ocean of life deserves to fill his cup from your little stream.

冰心翻译:凡配在**生命的海洋**里啜饮的,都配在你的小泉里舀满他的杯。(冰心,1998)[12]〈隐喻/生命—海洋/中性〉

英文原文:… my work becomes an endless toil in a shoreless sea of toil.

冰心翻译：……我的工作变成了无边的**劳役海**中的无尽的劳役。（冰心，1998）[87]

由以上例子可见，冰心翻译中的隐喻"生命的海洋"来自英文"the ocean of life"，"劳役海"来自"sea of toil"。这种保留原文隐喻的做法，体现了译者严谨的翻译态度和"对应"的翻译策略。

4.2.2　修辞认知的相似性与独特性

冰心翻译与原创在"海"的修辞类型、情感色彩、概念投射等方面具有很大的相似性，这体现了英汉修辞的共同点。

两个文本的隐喻类型具有共通之处，都关注人、时间、痛苦与海的相似性，例如，

英文原文：And in my dream I say to them，"I am the infinite sea，and all worlds are but grains of sand upon my shore."

冰心翻译：在梦里我对他们说："**我就是那无边的海洋**，大千世界只不过是我的沙岸上的沙粒。"（冰心，1998）[101]

例子中"我"被比作"海洋"，突出人与海的相似性，表达了"我"宽大包容的品质。英文翻译成汉语，不存在认知距离，因此可以保留原文的隐喻。

同时，冰心翻译与原创的"海"修辞也各有其独特之处。冰心翻译较多关注抽象事物与海的相似性，如生命、社会、宇宙、死亡、极乐、劳役、光明、形象等，强调其空间之大或数量之多；也关注具体事物与海的相似性，如火、表情、歌唱、草地等，表达数量之多。而冰心原创关注的抽象事物有灵魂、气、爱、觉悟、堕落、学问、脑、个人世界，突出其空间之大；描写的具体事物有云、旗、花、声音、春天等，突出其数量之多。（见表 2-26）两个文本的关注点有较大差异，这与作者的写作风格和文章主题有很大关系。冰心写作的核心是"爱的哲学"，关注自然和爱的主题，因此原创文本"海"的修辞与自然景物、爱、灵魂等密切关联。而冰心翻译的文章多为人生哲理方面的，主题涉及生命、生死、宇宙等抽象命题，这与原作主题相关。

表 2-26　冰心翻译与原创"海"的修辞比较

	冰心翻译	冰心原创
拟人	〈拟人/海—人/积极〉2	〈拟人/海—人/积极〉
	〈拟人/海—人/中性〉11	〈拟人/海—人/积极〉
	〈拟人/海—人/消极〉3	〈拟人/海—人/积极〉
	〈拟人/海波—人/消极〉	〈拟人/海—人/中性〉
	〈拟人/海波—人/积极〉	
	〈拟人/海岸—人/消极〉	〈隐喻/灵魂—海/中性〉3
	〈隐喻/人—海/积极〉	〈隐喻/气—海/中性〉
	〈隐喻/心—海绵/积极〉	〈隐喻/痛苦—海/消极〉
	〈隐喻/生命—海/积极〉	〈隐喻/脑—海/中性〉3
	〈隐喻/生命—海/中性〉3	〈隐喻/大脑意识—海水/积极〉
	〈隐喻/生命—海/中性〉2	〈隐喻/人—海/中性〉3
	〈隐喻/社会—海/中性〉	〈隐喻/人—海/积极〉2
	〈隐喻/宇宙—海/中性〉	〈隐喻/云—海/中性〉
	〈隐喻/时间—海/中性〉	〈隐喻/爱—海/积极〉2
	〈隐喻/死亡—海/消极〉	〈隐喻/红旗—海/积极〉
	〈隐喻/痛苦—海/消极〉	〈隐喻/花—海/积极〉
隐喻	〈隐喻/生命—海岸/积极〉	〈隐喻/彩旗和鲜花—海/积极〉
	〈隐喻/极乐—海/积极〉	〈隐喻/声音—海波/积极〉
	〈隐喻/火—海/中性〉	〈隐喻/觉悟—海/积极〉
	〈隐喻/表情—海/积极〉	〈隐喻/堕落—海/消极〉
	〈隐喻/劳役—海/消极〉	〈隐喻/时间—海/中性〉2
	〈隐喻/歌唱—海波/积极〉	〈隐喻/学问—海/积极〉
	〈隐喻/光明—海/积极〉2	〈隐喻/个人世界—海/积极〉2
	〈隐喻/草地—海/积极〉	〈隐喻/春天—海/积极〉
	〈隐喻/生死—海/中性〉	
	〈隐喻/时间—海波/中性〉	
	〈隐喻/形象—海/中性〉	
	〈隐喻/意识—潮水/中性〉	
	〈隐喻/海—花/积极〉2	
	〈隐喻/海—魔术师/积极〉	〈隐喻/海—金/积极〉2
	〈隐喻/海波—绸/积极〉	

注：文字后面的数字表示出现频次，未加数字的条目频次为 1 次。

（三）冰心翻译与原创"海"的修辞功能

根据语言的基本功能分类，冰心翻译与原创中"海"的修辞发挥了三种文本功能：概念功能、语篇功能和人际功能。

在冰心翻译和原创作品中，"海"的概念意义主要分两种：真实的海和隐喻的海。在"海"的修辞语句中，"海"多数具有隐喻意义，指的是数量多或空间大的事物,包括抽象事物和具体事物。而在非修辞语句中,"海"主要指的是自然的海、真实的海。"海"的概念揭示了文章的主题和作者的写作内容,是整个文本概念的重要组成部分。

"海"的修辞结构具有较强的语篇功能。从微观层面看,"海""海波""海岸"等形成了语篇内部的共现关系;而且,在修辞结构上,"海"的概念投射凸显了海与人类精神世界、自然世界其他事物的相似性,形成了超越语篇层面的衔接链条,发挥了较强的语篇功能。

"海"的修辞不仅承载了语篇的主题概念,连接了语篇内外的意义,还发挥了积极的人际功能。

首先,"海"的修辞结构本身具有明确的情感功能。由于每一个修辞都具有明显的情感色彩,由此可以观察作者所表达的情感功能。"海"的隐喻和拟人等修辞手段主要发挥了积极的情感功能,而这种情感功能具有很强的感染力,可以引起读者的情感共鸣,从而发挥修辞共情的功能。

其次,"海"修辞特色鲜明,拓宽了作品的文学空间,提升了作品的文学价值。冰心原创的"海"修辞使用了"爱、花、旗"等具有积极意义的本体,与"海"搭配,描绘了美好的场景,蕴含着冰心"爱的哲学"中的自然之爱、母爱、童真等元素,让读者阅读时感受到美感,具有积极的人际功能。而冰心翻译的"海"修辞也有自己的特色,凸显了作品探索人类精神空间的主题,富有哲理,具有较强的"启发性"情感功能。

五、小结

本研究关注冰心翻译与原创中"海"修辞的使用特征及其功能,在类比语料库的基础上,对"海"的修辞类型、使用情况、情感色彩等进行了统计分析。研究发现:(1)冰心翻译"海"的修辞用法比例比原创高,这源自英文原文和译者"对应"翻译策略的双重影响。(2)冰心翻译和原创中"海"修辞皆以隐喻为主,且情感色彩都以积极为主,概念投射类型相似,体现了英汉修辞的共同点和相似性;但两个文本"海"的修辞也各有特色,体现了各自主题的独特之处。(3)冰心翻译和原创的"海"修辞发挥了积极的概念功能、语篇功能和人际功能,不仅揭示了文章的主题和内容,形成了超越语篇层面的意义衔接链条,而且具有较强的情感功能,提升了作品的文学价值。

第五节 译创合一、译有所忠：杨绛翻译与原创的明喻特征及其功能

一、引言

在现代隐喻学中，明喻是广义隐喻的一个种类（束定芳，2003），是一种显性隐喻，特点是明确说明两者是一种对比关系，汉语的典型形式即"A 像 B"（束定芳，2000）。从修辞学视角看，明喻不仅是表达思想的方式，也是劝说受众的方式，其使用情况关系到文学作品的质量。徐骏等（2004）[50] 指出，比喻词语使用的多寡可以是衡量文字或文学作品文采高低的标准。赵彦春等（2017）也提出，修辞手法（隐喻、拟人、夸张等）、格律及样式（头韵、尾韵、韵式、节奏、文本形式等）是体现文学性的重要手段，并指出翻译中文学性的丧失是根本性的丧失。可见，不论从认知语言学视角还是修辞学视角，明喻都是一种重要的修辞方式，其运用质量关系到文学作品文学性的体现、传播和接受效果。然而，英汉语言中的明喻往往体现了中西不同的思维方式，翻译成汉语的明喻往往体现了英汉语言差异和译者的翻译决策。从语内类比的视角，考察汉语翻译与汉语原创作品中的明喻运用情况，观察明喻的翻译策略，对于当下文学作品的外译实践和国际传播具有重要的借鉴意义。

杨绛作为享誉国内外的知名作家和翻译家，创作了大量原创作品，同时也翻译了多部文学名著，广受后人欢迎。杨绛作品成功的原因是多方面的，其中很重要的一点是其原创和翻译的文学作品都使用了大量的明喻；例如，《洗澡》的巧比妙喻层出不穷，"是作家观察精细、构思敏捷、匠心独运的结晶，也是作者自觉实践钱钟书先生提出的'比喻是文学语言的根本'的一个成功范例"（陈宇，2005）[66-70]。那么，杨绛翻译与原创中的明喻运用有何特征，有何异同？在汉语翻译语境中，明喻实现了怎样的功能？这几点就是本研究要关注的问题。

二、杨绛文学语言研究概述

杨绛的文学活动涉及文学创作、文艺理论及翻译三个领域。然而，对这三

个领域作品的研究结构明显失衡:创作领域研究者云集,文论及译作部分问津者寥寥(陈宇,2005)[69]。现在,我们再次梳理关于杨绛的研究文献,发现目前对杨绛翻译的关注日益增多,但与原创研究相比,数量仍然较少,深度也有待加强。进入21世纪以来,有关杨绛作品研究的论文呈现蓬勃发展的态势(刘泽权等,2018)。

毋庸置疑,杨绛的翻译研究是杨绛文学研究的重要组成部分,其翻译对创作产生了重要影响,研究杨绛翻译可梳理其文学风格形成和发展的脉络。已有研究显示,在语言上,杨绛翻译对其创作有重要影响。同样,她的翻译也不可避免地受到其所创作的文艺作品的影响,她注重译文的可接受性,语言风趣幽默(乔澄澈,2010)。而且,在思想内涵上,杨绛翻译也影响了其创作。杨绛的创作并不是一个孤立的文学现象,西方文化和中国传统文化对她的创作和文论产生了双重影响(陈宇,2005)[70]。因此,描述杨绛翻译与原创语言风格的典型特征及其异同,不仅可丰富杨绛的翻译作品研究,也有助于勾勒出杨绛文学生涯的完整图谱。

聚焦杨绛文学语言特征的研究多集中讨论杨绛的原创作品风格。研究者认为,杨绛原创以喜剧为特色,有三个特点,即题材日常化、语言通俗化、人物形象普通化,服务于对世态的展示和观照(陈宇,2005)[68]。杨绛的翻译作品与原创作品风格类似,她翻译的经典文学作品包括《小癞子》《堂吉诃德》等。已有研究显示,杨绛翻译语言呈现出三个特征:渗透译者的人文思想,关注社会现状,关注底层人物的悲欢离合;强调译文的可接受性,译者倾向于引入中国传统文学的元素,帮助读者更好理解和接受译文;译文风格幽默风趣,具有讽刺意味(乔澄澈,2010)。从前人研究来看,杨绛原创与翻译在文学选材、人物刻画、语言风格方面具有较多相似性,而且相互影响。她创作作品的经历让她能够以更幽默、更贴近生活的表达方式翻译作品,而杨绛创作的大量作品也受到她翻译作品的影响(乔澄澈,2010)[111]。

从研究趋势来看,以往对杨绛文学作品的研究注重其文学原创作品的风格研究,近年来对杨绛翻译的研究也逐渐增多,尤其关注原创与翻译的联系。然而,目前所得出的研究结论多针对某一部作品,研究方法多为例证法,无法系统而全面地揭示杨绛原创与翻译在认知层面的关联。明喻作为杨绛原创作品中常见的修辞方式,体现了其独特的思维方式,而其翻译作品中也使用了大量的明喻,一定程度上代表了西方的思维方式。对杨绛原创和翻译中的明喻展开系统比较,可从深层挖掘中西思维方式的差异,勾画杨绛原创与翻译在语言和思维层面上的关联。鉴于此,本研究采用语料库辅助的方法,对杨绛翻译与原创的明喻运用情况进行分层描述,并考察杨绛翻译作品中明喻的功能,既为明喻研究提供新的研究视角和实证材料,也为杨绛翻译研究提供新思路。

三、研究问题

本研究尝试回答以下几个问题:

(1)杨绛翻译与原创使用的明喻呈现出怎样的特征?有何异同?

(2)杨绛翻译与原创中明喻发挥了怎样的文本功能?

(3)杨绛翻译中明喻特征形成的原因有哪些?

四、研究对象与方法

我们收集了杨绛翻译和原创的部分作品,其中,翻译作品来自 1994 年译林出版社出版的《杨绛译文集》(杨绛,1994),包含了两部作品。然后,我们分别建成了杨绛原创语料库和杨绛翻译语料库,文本基本信息如表 2-27、表 2-28 所示:

表 2-27　杨绛翻译和原创作品

文本类型	杨绛翻译文本	杨绛原创文本
文本内容	《堂吉诃德》《小癞子》	《干校六记》《我们仨》《洗澡》《走到人生边上》《杨绛文集》

表 2-28　杨绛翻译和原创文本的基本信息

序号	文本类型	文本大小/字节
1	杨绛原创.txt	1 110 006
2	杨绛翻译.txt	1 937 335

在文本处理阶段,我们采用语料库的方法,提取文本基本信息,并使用语料库软件 MonoConc 提取含有明喻的语句。在后期加工阶段,主要采用人工筛选和标注方式,对明喻的本体类型、概念整合类型、情感色彩等进行人工识别、标注和统计。具体研究过程如下:

首先,收集杨绛翻译文本和原创文本电子版,对文本文字进行人工核对和去噪处理。

其次,使用语料库处理软件 MonoConc,从杨绛翻译文本和原创文本各自提取含有"像""似的""仿佛"等明喻标志的语句。

　　接着,对提取的语句进行人工识别,去除非明喻表达。从杨绛翻译作品中获取明喻表达 184 条,从杨绛原创作品中获取明喻表达 118 条。

　　然后,对句子中的明喻结构进行人工标注,标注明喻本体的主题、本体—喻体的概念整合类型和情感色彩,标注符号如表 2-29 所示:

表 2-29　明喻的标注类型及其符号

标注类型	标注符号
本体主题	〈人物类〉:〈人物相貌类〉〈人物性格类〉〈人物品质类〉〈人物话语类〉〈人物动作类〉〈人物关系类〉〈人物情感类〉〈人物状态类〉〈人物价值类〉〈人物数量类〉 〈事物类〉:〈具体事物类〉〈抽象事物类〉 〈动物类〉〈事件类〉〈自然类〉〈时间类〉〈住所类〉〈精神类〉〈人物动作＋情感类〉〈人物相貌＋动作类〉
本体—喻体概念整合类型	〈世俗—世俗〉〈世俗—自然〉〈世俗—精神〉〈精神—世俗〉〈精神—自然〉〈精神—精神〉〈自然—世俗〉〈自然—精神〉〈自然—自然〉以及复合形式如〈世俗—自然＋世俗〉
情感色彩	〈褒义〉〈中性〉〈贬义〉

　　根据作品中明喻语句的表达主题,我们将明喻的主题类型分为人物类、动物类、事物类、事件类、自然类、时间类、住所类、精神类以及“人物动作＋情感类”等,其中,人物类根据关注点差异细分为 10 类。然后,根据主题所属的世界类型,把本体—喻体概念整合类型分为世俗、自然、精神世界之间的整合类别。情感色彩则分为褒义、中性和贬义三类。

　　之后,对各个明喻语句的主题、概念整合类型和情感色彩一一标注,统计各类标注符号的使用频次和比例,进而对比杨绛原创和翻译作品中明喻的使用情况,总结异同点。

　　最后,分析杨绛原创和翻译作品中明喻使用的特征,并结合文本内外语境考察杨绛翻译作品中明喻结构的功能,尝试将翻译作品中明喻的使用特征与其功能合理关联,进一步论证翻译语言具有独特的价值功能这一观点。

五、结果与讨论

(一)杨绛翻译与原创明喻本体的主题

　　明喻本体的主题类型往往能够体现文学作品的关注点。我们统计了杨绛

原创与翻译中明喻本体的主题类型,以考察两种文学作品中明喻所聚焦的主题差异,结果如表 2-30:

表 2-30 杨绛翻译与原创作品的明喻主题

主题类别	杨绛原创		杨绛翻译	
	频次	比例	频次	比例
〈人物类〉	92	77.97%	139	75.54%
〈事物类〉	13	11.02%	31	16.85%
〈自然类〉	8	6.68%	5	2.72%
〈精神类〉	2	1.69%	3	1.63%
〈事件类〉	3	2.54%	1	0.54%
〈时间类〉	0	0	1	0.54%
〈住所类〉	0	0	2	1.09%
〈动物类〉	0	0	2	1.09%
总数	118	100%	184	100%

从本体的各类主题使用比例看,杨绛原创与翻译作品中明喻本体的主题都以人物类为主,其次为事物类、自然类,其他类别的主题较少。从使用差异看,杨绛原创的自然类主题比例高于杨绛翻译,而杨绛翻译的事物类主题高于其原创,而且在时间类、住所类、动物类主题上也有涉猎。总体看来,杨绛翻译作品中明喻本体的主题类别比原创丰富。

对于明喻本体的"人物类"主题,我们进一步细化分类,并做了比较分析,得出表 2-31:

表 2-31 杨绛翻译与原创作品明喻本体的"人物类"主题

〈人物类〉主题	杨绛原创		杨绛翻译	
	频次	比例/%	频次	比例/%
〈人物相貌类〉	30	32.61	37	26.62
〈人物性格类〉	3	3.26	3	2.16
〈人物品质类〉	3	3.26	8	5.76
〈人物话语类〉	3	3.26	5	3.60
〈人物动作类〉	28	30.43	36	25.90
〈人物关系类〉	0	0	1	0.72

续表

〈人物类〉主题	杨绛原创		杨绛翻译	
	频次	比例/%	频次	比例/%
〈人物情感类〉	12	13.04	7	5.04
〈人物状态类〉	11	11.96	36	25.90
〈人物价值类〉	0	0	5	3.60
〈人物数量类〉	0	0	1	0.72
〈人物动作＋情感类〉	1	1.09	0	0
〈人物相貌＋动作类〉	1	1.09	0	0
总数	92	100	139	100

在人物的描写方面,杨绛原创的明喻主要关注人物相貌和动作,其次是人物情感和状态,较少关注人物性格、品质、话语,也有极少数复杂的混合主题。与此相比,杨绛翻译更多关注人物相貌、动作、状态,其次为人物品质、情感、价值、话语,然后是性格、关系、数量。可见,两种作品的明喻都较多关注人物相貌和动作,但是杨绛翻译作品的明喻对人物状态描述较多。另外,杨绛原创中的明喻有较为复杂的混合式主题,而杨绛翻译的明喻主题结构则比较简单。

而对于"事物类"主题,我们也进行了分类和统计,得出表 2-23:

表 2-32　杨绛翻译与原创作品中明喻本体的"事物类"主题

〈事物类〉主题类别	杨绛原创		杨绛翻译	
	频次	比例/%	频次	比例/%
〈具体事物类〉	13	100	28	90.32
〈抽象事物类〉	0	0	3	9.68
总数	13	100	31	100

杨绛翻译的明喻主题除了关注具体事物,还关注少数抽象事物,而原创则只关注具体事物。可推测,杨绛翻译中明喻主题的关注点更为多样,呈现出一定的创新和拓展趋势。

(二)杨绛翻译与原创的明喻本体—喻体概念整合类型

明喻本体与喻体的概念整合可展示不同事物的相似性,体现人的认知和思维方式。我们把事物归属为不同的世界,把世界之间的概念整合类型分为九大基本类型以及其他混合类型。通过考察本体与喻体概念的关联类型,可

更详细地描述作品对不同世界的关注点,以及中西方的认知和思维习惯等。统计数据如表 2-33 所示:

表 2-33　杨绛翻译与原创作品的明喻本体—喻体概念整合类型

主题类别	杨绛原创		杨绛翻译	
	频次	比例/%	频次	比例/%
〈世俗—世俗〉	65	55.08	78	42.39
〈世俗—自然〉	31	26.27	85	46.20
〈世俗—精神〉	11	9.32	7	3.80
〈精神—世俗〉	1	0.85	0	0
〈精神—自然〉	1	0.85	0	0
〈精神—精神〉	0	0	0	0
〈自然—世俗〉	6	5.08	4	2.17
〈自然—精神〉	0	0	1	0.54
〈自然—自然〉	2	1.69	2	1.09
〈世俗—世俗＋自然〉	1	0.85	7	3.80
总数	118	100	184	100

由上可知,杨绛原创作品的明喻本体—喻体概念整合类型以世俗世界内部的整合居多,其次是世俗世界与自然世界的整合,接着是世俗世界与精神世界的整合,较少出现的是自然与世俗世界、自然世界内部、精神世界与其他世界的整合,亦有个别复合整合类型。与此相比,杨绛的翻译作品中,概念整合类型以世俗世界与自然世界的整合、世俗世界与世俗世界的整合为主,其次为世俗世界与精神世界以及复合整合类型,另有少数自然世界与其他世界的整合,没有精神世界与其他世界的整合类型。由此可见,杨绛翻译与原创的明喻都关注世俗世界,以〈世俗—自然〉和〈世俗—世俗〉两类概念整合类型为主,聚焦世俗世界内部及其与自然世界的相似性。不同的是,杨绛翻译更加关注〈世俗—自然〉类型,而其原创更关注〈世俗—世俗〉类型。

另外,杨绛原创对自然世界与其他世界的整合关注较多,杨绛翻译的概念整合复合类型更多,而且比较复杂。例如,杨绛翻译中,同一个句子出现了两个概念整合类型:"……一个十六岁的孩子,挥剑把一个高塔似的巨人[象]杏仁糕那样切成两半,或者描写打仗,敌军有……"该句子概念整合交叉错综,形成了复合型概念整合类型,分别包含了两种概念整合类型:〈人物类(高塔似的巨人)〉〈人物相貌类〉〈世俗—世俗〉〈人物—事物〉〈中性〉和〈人物类〉〈人物状态类(杏仁糕)〉〈世俗—世俗〉〈人物—事物〉〈中性〉。

(三)杨绛翻译与原创的明喻情感色彩

明喻表达的情感往往比较强烈,具有鲜明的褒贬色彩。我们对杨绛原创与翻译作品中明喻的情感色彩进行了标注统计,得出表2-34:

表2-34 杨绛翻译与原创作品中明喻的情感色彩比较

情感色彩	杨绛原创		杨绛翻译	
	频次	比例/%	频次	比例/%
〈褒义〉	20	16.95	51	27.72
〈中性〉	21	17.80	29	15.76
〈贬义〉	77	65.25	104	56.52
总数	118	100	184	100

由表可知,杨绛原创和翻译作品中明喻的情感色彩多以贬义为主,杨绛原创中明喻的贬义色彩比例较高,这与杨绛原创文学作品所具有的讽刺幽默风格(张韡,2009;叶姗姗,2011;魏东,2011)有关;杨绛翻译中明喻的贬义色彩也较为浓厚,这与译文的主题风格有关:幽默风趣,具有讽刺意味(乔澄澈,2010)。不同的是,杨绛翻译中明喻的褒义色彩比例比原创更高。

综上所述,研究初步得出以下结论:

(1)杨绛翻译中的明喻主题运用表现出主题丰富、结构简单、类型多样的特征。在明喻的主题类别方面,杨绛原创与翻译作品中明喻都以人物类主题为主,但杨绛翻译的明喻主题类别比原创丰富;在人物类主题上,两种作品的明喻都关注人物的相貌、动作,但杨绛翻译对人物状态描述更多;在主题结构运用方面,杨绛原创有较为复杂的混合式主题结构,杨绛翻译中的明喻主题结构则比较简单;从主题类型数量看,杨绛翻译的明喻主题类型更为多样,呈现出一定的创新和拓展趋势。

(2)从概念整合类型看,杨绛翻译与原创的明喻都聚焦世俗世界,凸显世俗世界内部及其与自然世界的相似性。但是,杨绛翻译更关注世俗与自然世界的相似性,而其原创则更关注世俗世界内部的相似性。另外,杨绛原创对自然世界与其他世界的整合关注较多,杨绛翻译的概念整合复合类型更多,而且比较复杂。

(3)从明喻的情感色彩看,杨绛原创和翻译都以贬义为主,但原创的贬义色彩比翻译的贬义色彩更为浓厚。

从语内类比角度来看,杨绛翻译与原创在明喻主题、概念整合类型和情感色彩方面有较多共通之处,两者都以贬义为主基调,重点描绘了世俗世界的众生百态,产生了幽默讽刺的喜剧效果。这种共同特征反映了杨绛对"现代风俗喜剧"的偏好。庄浩然(1986)[58]指出,杨绛青年时就酷爱描绘社会生活和人情世态的西方小说、戏剧,喜欢观察、体验旧中国都市"见惯不怪"的风俗习尚。刘静观等(2021)提出,杨绛译作和创作中的幽默品质既有内在的强关联性,也有外在的差异性,其译作和创作的幽默表达风格形成一种典型的相互反哺关系,在译作的幽默风格影响下,杨绛自身的本我智慧与悲悯情怀的乖讹化在其文学创作中展现出不同的表达形式。

杨绛翻译与原创中明喻运用的一致性也体现了杨绛翻译与创作的互文关联。杨先生的译作,无论是《小癞子》《吉尔·布拉斯》《堂吉诃德》等流浪汉小说,还是老年时所译的哲学著作《斐多》(Phaedo),都深含了她选择原作时坚持性情所近、知情选材的考量,注入了她作为译者的精神人格(屠国元等,2022)。

然而,与杨绛原创不同,杨绛翻译在明喻运用上也具有自己的独特之处。我们认为这些特征一方面是翻译文本功能的体现,另一方面是译者决策的结果。杨绛翻译的明喻在文本中发挥了重要的概念、语篇和人际功能,体现了翻译语言独特的价值体系,也反映了译者的翻译原则和思想。

六、杨绛翻译中明喻的文本功能

前期研究发现,在翻译语境中,翻译语言的明喻具有概念、语篇和人际功能,而且具有认知创新功能。翻译语言呈现出异于原生语言的结构形态,虽在一定程度上体现了源语文本的渗透效应,但从功能来看,译文的变异结构并非完全消极模仿源语结构,而是源自表达"多元"功能的实际需要(刘立香等,2019)[27]。下面我们分别从明喻的概念功能、语篇功能、认知创新功能、人际功能四个方面,探讨杨绛翻译语言中明喻的文本功能,例子来自上述自建的杨绛原创和翻译语料库。

(一)明喻的概念功能

明喻是表达意义的手段,承载着传递信息的功能,可发挥概念功能。明喻结构的主要成分是本体、喻体、连接词和相似点,其中本体可揭示明喻结构描述的主题(刘立香等,2019)。明喻的概念功能一般体现在其主体和喻体所属

的主题类型上,由此可看出杨绛原创与翻译作品明喻概念的异同,例如:

例(1):

杨绛原创:……丽琳瞧他闷闷地钻入他的"狗窝",觉得他简直[像]挨了打的狗,夹着尾巴似的。(杨绛,1988)[223]

杨绛翻译:他走上来夺过长枪,折作几段,随手拿起一段,把堂吉诃德结结实实地揍了一顿。堂吉诃德虽然披着一身铠甲,也打得[像]碾过的麦子一样。(杨绛,1994)[57]

例子(1)显示,杨绛原创的明喻比较直观,把人比作狗,形容人狼狈不堪的样子,极具贬义色彩和讽刺意味,贴近中国文化下的表达习惯。而杨绛翻译中,把堂吉诃德比作"被碾过的麦子",比较新奇,形象地刻画了人物滑稽可怜的状态。很明显,翻译过来的隐喻表达了新的概念,在小说语境中描绘了人物窘迫滑稽的状态,发挥了新的概念功能。

(二)明喻的语篇功能

明喻具有衔接语篇的功能。从语篇内部来看,含有明喻的语句与上下文有密切关联,其功能不仅是建构顺畅的逻辑语义关系,也往往能够加强这种语篇衔接,生动刻画人物心理和人物形象,例如:

例(2):

杨绛翻译:①我认为事理和情理上都说不过去。凡是游侠骑士,所谓漫游冒险的人物,从来少不了有摇笔杆子的为他们写传作记。……②我这么一想,就象热锅上的蚂蚁也似,急要把我们这位西班牙名人堂吉诃德·台·拉·曼却的生平奇迹考查确实。(杨绛,1994)[83-84]

例(2)中的句子①是铺垫,句子②含有的明喻则进一步形象刻画了"我"的心理状态,与前文形成了递进和呼应关系,建构了语篇内部的关联。

此外,研究发现,杨绛原创有较多复杂的混合式主题结构,语篇功能比较复杂,而杨绛翻译中的明喻主题结构多数比较简单,语篇功能也相对简单。这可能与译者的翻译决策有关:为了介绍异域风情,译者考虑了读者的认知和思维方式,采用较为简单的主题结构,明确所表达事物之间的相似性。

(三)明喻的认知创新功能

明喻结构的本体和喻体往往来自不同的世界,而主体与喻体的概念整合关系可把世俗、自然和精神世界整合起来,突出世界之间的相似点,创造新的认知体验。在杨绛翻译中,明喻所联结的相似点具有一定的独特性,形成了新的概念整合类型,建构了新的认知空间,在一定程度上具有认知创新功能。

研究结论显示,杨绛翻译更注重建构世俗世界与自然世界的相似性,而其原创更关注世俗世界内部的相似性,这说明,杨绛原创与翻译的明喻构建了不同世界的相似性。例如:

例(3):

杨绛翻译:……当时我的悲苦象黑夜那样笼罩着我,我的欢乐[象]落日那样沉没了。我眼前不见了光明,心里失……〈人物类〉〈人物情感类〉〈世俗—自然〉〈情感—自然现象〉〈贬义〉(杨绛,1994)[246]

杨绛原创:……是我们惊愕地发现,"发动起来的群众",就[像]通了电的机器人,都随着按钮统一行动,都不……〈人物类〉〈人物动作类〉〈世俗—世俗〉〈人物—事物〉〈贬义〉(杨绛,2009)[113]

由例(3)可见,杨绛翻译把人的情感与自然现象相关联,凸显"沉没"这一相似点,表达悲苦的心情。杨绛原创的例子则把人比作机器人,加强了世俗世界内部的关联,强调了人的机械性和呆板特征。两个例子都将人的某一种情感或状态与其他事物进行关联,建构了可以想象的认知空间。

而且,杨绛翻译的概念整合类型具有多样性和复杂性,说明其翻译作品中明喻所发挥的语篇功能是不同的。例如:

例(4):

杨绛翻译:"……一个十六岁的孩子,挥剑把一个高塔似的巨人[象]杏仁糕那样切成两半,或者描写打仗,敌军有……"(杨绛,1994)[434]

例(4)中,复合明喻有两个概念整合类型,出现了两次〈世俗—世俗〉世界之间的概念整合,建构了人类世界内部的关联。

杨绛翻译与原创的明喻都建构了可以想象的认知空间,融合了不同世界之间的相似性,但两者的认知空间形态不同,这体现了作品主题、作者风格、时代背景、文化差异等因素的影响。

(四)明喻的人际功能

明喻往往具有鲜明的情感色彩,可向读者传递强烈的情感,引发读者共情,实现人际功能。不同的情感色彩具有不同的人际功能:贬义色彩有助于塑造滑稽可笑的负面形象,发挥讽刺、幽默、批判等人际功能,而褒义色彩则有助于塑造美丽、正直、可爱等的正面形象,发挥赞美、认同、激励等人际功能。

杨绛原创与翻译中的明喻都具有较为强烈的贬义色彩,而且,原创的贬义色彩更加浓厚,这与杨绛创作的主题和风格有密切关联。幽默是杨绛散文"喜剧精神"的表现形态(黄科安,1999),杨绛的创作风格有一种超脱困境的轻松、宽容的幽默,她对日常生活做一种作壁上观式的冷眼旁观,而后以自己智者的宽容化解其中的尴尬、无奈和悲伤(杨华轲,2002)。杨绛翻译的贬义色彩也是主基调,这与翻译的题材和内容相关。《堂吉诃德》和《小癞子》是此次翻译语料的主要组成部分,两部小说的语言贬义色彩浓厚,塑造的主人公滑稽可笑,容易让读者产生亲近感。

《堂吉诃德》塑造了一个夸张滑稽的反面角色,一个疯癫可笑的骑士,塞万提斯写《堂吉诃德》,原为讽刺当时盛行的武侠小说(杨绛,1964)[64]。这个疯癫骑士给读者留下了深刻的印象,小说语言中明喻的运用进一步加深了贬义色彩。例如:

例(5):

杨绛翻译:瞧瞧这时节的堂吉诃德吧!……他呼唤索尔冈斗和阿尔吉斐两位博士来帮忙。他请求好友乌尔甘达来搭救。眼看快要天亮了,他毫无办法,**急得像公牛似的直叫吼**。(杨绛,1994)[404-405]

上面的例子形象地刻画了堂吉诃德被困驴背和窗口之间动弹不得的窘迫情形,而把他比作"公牛"的明喻有明显的贬义色彩,突出了人物的焦急状态,生动刻画了主人公窘迫、可笑的形象,让人忍俊不禁。

《小癞子》是流浪汉小说,同样具有幽默讽刺的风格。流浪汉小说可借主角的遭遇,讽刺世人的卑鄙(杨绛,1984)[75]。在小说中,《小癞子》作者揭露并讽刺了癞子所处的社会和他伺候的主人,也揭露并讽刺癞子本人,而且作者也嘲笑了自己(杨绛,1984)[77]。对于《小癞子》的作者,有多种猜测。杨绛(1984)[80]指出,《小癞子》作者并不像饱受压迫的人,他笔下也没有怨苦愤怒,

只有宽容的幽默。《小癫子》的语言饱含着讽刺、幽默的色彩,贬义是主基调,明喻的运用有助于提升其讽刺效果。例如:

> 例(6):
> 杨绛翻译:我拨得他正好面对石柱,**自己仿佛躲避撞来的公牛那样**,一跳闪在石柱后面。我对他说:"来吧! 拼着命使劲儿跳,你就过来了。"那可怜的瞎子要跳得远,先倒退一步,**像公羊似地挺起身子**,使足了劲向前冲去。我话犹未了,他早一头撞在石柱上,**响得像个大葫芦**。(杨绛,1994)[1620]

这一段话描写了主人公戏耍瞎子的情形。主人公受够了瞎子的折磨和虐待,借此机会戏弄瞎子。例(6)的四句话中有三句使用了明喻,把瞎子比作动物,如公牛、公羊,刻画了其用力过猛的滑稽形象;而撞石柱的声音很大,像个"大葫芦",更进一步形象描述了瞎子惨烈的下场,可让读者在嘲讽瞎子狼狈样子的同时,产生"大仇得报"的快意情感。

在以上两部作品中,明喻的贬义色彩浓厚,情感饱满,强化了小说所描述人物的负面形象,产生了让人发笑的幽默和讽刺效果,提升了小说的修辞共情功能,更好地实现了用幽默讽刺社会的人际功能。

七、杨绛的翻译思想

除了文本功能表达的需要,译者的翻译策略也是决定译文语言特征的关键因素。杨绛的翻译作品充分保留了原著的风格,这与其"忠实"的翻译思想直接相关。杨绛在《失败的经验(试谈翻译)》一文中提到,一切翻译理论的指导思想,无非把原作换一种文字,照模照样地表达,原文说什么,译文也说什么;原文怎么说,译文也怎么说(杨绛,1986)[23]。不论是"说什么"内容,还是"怎么说"所用的形式,杨绛都提倡与原作保持一致,尽可能"照模照样"地表达,这体现了杨绛审慎的翻译态度。

对于翻译的困难,杨绛也有独到的看法,对译者的责任进行了详细分析:

> 译者伺候着两个主人:一是原著,二是译文的读者。译者一方面得彻底了解原著,不仅了解字句的意义,还须领会字句之间的含蕴,字句之外的语气声调。另一方面,译文的读者要求从译文里领略原文。译者得用

读者的语言,把原作的内容按原样表达,内容不可有所增删,语气声调也不可走样。原文的弦外之音,只从弦上传出,含蕴未吐的意思,也只附着在字句上。译者只能在译文的字句上用功夫表达,不能插入自己的解释或擅用自己的说法。译者须对原著彻底了解,方才能够贴合着原文,照模照样地向读者表达。可是尽管了解彻底未必就能照样表达。彻底了解不易,贴合着原著照模照样地表达更难。(杨绛,1986)[23]

从角色看,译者不仅要服务原著,也要服务读者。而且,在语言层面,要"彻底了解原著"字句的意义、字句之间的含蕴、字句之外的语气声调,除此之外,还要考虑读者的语言,注意可读性。可见,"忠实"是杨绛翻译的基本原则,"译者只能在译文的字句上用功夫表达,不能插入自己的解释或擅用自己的说法"。而且,译者的忠实不仅体现在译者对原著的忠实上,还体现在对读者的忠实上,译者要承担"译有所忠"的责任和担当,这实际上对译者提出了更高的要求。

杨绛"译有所忠"的翻译思想也体现在其具体翻译实践中。有研究发现杨绛译著《吉尔·布拉斯》与原文在意义、文体、形式等多方面能达到对等,杨绛通过多种手段将原文作者的意图完整忠实地反映给读者(高歌,2013)。也有研究对杨绛先生的两个《小癞子》中译本进行分析,发现杨绛先生采取的主要翻译策略是审美再现的基本手段——模仿。通过模仿,译文可以在意义与表达效果上与原文对应,同时也更为目的语读者所接受(石慧,2018)。

杨绛的翻译作品精益求精,文字凝练,意义忠实,成为翻译中的精品和经典,与其在翻译实践中的努力和精深的翻译思想是分不开的。辛红娟等(2018)评价,杨绛"翻译度"和"点烦观"背后折射出了儒家中庸义理,杨绛的翻译理念已然超越语言层面的文字转换,把翻译与立言、立业、修身和立德联系起来,契合儒家文化所倡导的"修辞立诚"。杨绛先生"允执其中"的翻译原则、"慎独自持"的翻译态度以及"修辞立诚"的处事精神,是她留给世人的宝贵学术财富。

杨绛先生审慎的翻译态度、忠实的翻译原则和精深的翻译理念在我们的研究中也得到了充分体现。她对于明喻的概念、整合类型和情感色彩的处理,都尽量与原著保持一致,而且与原创达到了统一,形成了独特的杨绛文学图谱。

八、小结

我们基于语料库数据,从语内类比的视角,对杨绛翻译作品与其原创作品中的明喻运用进行了比较,初步得出以下结论:(1)杨绛翻译中的明喻主题运用表现出主题丰富、结构简单、类型多样的特征。(2)从概念整合类型来看,杨绛翻译与原创的明喻都聚焦世俗世界,凸显世俗世界内部及世俗世界与自然世界的相似性。但是,杨绛翻译更关注世俗与自然世界的相似性,而其原创则更关注世俗世界内部的相似性。另外,杨绛原创对自然世界与其他世界的整合关注较多,杨绛翻译的概念整合复合类型更多,而且比较复杂。(3)从明喻的情感色彩来看,杨绛原创和翻译都以贬义为主,但原创的贬义色彩比翻译的贬义色彩更加浓厚。从语内类比角度看,杨绛翻译与原创在明喻主题、概念整合类型和情感色彩方面有较多共通之处,两者都以贬义为主基调,重点描绘了世俗世界的众生百态,产生了幽默讽刺的喜剧效果。杨绛翻译的明喻与原著保持了高度一致,而且语言风格与原创一脉相承,实现了"译创合一"的效果,共同组建了杨绛文学的知识图谱。然而,杨绛翻译的明喻也呈现出异于原创的独特性,在翻译语境中发挥了新的概念、语篇、认知创新和人际功能,体现了杨绛作为翻译家"译有所忠"的翻译思想和其深厚的文学积淀。

第六节 我手译我心:三毛翻译语言的价值形态及其功能

一、引言

三毛(1943—1991,原名陈平),是一位富于传奇色彩和性格魅力的台湾女作家(钱虹,2003)。三毛生前出版过 18 部著作(钱虹,2003)[99],另有多部翻译作品,包括《玛法达的世界》《兰屿之歌》《清泉故事》《刹那时光》等。三毛的原创作品具有浪漫主义精神实质和异域猎奇的基本叙述形态(丁琪,2010),成功塑造了三毛流浪而不羁的浪漫形象(刘树元,2004)。目前学界对三毛的研究多关注其原创作品,对于其翻译作品语言特色和价值形态的研究非常少见。

二、三毛作品的语言研究

大陆学术界对三毛的研究始于 20 世纪 80 年代早期,早期的三毛研究侧重"作家生平＋主要作品的内容介绍＋思想主题＋艺术特色"的程式,并呈现出一种"趋同"的研究模式。另外,三毛研究还侧重于分析三毛作品的艺术特色,兼有对台湾文学传入大陆以及"三毛热"的思考(周倩倩,2012)。

已有研究从不同角度分析了三毛的语言特色。早在 1983 年,张默芸(1983)[118-119]就总结了三毛原创作品的三大艺术特色:以新奇取胜;以情真感人;语言通俗形象,幽默诙谐。而且指出,三毛的笔尖总是蘸满感情,并带着女作家特有的温柔亲切、委婉细腻,而她所以能那么自如地抒真情,发己见,是与"我手写我口"的写作主张分不开的。

二十年后,学界继续挖掘三毛作品的创作规律,提炼了三毛作品的三个特色:首先,以"我"统领故事、贯穿情节,是三毛许多作品,尤其是叙事性作品的特色之一;其次,重视"故事"的戏剧效果和情节的跌宕起伏,是三毛许多作品具有较强感染力的特色之二;最后,"故事"本身具备多重阅读层面,是三毛的作品大获成功的特色之三(钱虹,2003)。

另有学者从语言本体论的视角去考察三毛散文的语言特点,在话语空间、节奏音调、文体风格等方面,发现三毛散文语言自然、清新、朴素,具有天然去雕饰之美。三毛散文的这种生动、富有个性的语言,不仅与中国传统文化相通融,而且融合了现代精神(刘树元,2004)。

从目前的研究成果看,三毛的原创作品语言特色鲜明,凸显了作家的个性魅力,具有感人至深的精神内涵。然而,学界的解读具有较强的主观性,研究结论不能统一。而且,从研究方法看,多数研究结合三毛的创作内容,以例证法阐释作品的精神内涵,缺乏大量真实的语言证据。总体来看,目前大陆的三毛研究者对于三毛作品的文学内涵、三毛文学现象发生的文化理路、三毛传奇造成的社会文化效应等探讨较少,对于具有更高文学价值的三毛演讲、访谈、有声书和译著等鲜有涉及(周倩倩,2012)。很明显,学界对三毛原创作品的关注较多,对于其翻译的研究几乎为零。为了充实三毛研究的文化谱系,描写三毛的文学和文化世界,对三毛翻译的研究必不可少。

当下语料库语言研究和语料库翻译学迅猛发展,为语言特征研究提供了重要范式。这种以大量真实语言文本数据为对象,采用多维对比视角的方法,可客观描述作品的风格特色,为作家作品研究提供新视角。因此,我们自建了三毛翻译与原创作品类比语料库,尝试描述三毛的翻译语言特征,并探究其形成机制。

三、研究问题

本研究基于三毛翻译与原创作品语料库,具体回答以下三个问题:

(1)三毛翻译语言在宏观、中观和微观三个层面呈现的价值形态是什么?

(2)三毛翻译语言的价值形态成因有哪些?

(3)三毛的翻译对三毛研究以及当下的英汉翻译实践有何启示?

四、研究对象

三毛的作品分为前后两个时期,三毛前期原创作品我们收集了《撒哈拉的故事》《雨季不再来》《稻草人手记》《温柔的夜》,后期原创作品收集了《梦里花落知多少》《万水千山走遍》《送你一匹马》《我的宝贝》,翻译作品收集了《兰屿之歌》《清泉故事》《刹那时光》。文本基本信息如表 2-35 所示:

表 2-35　三毛作品文本信息

类型	时段	名称	出版社	时间
三毛原创	前期	《撒哈拉的故事》	皇冠出版社	1976 年 5 月初版
		《雨季不再来》	皇冠出版社	1976 年 7 月初版
		《稻草人手记》	皇冠出版社	1977 年 6 月初版
		《温柔的夜》	皇冠出版社	1979 年 2 月初版
	后期	《梦里花落知多少》	皇冠出版社	1981 年 8 月初版
		《万水千山走遍》	联合报社	1982 年 5 月初版
		《送你一匹马》	皇冠出版社	1983 年 7 月初版
		《我的宝贝》	皇冠出版社	1987 年 7 月初版
三毛翻译		《兰屿之歌》 丁松青著	皇冠出版社	1982 年 6 月初版
		《清泉故事》 丁松青著	皇冠出版社	1984 年 3 月初版
		《刹那时光》 丁松青著	皇冠出版社	1986 年 1 月初版

五、研究过程与方法

首先,我们收集了三毛的原创和翻译作品,将其转为电子文本。

其次,对电子文本进行校对处理,建立三毛原创和翻译文本文档。

然后,使用 3GWS 等软件,对文本文档进行分词、标注,并审核、去噪,确保准确性。例如:

> 三毛翻译标注:
>
> 旅程/n 中/f,/wd 我/rr 的/ude1 心情/n 一/m 点/qt 一/m 点/qt 加深/v 了/ule 忧伤/an。/wj

接着,使用 WordSmith 8.0,对非标注文本进行初步统计分析,提取词汇和句子特征。

同时,使用 MonoConc,对标注文本进行深入的搭配分析,并提取局部语言现象,对三毛翻译的结构特征进行深层次挖掘。

最后,结合语言内外因素,对研究发现的三毛翻译语言的价值形态进行总结,分析其功能。

六、三毛翻译语言的价值形态

我们利用语料库软件 WordSmith 8.0、MonoConc 等,对三毛作品类比和历时的语料库在词汇和结构层面进行了分析,以描绘三毛翻译语言异于原创语言的突出价值形态。

(一)词汇特征

1.词汇丰富度

三毛前期的原创作品标准化类符形符比(STTR)可揭示原创语言的词汇丰富度。从数据可知,三毛前期作品总体的 STTR 为 47.82%,后期作品 STTR 为 48.57%。总体而言,后期作品词汇丰富度增强。见表 2-36、表 2-37。

表 2-36 三毛前期原创作品的词汇丰富度

序号	文本名称	文本大小/字节	形符/字节	词表形符/字节	类符/字节	类符/形符比/%	标准化类符/形符比/%	平均词长	句子数	平均句长
	总体	1 864 672	290 484	290 470	17 786	6.12	47.82	1.44	16 563	17.54
1	1976 撒哈拉的故事.txt	543 734	84 408	84 406	9 004	10.67	47.07	1.44	4 943	17.08
2	1976 雨季不再来.txt	431 584	69 600	69 593	8 702	12.50	47.84	1.45	3 622	19.21
3	1977 稻草人手记.txt	416 544	64 025	64 024	8 302	12.97	47.98	1.45	3 825	16.74
4	1979 温柔的夜.txt	472 810	72 451	72 447	8 826	12.18	48.53	1.43	4 173	17.36

表 2-37 三毛后期原创作品的词汇丰富度

序号	文本名称	文本大小/字节	形符/字节	词表形符/字节	类符/字节	类符/形符比/%	标准化类符/形符比/%	平均词长	句子数	平均句长
	总体	1 865 746	292 693	292 680	18 070	6.17	48.57	1.45	17 076	17.14
1	1981 梦里花落知多少.txt	807 688	125 347	125 343	11 085	8.84	46.99	1.44	7 975	15.72
2	1982 万水千山走遍.txt	330 492	52 344	52 336	7 388	14.12	51.36	1.46	2 967	17.64
3	1983 送你一匹马.txt	396 628	62 265	62 265	8 738	14.03	49.41	1.47	3 291	18.92
4	1987 我的宝贝.txt	330 938	52 737	52 736	7 125	13.51	48.56	1.44	2 843	18.55

在三毛创作后期的 1982—1986 年期间,三毛连续翻译了丁松青的三部作品,STTR 数据如表 2-38 所示:

表 2-38 三毛翻译文本的词汇丰富度

序号	文本名称	文本大小/字节	形符/字节	词表形符/字节	类符/字节	类符/形符比/%	标准化类符/形符比/%	平均词长	句子数	平均句长
	总体	762 814	127 738	127 661	11 596	9.08	48.80	1.47	8 416	15.17
1	1982 兰屿之歌.txt	244 530	41 661	41 661	6 212	14.91	49.09	1.46	2 750	15.15

续表

序号	文本名称	文本大小/字节	形符/字节	词表形符/字节	类符/字节	类符/形符比/%	标准化类符/形符比/%	平均词长	句子数	平均句长
2	1984 清泉故事.txt	258 370	42 953	42 953	6 114	14.23	48.21	1.49	3 115	13.79
3	1986 刹那时光.txt	259 914	43 124	43 047	6 231	14.47	49.11	1.47	2 551	16.87

从表 2-38 可知,三毛的三部翻译作品词汇丰富度有一定差异,其中,《刹那时光》的 STTR 最高,达到 49.11%,另外两部作品词汇丰富度相对较低。从时间看,随着时间推移,三毛翻译的词汇丰富度呈现曲折上升趋势,如图 2-31。

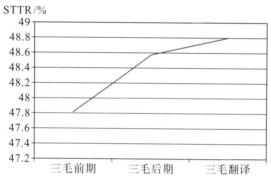

图 2-31 三毛作品 STTR 变化趋势

与原创的 STTR 相比,三毛翻译的 STTR(48.80%)略高于原创后期作品(48.57%),更高于原创前期作品(47.82%)。可见,总体来看,三毛翻译的词汇丰富度更高,且随着时间的推移,后期作品的词汇变得更加丰富。

我们把三毛后期的四部原创作品和三部翻译作品的 STTR 进行了比较,得出以下数据,见表 2-39 与图 2-32。

表 2-39 三毛后期原创与翻译 STTR 比较

后期作品 STTR	年份					
	1981	1982	1983	1984	1986	1987
原创	46.99%	51.36%	49.41%			48.56%
翻译		49.09%		48.21%	49.11%	

从数据看,三毛不同时间的作品 STTR 有较大差异。原创作品在 1982年 STTR 值达到峰值,之后一直呈下降趋势,而翻译作品相差不大,呈现出先

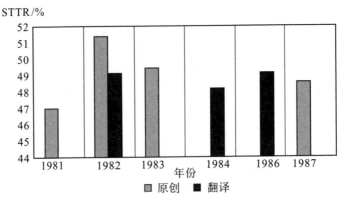

图 2-32　三毛后期原创与翻译 STTR 比较

降后升的趋势。对于同时期的翻译与原创作品,1982 年的翻译 STTR 明显低于原创,呈现出词汇简化趋势,而 1986 年的翻译与 1987 年的原创差距缩小,只略高于 1987 年原创的 STTR。

如图 2-33,从平均词长来看,三毛前期原创作品的平均词长较短(1.44),后期原创作品的平均词长增加(1.45),后期翻译作品的平均词长(1.47)更长。总体来看,三毛作品的平均词长呈加长趋势,翻译作品更长;原创作品与翻译作品比较而言,前期与后期原创作品之间的平均词长比较接近,原创作品与翻译作品之间的词长差异较大。

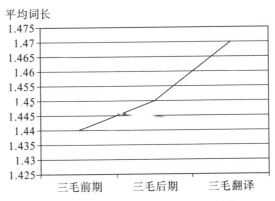

图 2-33　三毛作品的平均词长变化趋势

从平均句长来看,三毛前期原创作品的平均句长为 17.54,后期原创作品的平均为 17.14,后期翻译作品的平均句长为 15.17。很明显,前期和后期作品的平均句长呈缩短趋势,但幅度不大,翻译的句长明显小于原创的句长。见图 2-34。

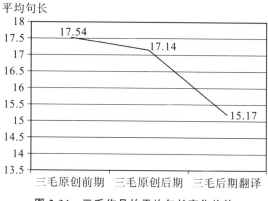

图 2-34　三毛作品的平均句长变化趋势

从前后作品的历时比较来看，总体而言，三毛后期作品的词汇更为丰富，词长变长，句长变短。从翻译与原创的语内类比来看，三毛翻译词汇丰富度、平均词长明显高于原创，而平均句长则明显低于原创。三毛后期翻译与创作几乎同步进行，可能一定程度上影响了原创作品的丰富度、词长、句长。

2.关键词特征

使用 WordSmith 8.0，以三毛后期作品作为观察语料，前期作品作为参照语料，统计得出主题词表。表中的 Log_L、Log_R 正值表示三毛后期作品关键词的主题性显著高于前期作品，Log_L、Log_R 负值表示三毛后期作品关键词的主题性显著低于前期作品。见表 2-40。

表 2-40　三毛前期和后期作品的主题词表

序号	关键词	频次	比例	Texts	RC. Freq.	Rc. %	BIC	Log_ L	Log_ R	P
1	我说	244	0.44	4	82	0.15	71.84	83.44	1.57	0.0000000000
2	Echo	63	0.11	3	3	0.01	55.20	66.81	4.39	0.0000000000
3	爸爸	44	0.08	4	4	0.01	27.21	38.82	3.45	0.0000000000
4	然后	38	0.07	4	4	0.01	20.04	31.65	3.24	0.0000000155
5	问	21	0.04	2	0	0.00	17.41	29.01	137.64	0.0000000689
6	我问	36	0.07	3	6	0.01	12.03	23.64	2.58	0.0000011613
7	陈姐姐	17	0.03	3	0	0.00	11.88	23.49	137.34	0.0000012539
8	不亦乐乎	21	0.04	1	1	0.00	10.66	22.27	4.39	0.0000023662
9	姆妈	16	0.03	2	0	0.00	10.50	22.11	137.25	0.0000025765

续表

序号	关键词	频次	比例	Texts	RC. Freq.	Rc. %	BIC	Log_L	Log_R	P
10	这一回	29	0.05	4	4	0.01	9.65	21.26	2.85	0.0000040161
11	怎么	8	0.01	3	16	0.03	−8.85	−2.76	−1.01	0.0969096571
12	没有	8	0.01	1	16	0.03	−8.85	−2.76	−1.01	0.0969096571
13	妹妹	8	0.01	3	16	0.03	−8.85	−2.76	−1.01	0.0969096571
14	我	53	0.10	4	72	0.13	−8.62	−2.99	−0.45	0.0838751048
15	为什么	12	0.02	2	22	0.04	−8.57	−3.03	−0.88	0.0816494152
16	我想	15	0.03	3	26	0.05	−8.57	−3.04	−0.80	0.0812855512
17	救命	3	0.01	1	9	0.02	−8.44	−3.17	−1.59	0.0751206875
18	但是	17	0.03	3	29	0.05	−8.38	−3.22	−0.78	0.0726131126
19	所以	11	0.02	3	21	0.04	−8.38	−3.22	−0.94	0.0725400001
20	米夏	14	0.03	1	0	0.00	7.74	19.34	137.06	0.0000109181
21	不知道	8	0.01	3	18	0.03	−7.61	−3.99	−1.18	0.0456712693
22	奇怪	3	0.01	2	10	0.02	−7.60	−4.01	−1.74	0.0452550687
23	我呢	3	0.01	2	10	0.02	−7.60	−4.01	−1.74	0.0452550687
24	哦	11	0.02	3	23	0.04	−7.22	−4.38	−1.07	0.0362808816
25	你看	22	0.04	4	38	0.07	−7.21	−4.39	−0.80	0.0360786319
26	再见	13	0.02	2	26	0.05	−7.13	−4.48	−1.01	0.0343343131
27	唉	18	0.03	4	33	0.06	−7.06	−4.55	−0.88	0.0329641514
28	谢谢	17	0.03	4	32	0.06	−6.87	−4.74	−0.92	0.0295319203
29	在我	4	0.01	3	13	0.02	−6.55	−5.06	−1.71	0.0245027356
30	对我说	3	0.01	2	12	0.02	−5.78	−5.82	−2.01	0.0158068482
31	又问	3	0.01	2	12	0.02	−5.78	−5.82	−2.01	0.0158068482
32	答	17	0.03	1	1	0.00	5.55	17.15	4.08	0.0000344484
33	有	5	0.01	1	16	0.03	−5.50	−6.11	−1.68	0.0134367961
34	对他说	6	0.01	3	18	0.03	−5.27	−6.33	−1.59	0.0118387789
35	不要怕	5	0.01	2	17	0.03	−4.63	−6.97	−1.77	0.0082789930
36	常常	11	0.02	3	0	0.00	3.59	15.20	136.71	0.0000967930
37	不是	8	0.01	2	24	0.04	−3.16	−8.45	−1.59	0.0036575175
38	嘘	3	0.01	3	15	0.03	−2.82	−8.79	−2.33	0.0030306210

续表

序号	关键词	频次	比例	Texts	RC. Freq.	Rc. %	BIC	Log_L	Log_R	P
39	喂	21	0.04	3	47	0.09	−1.29	−10.32	−1.17	0.0013160037
40	太太	8	0.01	2	27	0.05	−0.63	−10.98	−1.76	0.0009206789
41	咦	17	0.03	4	43	0.08	0.16	−11.77	−1.35	0.0006019631
42	什么	11	0.02	2	35	0.06	1.67	−13.27	−1.68	0.0002690613
43	好吧	5	0.01	1	24	0.04	2.02	−13.63	−2.27	0.0002227435
44	我问他	4	0.01	3	27	0.05	7.63	−19.24	−2.76	0.0000115214
45	天啊	4	0.01	2	30	0.05	11.02	−22.62	−2.91	0.0000019665
46	是	11	0.02	3	47	0.09	12.62	−24.23	−2.10	0.0000008525
47	嗯	8	0.01	3	42	0.08	13.90	−25.51	−2.40	0.0000004381
48	荷西说	5	0.01	2	40	0.07	19.54	−31.15	−3.01	0.0000000209
49	啊	21	0.04	3	85	0.16	30.11	−41.72	−2.02	0.0000004381
50	荷西	39	0.07	2	144	0.26	52.97	−64.57	−1.89	0.0000000000
51	三毛	32	0.06	3	206	0.38	131.23	−142.84	−2.69	0.0000000000

从高频关键词看,三毛后期作品的叙事人称以"我"为主,同时,用了较多的第三人称"Echo"。另外,父母及家人的角色凸现出来。与此对比,前期作品的关键词是"三毛"和"荷西",以及两个人的互动,如"说、问"等,并有较多的语气词,如"啊、嗯、天啊、好吧、咦、喂、嘘"等,具有丰富的情感表露。从关键词比较看,三毛原创作品的主题显示出很大的变化,前期主要描述三毛和荷西的生活体验,后期作品主题则回归家人,体现了三毛在家人陪伴下逐步走出了阴影。

把三毛翻译与三毛原创的词表进行比较,提取三毛翻译主题词表。表中正值代表三毛翻译关键词主题性显著高于三毛原创,负值代表三毛翻译关键词的主题性显著低于三毛原创,如表 2-41 所示:

表 2-41　三毛翻译主题词表

序号	关键词	频次	比例	Texts	RC. Freq.	Rc. %	BIC	Log_L	Log_R	P
1	接着	34	0.16	3	4	0.00	87.56	99.34	5.45	0.0000000000
2	不过	31	0.15	3	9	0.01	61.36	73.14	4.15	0.0000000000

续表

序号	关键词	频次	比例	Texts	RC. Freq.	Rc. %	BIC	Log_L	Log_R	P
3	可是	64	0.30	3	72	0.07	58.18	69.96	2.19	0.0000000000
4	不一会儿	13	0.06	2	0	0.00	35.44	47.22	138.32	0.0000000000
5	国语	13	0.06	2	0	0.00	35.44	47.22	138.32	0.0000000000
6	我回答	14	0.07	3	1	0.00	32.07	43.86	6.17	0.0000000000
7	是的	27	0.13	2	20	0.02	29.28	41.06	2.80	0.0000000000
8	马浪说	11	0.05	1	0	0.00	28.17	39.95	138.08	0.0000000000
9	丁神父	11	0.05	3	0	0.00	28.17	39.95	138.08	0.0000000000
10	欧	11	0.05	2	0	0.00	28.17	39.95	138.08	0.0000000000
11	呃	14	0.07	2	2	0.00	27.72	39.50	5.17	0.0000000000
12	我问	36	0.17	3	42	0.04	26.22	38.00	2.14	0.0000000000
13	对我而言	10	0.05	2	0	0.00	24.54	36.32	137.94	0.0000000001
14	一天	11	0.05	2	1	0.00	21.64	33.43	5.82	0.0000000045
15	你知道吗	12	0.06	2	2	0.00	21.03	32.81	4.95	0.0000000072
16	紧接着	9	0.04	1	0	0.00	20.91	32.69	137.79	0.0000000079
17	我心想	9	0.04	3	0	0.00	20.91	32.69	137.79	0.0000000079
18	他回答	8	0.04	2	0	0.00	17.27	29.06	137.62	0.0000000673
19	是啊	13	0.06	3	5	0.00	15.94	27.72	3.74	0.0000001370
20	实际上	9	0.04	1	1	0.00	14.76	26.54	5.53	0.0000002547
21	别担心	7	0.03	3	0	0.00	13.64	25.43	137.43	0.0000004568
22	唔	7	0.03	2	0	0.00	13.64	25.43	137.13	0.0000004568
23	老兄	11	0.05	1	4	0.00	12.19	23.98	3.82	0.0000009718
24	但是	30	0.14	2	46	0.04	11.55	23.33	1.75	0.0000013583
25	兰屿之歌	6	0.03	2	0	0.00	10.01	21.79	137.20	0.0000030333
26	起床	6	0.03	1	0	0.00	10.01	21.79	137.20	0.0000030333
27	而后说	6	0.03	1	0	0.00	10.01	21.79	137.20	0.0000030333
28	很快地	6	0.03	2	0	0.00	10.01	21.79	137.20	0.0000030333
29	稍后	6	0.03	2	0	0.00	10.01	21.79	137.20	0.0000030333

续表

序号	关键词	频次	比例	Texts	RC. Freq.	Rc. %	BIC	Log_ L	Log_ R	P
30	其实	6	0.03	3	63	0.06	−8.39	−3.39	−1.03	0.0655826628
31	谢谢	4	0.02	3	49	0.04	−8.22	−3.56	−1.25	0.0590580665
32	唉	4	0.02	3	51	0.05	−7.82	−3.97	−1.31	0.0464325286
33	不	29	0.14	3	50	0.05	7.44	19.22	1.58	0.0000116465
34	什么	3	0.01	3	46	0.04	−7.13	−4.66	−1.57	0.0309313536
35	喏	5	0.02	2	0	0.00	6.38	18.16	136.94	0.0000202936
36	阿秋	5	0.02	1	0	0.00	6.38	18.16	136.94	0.0000202936
37	渐渐地	5	0.02	3	0	0.00	6.38	18.16	136.94	0.0000202936
38	或许	5	0.02	1	0	0.00	6.38	18.16	136.94	0.0000202936
39	不久后	5	0.02	1	0	0.00	6.38	18.16	136.94	0.0000202936
40	是	4	0.02	2	58	0.05	−6.33	−5.46	−1.49	0.0194760710
41	你看	4	0.02	3	60	0.05	−5.88	−5.91	−1.54	0.0150900958
42	第二天早上	6	0.03	3	1	0.00	4.62	16.41	4.95	0.0000510954
43	好不容易	6	0.03	1	1	0.00	4.62	16.41	4.95	0.0000510954
44	朋友	10	0.05	2	7	0.01	3.99	15.77	2.88	0.0000714125
45	因此	8	0.04	2	4	0.00	3.42	15.20	3.36	0.0000966070
46	万福玛利亚	4	0.02	1	0	0.00	2.75	14.53	136.62	0.0001380149
47	喔	4	0.02	1	0	0.00	2.75	14.53	136.62	0.0001380149
48	这倒是真的	4	0.02	2	0	0.00	2.75	14.53	136.62	0.0001380149
49	我问道	4	0.02	1	0	0.00	2.75	14.53	136.62	0.0001380149
50	幸好	4	0.02	1	0	0.00	2.75	14.53	136.62	0.0001380149
51	显然	4	0.02	1	0	0.00	2.75	14.53	136.62	0.0001380149
52	西斯哥说	4	0.02	1	0	0.00	2.75	14.53	136.62	0.0001380149
53	突然间	4	0.02	1	0	0.00	2.75	14.53	136.62	0.0001380149
54	马浪	4	0.02	1	0	0.00	2.75	14.53	136.62	0.0001380149
55	此刻	4	0.02	2	0	0.00	2.75	14.53	136.62	0.0001380149
56	气球	4	0.02	1	0	0.00	2.75	14.53	136.62	0.0001380149

续表

序号	关键词	频次	比例	Texts	RC. Freq.	Rc. %	BIC	Log_L	Log_R	P
57	国民	4	0.02	1	0	0.00	2.75	14.53	136.62	0.0001380149
58	静	4	0.02	1	0	0.00	2.75	14.53	136.62	0.0001380149
59	此外	4	0.02	2	0	0.00	2.75	14.53	136.62	0.0001380149
60	清泉	4	0.02	1	0	0.00	2.75	14.53	136.62	0.0001380149
61	他告诉我	4	0.02	2	0	0.00	2.75	14.53	136.62	0.0001380149
62	他回答道	4	0.02	2	0	0.00	2.75	14.53	136.62	0.0001380149
63	真是美	4	0.02	1	0	0.00	2.75	14.53	136.62	0.0001380149
64	啊	7	0.03	3	106	0.10	−1.22	−10.56	−1.56	0.0011544164
65	说	16	0.08	3	199	0.18	3.07	−14.85	−1.27	0.0001162647
66	我	6	0.03	1	125	0.11	5.67	−17.45	−2.02	0.0000294775
67	那时候	3	0.01	2	100	0.09	7.49	−19.27	−2.69	0.0000113325
68	好	4	0.02	2	201	0.18	34.69	−46.48	−3.29	0.0000000000
69	三毛	3	0.01	2	238	0.22	51.33	−63.12	−3.95	0.0000000000

我们对三毛翻译关键词表的词性进一步标注,按照对数似然率(log-likelihood)降序排列,得出三毛翻译的关键词性表,数据如表 2-42 所示。

表 2-42 三毛翻译的关键词词性

文本	c	n	t	v	vshi	y	n+v	rr+v	a	d	d+d+a	d+d+v	b	rr+v+rr	rr+v+y	rr+介词	介词词组	d+vshi+vshi	t+v+v	vshi+v+v	rzv+d+vshi+v+a	疑问代词
三毛翻译	7	11	7	1	1	4	2	6	0	7	1	1	1	1	0	1	1	1	1	1	1	0
三毛原创	0	1	1	2	1	3	0	1	1	1	0	0	0	0	1	0	0	0	0	0	0	1
总计	7	12	8	3	2	7	2	7	1	8	1	1	1	1	1	1	1	1	1	1	1	1

由表 2-42 可知,三毛翻译文本中,连词(c)、部分名词(n)、时间名词(t)、人称代词(rr)+动词(v)、副词(d)的关键值高于原创,说明在三毛翻译文本中,这些词具有较高的关键性,显著高于原创的使用频率。我们进一步考察以上各个词性的使用情况,结果如表 2-43 所示。

表 2-43 三毛翻译中的连词

序号	关键词	分类	频次	比例/%	Texts	RC.Freq.	Rc.%	BIC	Log_L	Log_R	P
2	接着	c	34	0.16	3	4	0.00	87.56	99.34	5.45	0.0000000000
3	不过	c	31	0.15	3	9	0.01	61.36	73.14	4.15	0.0000000000
4	可是	c	64	0.30	3	72	0.07	58.18	69.96	2.19	0.0000000000
17	紧接着	c	9	0.04	1	0	0.00	20.91	32.69	137.79	0.0000000079
25	但是	c	30	0.14	2	46	0.04	11.55	23.33	1.75	0.0000013583
46	因此	c	8	0.04	2	4	0.00	3.42	15.20	3.36	0.0000966070
60	此外	c	4	0.02	2	0	0.00	2.75	14.53	136.62	0.0001380149

可见,三毛在翻译文本中,经常使用以上连词,而且与其原创文本形成了显著性差异(P<0.01 表示差异性极显著)。这七个连词可进一步分为三类:承接关系连词,如"接着、紧接着、此外";转折连词,如"不过、可是、但是";因果连词,如"因此"。其中,转折连词的使用频次最高,承接关系连词次之。

在部分关键名词使用方面,两个文本也有较大差异,数据如表 2-44 所示。

表 2-44 三毛翻译中的关键名词

序号	关键词	分类	频次	比例/%	Texts	RC.Freq.	Rc.%	BIC	Log_L	Log_R	P
6	国语	n	13	0.06	2	0	0.00	35.44	47.22	138.32	0.0000000000
10	丁神父	n	11	0.05	3	0	0.00	28.17	39.95	138.08	0.0000000000
24	老兄	n	11	0.05	1	4	0.00	12.19	23.98	3.82	0.0000009718
26	兰屿之歌	n	6	0.03	2	0	0.00	10.01	21.79	137.20	0.0000030333
37	阿秋	n	5	0.02	1	0	0.00	6.38	18.16	136.94	0.0000202936
45	朋友	n	10	0.05	2	7	0.01	3.99	15.77	2.88	0.0000714125
47	万福玛利亚	n	4	0.02	1	0	0.00	2.75	14.53	136.62	0.0001380149
55	马浪	n	4	0.02	1	0	0.00	2.75	14.53	136.62	0.0001380149
57	气球	n	4	0.02	1	0	0.00	2.75	14.53	136.62	0.0001380149
58	国民	n	4	0.02	1	0	0.00	2.75	14.53	136.62	0.0001380149

续表

序号	关键词	分类	频次	比例/%	Texts	RC. Freq.	Rc. %	BIC	Log_L	Log_R	P
61	清泉	n	4	0.02	1	0	0.00	2.75	14.53	136.62	0.0001380149
70	三毛	n	3	0.01	2	238	0.22	51.33	−63.12	−3.95	0.0000000000

三毛翻译的关键名词涉及语言、人物、物体、地点等,凸显了台湾的地域特色。而且,名词"三毛"使用频率远远低于原创,从侧面显示了三毛原创的关键名词是"三毛"本人。

在时间词语的使用上,三毛翻译的关键词包括具体时间词汇(如"一天、第二天早上、此刻")或时间副词("而后、稍后、不久后"等),这些时间词汇使用频率显著高于三毛原创,但"那时候"使用频率远远低于三毛原创,一定程度上反映了三毛原创作品的回忆色彩和叙事特征。如表 2-45 所示:

表 2-45　三毛翻译中的关键时间词语

序号	关键词	分类	频次	比例	Texts	RC. Freq.	Rc. %	BIC	Log_L	Log_R	P
5	不一会儿	t	13	0.06	2	0	0.00	35.44	47.22	138.32	0.0000000000
15	一天	t	11	0.05	2	1	0.00	21.64	33.43	5.82	0.0000000045
28	而后说	t+v	6	0.03	1	0	0.00	10.01	21.79	137.20	0.0000030333
29	很快地	t	6	0.03	2	0	0.00	10.01	21.79	137.20	0.0000030333
30	稍后	t	6	0.03	2	0	0.00	10.01	21.79	137.20	0.0000030333
40	不久后	t	5	0.02	1	0	0.00	6.38	18.16	136.94	0.0000202936
43	第二天早上	t	6	0.03	3	1	0.00	4.62	16.41	4.95	0.0000510954
56	此刻	t	4	0.02	2	0	0.00	2.75	14.53	136.62	0.0001380149
68	那时候	t	3	0.01	2	100	0.09	7.49	−19.27	−2.69	0.0000113325

另外,人称代词的使用也是三毛翻译区别于原创的重要特征,如表 2-46 所示:

表 2-46　三毛翻译中的人称代词使用

序号	关键词	分类	频次	比例	Texts	RC. Freq.	Rc. %	BIC	Log_L	Log_R	P
7	我回答	rr＋v	14	0.07	3	1	0.00	32.07	43.86	6.17	0.0000000000
13	我问	rr＋v	36	0.17	3	42	0.04	26.22	38.00	2.14	0.0000000000
14	对我而言	rr 介词词组	10	0.05	2	0	0.00	24.54	36.32	137.94	0.0000000001
16	你知道吗	rr＋v＋y	12	0.06	2	2	0.00	21.03	32.81	4.95	0.0000000072
18	我心想	rr＋v	9	0.04	3	0	0.00	20.91	32.69	137.79	0.0000000079
19	他回答	rr＋v	8	0.04	2	0	0.00	17.27	29.06	137.62	0.0000000673
50	我问道	rr＋v	4	0.02	1	0	0.00	2.75	14.53	136.62	0.0001380149
62	他告诉我	rr＋v＋rr	4	0.02	2	0	0.00	2.75	14.53	136.62	0.0001380149
63	他回答道	rr＋v	4	0.02	1	0	0.00	2.75	14.53	136.62	0.0001380149
42	**你看**	rr＋v	4	0.02	3	60	0.05	−5.88	−5.91	−1.54	0.0150900958
67	**我**	rr	6	0.03	1	125	0.11	5.67	−17.45	−2.02	0.0000294775

在三毛翻译作品中,关键的人称代词为"我、他",动词以"问、答、想、告诉"为主,虽然有"你知道吗",但并非以"你"为人称叙事;而在三毛原创中,人称代词"我、你"使用频次较多,例子如下:

你看,他们天天吃你做的浆糊,一句都不抱怨……(三毛,2019)[89]

"你看我的花园。"他说这话时我真羞死了。(三毛,2019)[100]

"你看,一个男人,就是要我们来疼……"(三毛,2019)[113]

来,你看,用橡皮筋绑起来,这一支筷子可以伸出去,你看,像不像?(三毛,2019)[138]

"你看!他早把马德里忘得一干二净了。"二姐笑着说,我也笑笑,再低头去洗菜。(三毛,2019)[147]

从上述例子可知,多数"你看"是一个口语词,用在对话中,以引起对方注意,表达一种共识。从这一点可看出,三毛原创作品的语言口语化较强。

此外,三毛翻译的副词也区别于三毛原创,数据如表 2-47 所示:

表 2-47　三毛翻译的副词

序号	关键词	分类	频次	比例	Texts	RC. Freq.	Rc. %	BIC	Log_L	Log_R	P
21	实际上	adv	9	0.04	1	1	0.00	14.76	26.54	5.53	0.0000002547
22	别担心	adv+v	7	0.03	3	0	0.00	13.64	25.43	137.43	0.0000004568
34	不	adv	29	0.14	3	50	0.05	7.44	19.22	1.58	0.0000116465
38	渐渐地	adv	5	0.02	3	0	0.00	6.38	18.16	136.94	0.0000202936
39	或许	adv	5	0.02	1	0	0.00	6.38	18.16	136.94	0.0000202936
44	好不容易	adv+adv+adj	6	0.03	1	1	0.00	4.62	16.41	4.95	0.0000510954
49	这倒是真的	rzv+adv+vshi+adj	4	0.02	2	0	0.00	2.75	14.53	136.62	0.0001380149
51	幸好	adv	4	0.02	1	0	0.00	2.75	14.53	136.62	0.0001380149
52	显然	adv	4	0.02	1	0	0.00	2.75	14.53	136.62	0.0001380149
54	突然间	adv	4	0.02	1	0	0.00	2.75	14.53	136.62	0.0001380149
64	真是美	adv+adj	4	0.02	1	0	0.00	2.75	14.53	136.62	0.0001380149
31	其实	adv	6	0.03	3	63	0.06	0.30	-3.39	-1.03	0.0655826628

上表可见,在副词及其词组的使用上,三毛翻译使用了较多的否定副词(别、不)、语气副词(幸好、或许、倒是)等,用来表示否定、可能性。还有的副词或描述事实(实际上)、变化(突然间)、形态(真是美),或加强语气(倒是)等。而三毛原创使用了较多的"其实",主要功能是(1)承上文转折,表示所说的是实际情况;(2)表达"实在"、"确实"的意思("汉典"https://www.zdic.net/hans/%E5%85%B6%E5%AE%9E)。这与三毛翻译所用的"实际上"形成了一定的对比。三毛翻译中的"实际上"可对应"其实"的两个义项,但也有不同之处。三毛翻译中所用的例子(来自自建三毛翻译语料库)如下:

[1]这个朋友，原先属于兰屿的记忆，想起来十分地远，就有如某次生命中的一个片段，而今生和那一刹实际上没有任何关连。〈②〉

[2]我浑身湿黏黏的，紧张极了，到了上午，又狠狠地拉了一场肚子。实际上，当时我浑身上下唯一未受损伤的部分，就是我的自尊。但是，我就是无法在此时退出这场比赛。〈①〉

[3]清泉的人已经知道大丁神父，因为他们曾经在电视上看过他的唱歌表演。实际上，每当大丁神父在一个电视节目上唱过《烧肉粽》后，那个星期天我们教堂的出席人数总会增加。〈进一步解释实际情况〉

[4]在我们第一次的演出中，错误百出。它甚至比我们的宗教剧还糟糕。实际上，我们的山地芭蕾，经常会出现劳莱与哈台式的笑剧场面。〈进一步解释实际情况〉

[5]我不敢爬上去，因为这栋建筑物实际上还只是个结构体而已。〈②〉

[6]婚礼也是依照习俗，弄得盛大非凡，所有的亲戚朋友都被邀请了。实际上，这等于请了全村的人。〈进一步解释实际情况〉

[7]要让这些山地工人来参加我们的聚会，有时候很难。实际上，到了晚上，我自己往往是精力充沛，而且是休息过的，至于我所拜访的那些工人，则是又倦又累、精疲力竭的。〈进一步解释实际情况〉

[8]狗并不是最适合在山里饲养的动物。实际上，我所养的鸡一直以惊人的速度繁殖着，我的鸭子也持续不断地增加到连它们的游泳池都容纳不下的地步，相反地，我所养的狗似乎老是有麻烦。〈对比事实〉

[9]她(猫)并不怎么讨人喜欢。实际上，她相当小家子气。〈②〉

[10]那的确是一项很好的运动。实际上，我根本没想到跳舞会是这么一件苦差事！〈②〉

[11]山里的人非常喜爱访客。实际上，山地人一项与众不同的特点就是他们的开放——他们的热情好客。〈进一步解释实际情况〉

[12]尽管实际上，我们还是很少有自来水可以打开它们来使用。〈②〉

从以上例子看出，有5处意思有一定延伸，并不表示转折，而是进一步说明细节或解释情况，而且另有一处"实际上"的功能是形成与事实的对比。在翻译语境中，"实际上"的功能更为广泛，产生了一定的创新性。为了进一步与三毛原创的用法进行对比，我们考察了三毛原创中的例句。三毛原创使用较

少,我们只找到了两个例子,如下:

卡缪以间接的方法表示出莫梭那种若无其事的叙述态度,实际上,这种表达手法,包含着比想象更丰富、更复杂的感情。〈①〉

方才意外的发现,幻象中的事情和实际上的一切会相去那么遥远。〈事实上〉

比较可知,三毛翻译中的"实际上"多为副词用法,用来解释说明、承上文转折等,而三毛原创中的"实际上"使用频次很低,且用法完全符合汉语既定规范。从中可推测,翻译为目的语系统中语言单位意义的拓展和延伸提供了一个试验场,这些异常用法具有重要的语言功能,或产生新的语言功能,或强化某一项在目的语中并不突出的语言功能,形成了翻译语言区别于原创语言的特征,也构成了翻译语言较为独特的价值形态。

(二)结构特征

1.结构长度

我们统计了三毛翻译标注文本中的标点符号,分为句内符号和句子符号两类,数据如表 2-48 所示。

表 2-48　三毛翻译的断句符号

符号类别	标注	符号	使用频次	总数
句内符号	wd	,	11 027	12 473
	wf	;	89	
	wn	、	330	
	wp	:	628	
	ws	……	399	
句子符号	wj	。	7 241	8 401
	wt	!	433	
	ww	?	727	
总计				20 874

Word 初步统计得出,三毛翻译总字数有 214 046,可知,句子的平均长度为 214 046÷8 401≈25.48,句段平均长度为 214 046÷20 874≈10.25。

表 2-49 三毛原创的断句符号

符号类别	标注	符号	使用频次	总数
句内符号	wd	，	65 694	73 721
	wf	；	234	
	wn	、	1 921	
	wp	：	4 965	
	ws	……	907	
句子符号	wj	。	26 383	33 723
	wt	！	3 372	
	ww	？	3 968	
总计				107 444

由表 2-49 可知,三毛原创字数总共有 975 975 字,句子平均长度为:975 975/33 723,约等于 28.94;句段平均长度为:975 975/107 444,约等于 9.08。

由此可见,三毛原创的句子平均长度略长于其翻译的句子(原创 28.94＞翻译 25.48),但是三毛翻译的句段平均长度略长于三毛原创(翻译 10.25＞原创 9.08)。可推测,三毛翻译的句段信息承载量比原创略大。

6.2.2 结构容量

为了进一步考察三毛翻译的结构特征,我们抽取了三毛翻译和原创的高频介词结构,考察其结构容量,用以观察三毛翻译语言编码的复杂程度。

首先,我们提取了标注文本中的介词词表和使用频次,考察高频介词的使用情况,发现介词"在"的使用频次最高,如表 2-50 所示。

表 2-50 三毛翻译与原创的介词比较

	三毛原创	三毛翻译
介词/p 的使用频次	22 887	5 402
在/p 的使用频次	9 199	2 025

三毛原创的高频介词有"在、对、给、把、被、跟、将、用、向、从、往、与、当、因为"等,如图 2-35 所示。观察最高频次的"在",发现右边的搭配词语主要有"我、这、那、一、他、一个、地上、我们、她"等,如图 2-36 所示。

MonoConc Pro - [Frequency Statistics - (/pi]
File Concordance Frequency Display Window Info

2-Left	1-Left	1-Right	2-Right
3862 v	9199 在	2374 我	528 lrr
3468 wd	1642 对	1156 ba	517 fn
3363 d	1557 给	961 bei	168 v
2620 fn	1156 把	760 他	102 ts
2279 rr	961 被	575 你	663 rzv
1070 wj	950 跟	409 她	580 f
755 vi	847 将	317 这	521 m
657 ude1	731 用	298 我们	518 rz
618 vshi	685 向	280 一	467 a
370 c	459 从	259 那	458 t
357 nrf	357 与	237 自己	423 vi
305 f	347 当	201 一个	407 nrf
214 m	301 因为	198 人	395 rzs
208 wyz	289 替	190 他们	390 nsf
188 p	267 比	183 它	315 ns
183 t	242 由	164 着	247 b
177 q	223 为了	152 这个	238 d
174 ng	188 除了	118 手	208 mq
154 a	173 对于	106 地上	175 p
118 wyy	172 同	103 着西	164 uzhe
111 vl	153 经过	94 那个	150 我
98 mq	151 以	94 不	118 ng
98 uzhe	143 像	93 西班牙	109 vn
86 rz	138 因	92 那儿	89 nr
86 qv	127 为	90 这儿	86 rys
73 s	119 到	85 一起	79 r
66 wp	115 自	85 沙漠	78 他
63 ad	115 于	83 着	77 人
60 rzv		80 大	68 wd

图 2-35　三毛原创的高频介词

MonoConc Pro - [Frequency Statistics - (在/pi]
File Concordance Frequency Display Window Info

2-Left	1-Left	1-Right	2-Right
1131 ,	2333 v	469 我	232 fn
445 。	1281 d	185 这	105 v
348 坐	113 wd	154 那	988 rr
338 我	1002 fn	152 一	852 s
226 站	688 rr	123 他	383 rzv
220 是	580 vi	109 一个	356 f
217 就	445 wj	102 地上	335 rzs
200 的	220 vshi	100 我们	276 a
187 躺	200 ude1	91 她	276 vi
181 住	175 c	85 一起	270 m
125 还	136 nrf	85 这儿	243 rz
118 人	79 t	84 这个	242 nsf
97 那	74 ng	84 那儿	201 t
96 躺	65 wyz	77 你	198 ns
95 你	54 a	74 床	110 mq
92 不	46 f	67 沙漠	102 d
81 正	45 wyy	65 这里	101 p
69 又	40 q	63 哪里	101 nrf
65 "	30 p	57 那个	84 b
65 倍	27 nr	56 台湾	77 rys
61 也	27 ryy	56 想	69 ng
60 塞	27 qv	55 西班牙	61 vn
59 挂	26 k	53 滩	44 r
59 一直	25 rz	52 大	42 r
59 我们	25 mq	51 看	38 an
59 趴	23 r	50 里面	37 wd
51 留	22 ryv	49 家里	29 ry
49 东西	20 wp	44 一步	25 vy
46 跑		44 街上	23 rzt

图 2-36　三毛原创"在"的右搭配词

三毛翻译的高频介词有"在、把、对、给、被、从、向、当、由、将、用、跟"等,如图 2-37 所示。

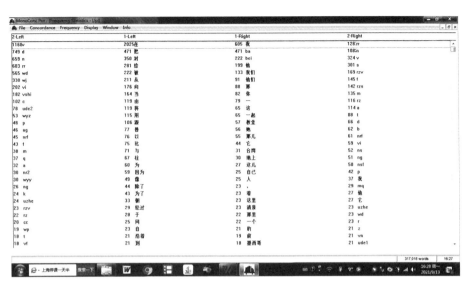

图 2-37　三毛翻译的高频介词

与原创相比,三毛翻译中介词"在"也是最高频的介词,其右搭配词如图 2-38 所示。

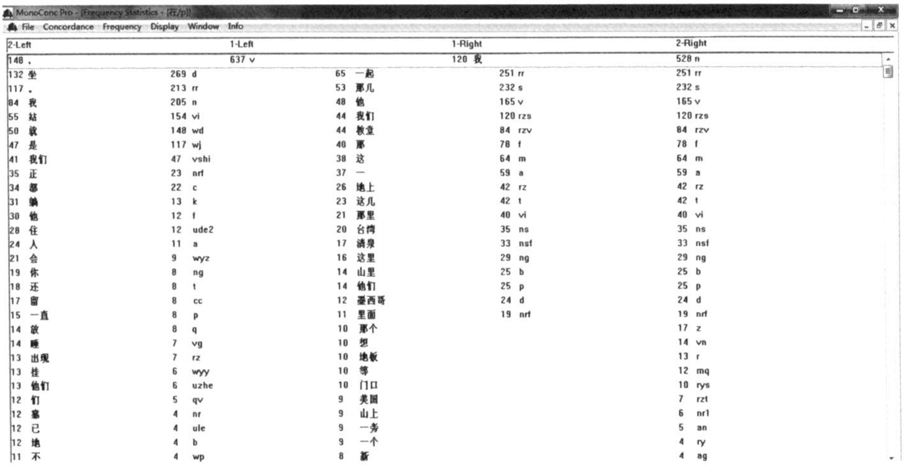

图 2-38　三毛翻译"在"的右搭配词

"在"的右搭配词有"我、一起、那儿、他、我们、教堂、那、这、一、地上、这儿、那里、台湾、清泉、这里、山里、他们、墨西哥、里面"等。

我们进一步锁定"在我……"结构,对三毛翻译与原创的结构特征进行分析比较。

首先，我们提取了所有三毛翻译和原创分词标注的文本中的"在我……"结构，去除了个别意义不同的例证，得到翻译例证 163 条，原创例证 563 条。

接着，我们对所有例证的结构容量进行统计分析，得出结构长度（所含词语数量）和频次等信息，并标注每条例证"在我……"结构中词的数量，再除以例证总数，得出平均结构容量。数据如表 2-51、表 2-52 所示。

表 2-51　三毛翻译"在我……"介宾结构的长度

长度	0	1	2	3	4	5	6	7	8	9	11	26	总计
频次	2	50	30	31	16	10	7	8	4	2	2	1	163
比例/%	1.23	30.67	18.40	19.02	9.82	6.13	4.29	4.91	2.45	1.23	1.23	0.61	100

表 2-52　三毛原创"在我……"介宾结构的长度

长度	0	1	2	3	4	5	6	7	8	9	10	11	12	总计
频次	41	183	106	104	59	36	17	3	5	6	1	1	1	563
比例/%	7.28	32.50	18.83	18.47	10.48	6.39	3.02	0.53	0.89	1.07	0.18	0.18	0.18	100

从"在我……"介宾结构的平均长度看，三毛翻译的结构长度（3.147239）略长于三毛原创（2.438721）。

从结构容量看，三毛翻译和原创都是以容量为 1 个词（30.67％、32.50％）的结构为主，2～3 个词容量的次之，接着是 4～6 词容量结构，7 词以上容量的结构占比较小。

三毛翻译与原创的不同之处在于，三毛翻译结构容量 6 词及以上的比例较大，总比例达到 14.72％，比原创（6.05％）高出 8 个多百分点。与之对比，三毛原创 0～5 个词容量的结构较多，除了 3 词容量结构比例略低于翻译文本，其他皆高于翻译文本。此外，三毛翻译文本中有一个超长（26 词容量）的"在我……"介宾结构，而三毛原创中，最长结构仅达到 12 个词。如下所示：

> 三毛翻译的超长结构：
> 就/d［在/p 我/rr］将/p 自己/rr 由/p 那/rzv 浓/a 浊/ag、wn 黏/a 叽叽/o 的/ude1 液体/n 中/f 脱身/vi 而/cc 出/vf，/wd 觉得/v 自己/rr 像/v 是/vshi 一/m 根/q 刚/d 处理/v 过/uguo 的/ude1 电线杆/n 时/ng，/wd

从例子可见，"在我……"介宾结构中，包含的不是个别词语，而是有多个修饰语的事件描述,形象地描述了"我""脱离困境"的困难过程及复杂心情。该介宾结构总体比较复杂,信息容量较大,是一个超长结构,与平时所用的结构在功能方面也有较大不同。

　　三毛翻译的各类结构:

　　1 词结构:[在/p 我/rr] 眼前/s

　　2 词结构:[在/p 我/rr] 童年/t 时代/n

　　3 词结构:[在/p 我/rr] 碰到/v 地面/n 之前/f

　　4 词结构:[在/p 我/rr] 跪下/vi 的/ude1 那/rzv 一刹那/t

　　5 词结构:[在/p 我/rr] 身体/n 最/d 细嫩/a 的/ude1 地方/n

　　6 词结构:[在/p 我/rr] 念书/vi 的/ude1 那/rzv 幢/q 楼房/n 上面/f

　　7 词结构:[在/p 我/rr] 和/cc 他/rr 交往/vi 的/ude1 二十/m 年/qt 来/f

　　8 词结构:[在/p 我们/rr] 开始/v 把/pba 粮食/n 搬/v 上/vf 板车/n 的/ude1 当儿/n

　　9 词结构:[在 p 我/rr] 还/d 来不及/v 弄清/v 这/rzv 到底/d 是/vshi 怎么/ryv 回事/n 之前/f

　　11 词结构:[在/p 我/rr] 为/p 这个/rz 泰雅族/ng 十字架/n 该/rz 用/v 什么/ry 图样/n 而/cc 伤脑筋/vi 时/ng

　　从翻译文本的例证看,容量小的结构主要以单个实词为主,或为方位词,或为名词,或为动宾短语,与介词"在"共同作用,指代某地点或时间等。容量较大的结构则含有比较复杂的内嵌结构,如 9 词结构和 11 词结构,在介宾结构内部又包含了小句,表达"我"所面临的复杂问题。

　　在三毛翻译中,"在我……"结构有 43 次后面有"们",是"在我们"结构,有120 次"在我……"结构(见图 2-39)。从结构看,"在我……"结构的搭配词主要有"的、身边、头、心里、面前、旁边"等,如图 2-40 所示。

　　在三毛原创文本中,可检索到 567 次"在我……"结构,其中有 4 次是表达个人看法。从全部结构的搭配来看,有 122 次与"的"搭配,其次为"身边、眼前、旁边、面前、看来、心里、后面、身后、对面、手中、身旁、家、身上、床、都"等,如图 2-41 所示。

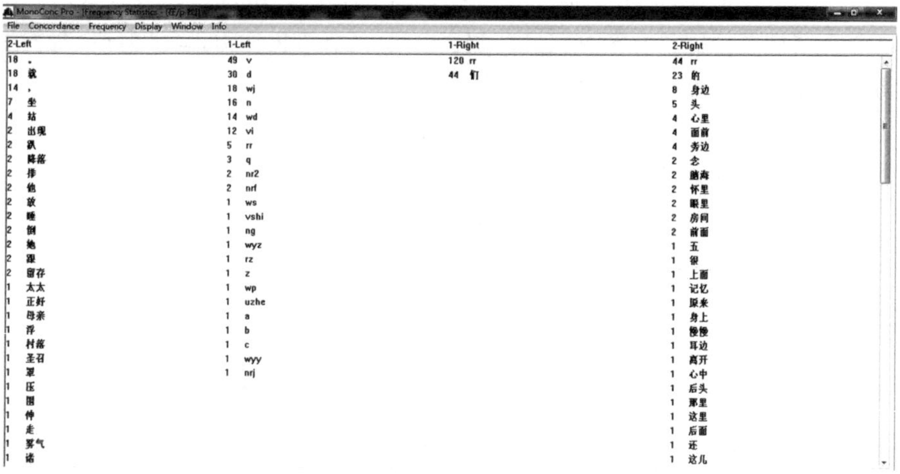

2-Left	1-Left	1-Right	2-Right
18 。	49 v	120 rr	44 rr
18 就	30 d	44 们	23 的
14 ，	18 wj		8 身边
7 坐	16 n		5 头
4 站	14 wd		4 心里
2 出现	12 vi		4 面前
2 趴	5 rr		4 旁边
2 降落	3 q		2 念
2 排	2 nr2		2 脑海
2 他	2 nrf		2 怀里
2 放	1 ws		2 眼里
2 睡	1 vshi		2 房间
2 倒	1 ng		2 前面
2 她	1 wyz		1 五
2 跟	1 rz		1 很
2 留存	1 z		1 上面
1 太太	1 wp		1 记忆
1 正好	1 uzhe		1 原来
1 母亲	1 a		1 身上
1 浮	1 b		1 慢慢
1 村落	1 c		1 耳边
1 圣召	1 wyy		1 离开
1 罩	1 nrj		1 心中
1 压			1 后头
1 围			1 那里
1 伸			1 这里
1 走			1 后面
1 雾气			1 还
1 诸			1 这儿

图 2-39　三毛翻译“在……”结构的搭配词

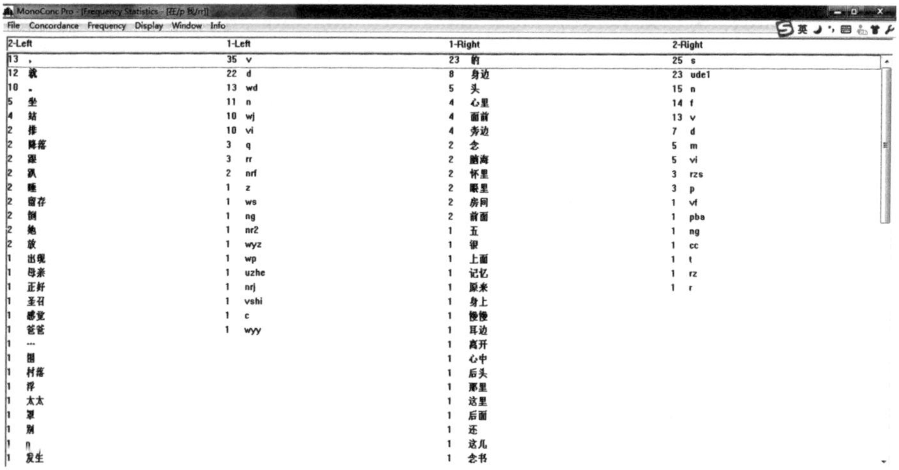

2-Left	1-Left	1-Right	2-Right
13 ，	35 v	23 的	25 s
12 就	22 d	8 身边	23 ude1
10 。	13 wd	5 头	15 n
5 坐	11 n	4 心里	14 f
4 站	10 wj	4 面前	13 v
2 排	10 vi	4 旁边	7 d
2 降落	3 q	2 念	5 m
2 跟	3 rr	2 脑海	5 vi
2 趴	2 nrf	2 怀里	3 rzs
2 睡	1 z	2 眼里	3 p
2 留存	1 ws	2 房间	1 vf
2 倒	1 ng	2 前面	1 pba
2 她	1 nr2	1 五	1 ng
2 放	1 wyz	1 很	1 cc
1 出现	1 wp	1 上面	1 t
1 母亲	1 uzhe	1 记忆	1 rz
1 正好	1 nrj	1 原来	1 r
1 圣召	1 vshi	1 身上	
1 感觉	1 c	1 慢慢	
1 爸爸	1 wyy	1 耳边	
1 …		1 离开	
1 围		1 心中	
1 村落		1 后头	
1 浮		1 那里	
1 太太		1 这里	
1 罩		1 后面	
1 别		1 还	
1 n		1 这儿	
1 发生		1 念书	

图 2-40　三毛翻译“在我……”结构的搭配词

比较而言，两个文本的“在我……”结构主要搭配词类似，以“的”为主，表达“我”所拥有的事物；其次为方位词或词组，以“我”为坐标，表示真实或虚拟的位置；另有表时间的短语或小句等。

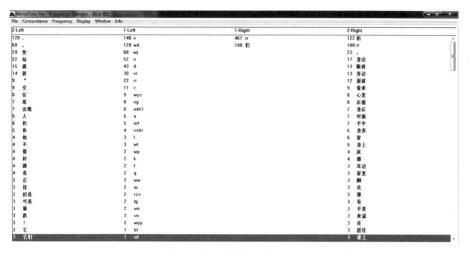

图 2-41　三毛原创"在我……"结构的搭配词

七、三毛翻译语言的价值形态及其功能

通过对三毛翻译与原创的语内类比，以及三毛原创前、后期作品的纵向比较，我们从词汇和结构层面对三毛翻译的主要语言特征进行了描绘，发现三毛翻译语言的价值形态呈现出词汇功能创新和结构复杂化两大特征。

在词汇层面，与三毛前期原创作品相比，三毛后期的原创和翻译作品总体上词汇更为丰富，词长变长，句长变短。从翻译与原创的语内类比来看，三毛翻译词汇丰富度、平均词长明显高于原创，而平均句长则明显低于原创。三毛翻译作品可能一定程度上影响了原创作品的用词丰富度、词长、句长。

在关键词使用上，三毛原创作品的关键词主题有很大变化：前期作品主要描述三毛和荷西的生活体验，后期作品则回归家人和家庭生活。三毛翻译的关键词与原创差异明显，其中的连词、部分名词、人称代词、副词的关键值都高于原创，与原创形成了显著差异。

在结构层面，三毛原创的平均句长略长于其翻译，但三毛翻译的平均句段长略长于原创。从高频介宾结构的使用来看，三毛翻译的介宾结构长度略长于原创；虽然三毛翻译和原创都以较小容量的结构为主，但与原创相比，三毛翻译结构容量 6 词以上的比例较大。此外，三毛翻译文本中有少数超长的介宾结构。总体来看，三毛翻译的介宾结构遵循汉语的基本规范，与原创具有较大的相似性，但在局部语言结构上，则呈现出结构扩展和复杂化的倾向。

翻译语言在词汇和结构层面的价值形态与其功能密切相关。根据语言的基本功能分类,语言功能可分为概念功能、语篇功能和人际功能三大功能。三毛翻译语言的词汇创新和结构变异发挥了独特的概念功能、语篇功能和人际功能。

从词汇的差异化特征看,翻译词汇总体丰富度提高,有利于表述新的概念,使概念功能得到创新。三毛原创"用自己的生命作经,用所见所闻所感所历作纬,编织成绚丽多彩的文字,绘出充满异域情调的风土人物画卷"(张默芸,1983)[116]。而丁松青的作品以作者在台湾的经历为主线,描述了具有台湾本土特色的风土人情,也表露了作者寻求生命价值的心路历程。两人有不同的人生经历,加上英汉语言的系统差异,词汇的丰富度和编码自然不同。

在关键词使用上,值得关注的是,三毛翻译语言的关键词有一定数量的异常用法,或产生新的语言功能,或强化了原本并不突出的语言功能,形成了翻译语言区别于原创语言的显著特征,也构成了翻译语言较为独特的价值形态。这是翻译语言区别于原创语言的重要特征。该发现与秦洪武等(2009)[131]的研究发现相似,即中文翻译文本中介词、连词和代词的使用频率高于中文原创文本中的使用频率。从语言功能上来看,翻译文本的介词、连词和代词可能受到了英文逻辑形式的影响,但是,在汉语翻译语境中,这些功能词发挥了重要的逻辑建构和语篇衔接功能,已经成为翻译语言建构意义的重要材料和手段。

三毛翻译在结构上的变异也体现了翻译语言独特的价值功能。我们以介宾结构为例,对三毛的局部语言结构进行了考察,发现从介宾结构的功能看,容量小的结构主要以单个实词为主,常指代特定地点或时间等;容量较大的结构则含有比较复杂的内嵌结构,常用来表达"我"所面临的复杂问题。可见,在局部语言结构上,三毛翻译语言呈现出结构扩展和复杂化的倾向。

在前人的相关研究中,在结构方面,武光军等(2011)曾对搭配进行深入研究,发现相比于原生英语文本,英译文本中的搭配模式整体上具有简化、常规化和异常化并存的特征,而且以简化与常规化为主,以异常化为辅,并指出,根据 Toury(1995)所提出的干扰定律,翻译文本会出现异常化现象,因为翻译引入了目的语中没有的型式(武光军等)[46]。然而,针对异常化的现象,相关研究没有结合具体文本功能进行分析。我们认为,三毛翻译局部结构的扩展,一定程度上说明,翻译文本的语篇结构发生了变化,而其结构容量和特征的复杂化倾向,则进一步指向翻译语言具有表达复杂意义的功能潜势。

因此,三毛翻译语言的区别性价值形态,既是表达创新性概念功能的需要,也是建构新的语篇功能的需要。同时,三毛翻译语言的创新性特点,也有利于发挥译作良好的人际功能。《兰屿之歌》《清泉故事》《刹那时光》这三部译作于 1982—1986 年期间由皇冠出版社出版。在 2015 年 7 月,《兰屿之歌　清泉故事》由北京十月文艺出版社初版,至 2019 年 11 月,已经是第四次印刷。可见,三毛的译作广受大陆读者的欢迎,其中一个重要原因是三毛译作具有很强的语言魅力。

　　三毛的翻译语言具有很强的感染力,译笔流畅,情感真挚,这同译者与作者的密切关系有一定关联。三毛与丁松青是毕生挚友,对爱与生命有着相似的心灵感悟。三毛曾说:"里面所写的那些旅程的含意,我很明白,就如自己写出来的那么熟悉。"(丁松青,2015b)在《清泉故事》序言中,三毛说:"我们(三毛和丁松青)看上去国籍不同,语言各异,一生见面的次数又那么地少,可是你说的话,我怎么全能那么方便地就能懂?"(丁松青,2015a)[196]这表明,三毛对这本书的内容非常了解。她与丁松青甚至实现了心灵的沟通。"小王子说,有一些东西,用眼睛是看不见的,那么有一种语言,是否需要心灵去听? 我听了你讲的故事,有关那群有血有肉的人的故事,我懂了,照你的意思,用中文再讲一遍,你喜欢吗?"(丁松青,2015a)[196]翻译在三毛的笔下,不再停留在语言信息的转换上,而是心灵的沟通、情感的再现。三毛的翻译态度非常认真,甚至参与了原作的修改。"可怕的是,经过一次又一次的讨论,原稿部分的加减和删改,这本书仍得再磨出数十个长夜的时间来工作。"(丁松青,2015b)[11]这种沟通让三毛完全了解了作者、作品风格及精神内涵,因而三毛的翻译才如此传神。三毛提到,在翻译《刹那时光》的过程中,得到了麦倩宜小姐的支持,然而,在心灵描述部分,三毛进行了较大修改。"《刹那时光》这本中文书中发生的具体故事部分,很少去替(麦)倩宜换字,只有在涉及感情和沉思部分的用词,特别是心灵部分的告白,因为丁神父和我有着一份不移的默契,能够更加了解,就是我目前长夜中的工作了。"(丁松青,2015b)[11]可见,三毛与作者的默契是其翻译成功的重要原因。

　　而且,三毛翻译的动机超出了一般的物质需求,彰显了更高的精神需求。三毛对丁松青的作品评价颇高,而且从翻译中,三毛获得了精神力量。在《兰屿之歌》序言中,三毛表达了读原作的感受。"我深爱这一本有生命,有爱心,有无奈,有幽默,又写得至情至性的好文。丁松青那诚实而细腻的笔调,和对当地雅美族同胞真挚的爱,使得兰屿,在他的笔下,在他的心里,成了永恒之岛。"(丁松青,2015a)[20]而且,对于原作者,三毛也给予了高度评价:"这是一部真真实实的生活记录,再没有什么书籍比真实的故事更令我感动。更令人惊讶的是他的才情,第一本书,如果没有一个如此美丽而敏感的诗人之心,是不容易写得如此传神的。"(丁松青,2015a)三毛的翻译过程也是汲取精神力量的过程:"我由他的行为而得到的启示和榜样,是当一生感念的。"(丁松青,2015a)[20]可以说,翻译不仅是语言的转换,还发挥了重要的人际功能。从翻译中,三毛感受到了温暖和爱,于她而言,翻译是治愈心灵创伤的心路之旅。同时,她自身的深切感悟也将这种爱与希望传递给了读者。"一本好书的背后,除了文字的表达之外,最可贵的仍然在于隐藏在文字和故事后面的那份精神。"(丁松青,2015b)[11]

此外,三毛的翻译与其写作具有一定的相似性。在《刹那时光》的翻译序言中,三毛高度评价了原作:"《刹那时光》这本书带给我深刻投入的感受,自然来自作者对于自我态度的真诚,某些具体及精神层面和我个人本质上的相互契合、写作的口气与取材又与我自己相似……"(丁松青,2015b)[10]同时也表明了三毛的写作与原作取材的相似性,这种情况下更容易达到沟通的目的。

可见,三毛的翻译过程不是简单的意义再现过程,而是译者与作者用心沟通和对话的过程,也是译者汲取并全心传递原作精神力量的过程,充分体现了三毛"我手译我心"的翻译精神。"我手译我心"不是译者随意偏离原文,而是全身心投入原作的理解中去,与作者在文字和心灵上进行全心沟通,并根据译者内心深刻的感知和理解而写出译文。三毛对原作及其翻译的投入,彰显了其严谨而活泼的翻译态度,不仅让译者自己收获了精神力量,也让译作更加传神,得到了跨时代、跨地域读者的欢迎,值得当下的翻译实践工作者借鉴和学习。

八、小结

本书采用语料库的方法,对三毛翻译与原创的语言特征进行了分期、分层比较。分析发现,从历史角度看,三毛翻译与后期创作同步进行,可能一定程度上影响了其后期的创作,促使后期原创词汇丰富度提高、词长变长、句长变短。三毛的汉语功底深厚,前期创作已经非常成功;翻译语言对其后期创作的影响可能是潜移默化的,翻译语言的词句运用基本特征可能会影响其创作。

从微观层面看,三毛翻译语言呈现出词汇创新和结构复杂化两大价值形态:在词汇使用上,三毛翻译的词汇丰富度比原创高,且关键词与原创差异明显,连词、部分名词、人称代词、副词的关键值都高于原创。在局部语言结构运用上,三毛翻译呈现出结构扩展和复杂化的倾向:三毛翻译的平均句段长略长于原创;从高频介宾结构的使用看,三毛翻译的介宾结构长度略长于原创,结构容量 6 词以上的比例较大,并有少量超长的介宾结构。

　　三毛翻译语言在词汇和局部结构上的特点,构成了其较为独特的价值形态,体现了其独特的价值功能,即表达新概念,建构新的语篇逻辑;而且,这些功能有利于三毛翻译语言发挥良好的人际功能。三毛翻译语言的价值形态,充分体现了其全身心投入原作的理解过程,而又有限地局部偏离汉语规范的"我手译我心"的翻译精神,彰显了三毛严谨而活泼的翻译态度。她的译作受到了跨时代、跨地域读者的欢迎,对当下的中外翻译实践具有重要指导意义。

　　三毛对原作的透彻了解、与作者的密切沟通、原作与三毛创作的相似性等,都促成了三毛译作的成功;其文学价值超越了时代和地域限制,已经成为三毛作品集的重要组成部分。三毛翻译所展示的至真至纯的翻译精神,也体现了她"我手写我心"的投入精神。另外,三毛翻译体现的"爱"的精神实质和文化价值,为三毛研究提供了新视角,充实了三毛研究的文化谱系。三毛后期的创作散发着强烈的人文关怀,不仅有对丈夫的爱,有对他国人民和文化的爱,也有对自己文化的爱,这与三毛翻译中"爱"的精神相呼应,这一点值得在未来的研究中深入挖掘。

第三章　女作家汉语翻译语言的历时变化

第一节　译者的"指纹"：基于语料库的《当你老了》多译本历时变化

一、引言

英文名著往往有多个译本,名著重译一方面体现了不同时代对译本的要求和期待,另一方面面临比较严肃的学术和伦理规范问题。在重译规范研究中,学者纷纷指出,名著重译应确保译文质量(袁榕,1995),译本重译贵在创新(尹伯安,2000)。重译者参考、借鉴原有译本的同时,还应在语言表达、风格传递等方面表现出一定的超越性(刘全福,2010)。本节关注名著多译本之间的语言差异和变化,尝试采用语料库的方法,对其开展历时语言特征描述,考察译者的风格和身份与语言特征之间的关联,为验证译者身份和"指纹"提供语料证据。

我们研究的五位女作家没有对同一部作品进行重译,但个别女作家所翻译的作品与他人的译本之间构成了一定的互文关联,在时间上具有纵向间隔。考察译本在不同时代的特点,也可管中窥豹,从侧面反映或揭示翻译语言特征的历时变化规律。威廉·巴特勒·叶芝(William Butler Yeats)于 1893 年创作的英文诗歌"When You Are Old(《当你老了》)"现有多个译本,网络流传的译本多达二十个,其中有一个"冰心译本"。然而,对于该译本的时间和身份,还有待考证和探究。我们通过语料库研究的方法,对"When You Are Old"八个汉译本的语言特征进行了历时描述,探索各译本的历时演变规律和互文特征,同时尝试证实或证伪该"冰心译本"的身份问题。

二、《当你老了》汉语译本及其研究

英文诗歌"When You Are Old"有很多汉语译本,其中"冰心译本"的真实性和准确性是值得关注的问题。某些文献标注不详细或不规范,造成了一定的问题。

有的文献未标注译文的出处,例如(王淑杰等,2018):

When you are old and grey and full of sleep,
当你老了,头发花白,睡意沉沉,
And nodding by the fire, take down this book,
倦坐在炉边,取下这本书来,
And slowly read, and dream of the soft look
慢慢读着,追梦当年的眼神
Your eyes had once, and of their shadows deep;
你那柔美的神采与深幽的晕影。
How many loved your moments of glad grace,
多少人爱过你昙花一现的身影,
And loved your beauty with love false or true,
爱过你的美貌,以虚伪或真情,

But one man loved the pilgrim Soul in you
惟独一人曾爱你那朝圣者的心,
And loved the sorrows of your changing face;
爱你哀戚的脸上岁月的留痕。
And bending down beside the glowing bars,
在炉罩边低眉弯腰,
Murmur, a little sadly, how Love fled
忧戚沉思,喃喃而语,
And paced upon the mountains overhead
爱情是怎样逝去,又怎样步上群山,
And hid his face amid a crowd of stars.
怎样在繁星之间藏住了脸。
(When You Are Old—William Butler Yeats)

不少硕士论文也关注到《当你老了》的各个译本,但是也并未标明"冰心译文"的出处,如:

当你老了

冰心译

当你老了,头发花白,睡意沉沉,

倦坐在炉边,取下这本书来,

慢慢读着,追梦当年的眼神

那柔美的神采与深幽的晕影。

多少人爱过你青春的片影,

爱过你的美貌,以虚伪或是真情,

惟独一人爱你那朝圣者的心,

爱你哀戚的脸上岁月的留痕。

在炉栅边,你弯下了腰,

低语着,带着浅浅的伤感,

爱情是怎样逝去,又怎样步上群山,

怎样在繁星之间藏住了脸。

(徐晓敏,2015)

Chen and Ye(2013:172-174)compares four translated versions composed by Bingxin, Fei Bai, Yuan Kejia and Fu Hao in perspective of meaning and form. She concludes that if evaluated from these two aspects, Fu Hao's translation ranks the first place, Yuan Kejia's follows him as the second in expressing the writer's exact meaning, then Bing Xin's and Fei Bai's.

该论文(徐晓敏,2015)只提到了一篇与冰心译本相关的研究文献,却没有明确标注"冰心译文"的出处。

更有甚者,汉语译文的出处标注不全,如(李旭,2016):

[5]叶芝.当你老了[M].北京:北京理工大学出版社,2015.

很明显,参考文献中没有标明译者为"宋龙艺"。

下面这一篇论文虽然提及冰心译本,但也没有标明译本的出处。

一、走进原诗,避免翻译过程的"隔岸观火"

叶芝的这首《当你老了》,有冰心、傅浩、袁可嘉、杨牧、裘小龙、飞白等人的多个翻译版本。其中,最受推崇的是袁可嘉的译本,人教版的高中语文教材用的就是这个版本,就连那首人们耳熟能详的流行歌曲——赵照的《当你老了》——也明显是以此为蓝本改编的。

(杜舒亚,2020)

甚至有的作者标明的出处,根本找不到冰心译本,如:

冰心译:当你老了,头发花白,睡意沉沉,倦坐在炉边,取下这本书来[2]658。

[2]冰心.冰心译文集[M].南京:译林出版社,1998.

(张娅玲,2016)

研究发现,对于"冰心译本"的出处,或标注模糊或来源有误,网络上广泛流传的"冰心译本"以及知网文献中的"冰心译本"并没有确切的证据。但是,这个"冰心译本"却得到了较多读者和研究者的认可,不少现有译本也有较大的模仿痕迹。所以,不能忽略这一译本的存在。我们把这一译本用"冰心译本?"做了标注,以考察这一译本与其他译本的关系,同时考察该译本的风格与身份问题。

三、研究问题

研究通过语料库研究的方法,对叶芝的"When You Are Old(《当你老了》)"译本开展语内类比和语际对比,多维度考察译本的语言特征,具体回答以下几个问题:

(1)从横向比较看,各汉译本的语言特征如何?有何差异?

(2)从历时角度看,各译本是否相互关联?

(3)译本的语言特征受哪些因素影响?

四、研究对象

《当你老了》现有网络译本近20个,除去来源不详的"冰心译本",我们还收集了7个来源清晰、有迹可循且评价较高的译本,按时间排序如表3-1所示:

表 3-1 文本基本信息

文本类型	年代	作/译者
英语原文	1893	William Butler Yeats
译本 1	?	冰心?
译本 2	1968	余光中
译本 3	1985	袁可嘉
译本 4	1989	飞白
译本 5	2001	裘小龙

续表

文本类型	年代	作/译者
译本 6	2002	傅浩
译本 7	2011	李明
译本 8	2020	侯国金

傅浩译本之前,多数译本对于原文"Love"的翻译为"爱、爱情"。自傅浩 2002 年发表了译作及相关研究文献后,多数译本注意到首字母大写的 "Love",将之译为"爱神"。

由此推测,"冰心译本"应该是傅浩之前的译本。然而,在袁可嘉、傅浩的 文献研究中,却没有提及冰心这一个译本,似乎违背学术常理。我们从语言层 面入手,考察该译本的风格与翻译思想是否与冰心的翻译风格具有一致性。

五、研究方法和过程

我们使用了多种语料统计软件,对文本开展语内类比和语际对比,具体过 程如下:

首先,我们收集和整理了《当你老了》的 8 个汉译本,考察了译本出处,确 保译本来源清晰,对文本进行分词、人工校对、除噪等处理;

其次,对文本进行词性标注,并进一步标注词性的类型(五类:实词、虚词、 代词、标点、其他);

然后,对原文和译文文本的词汇密度、高频词、关键词、情感倾向等进行统 计分析,呈现译本语言的历时变化;

最后,结合数据特征和译本信息,对各译本语言的历时变化进行阐释,并 着重考察"冰心译本"的身份问题。

六、研究结果与讨论

(一)文本词汇密度比较

我们使用 WordSmith 8.0 对各个文本的类符/形符比(TTR)进行统计。 由于篇幅较短,没有获得标准化类符/形符比,但是由于是同一篇诗的译文, TTR 数据也可揭示其词汇使用的丰富度,数据如表 3-2 所示:

表 3-2　各文本词汇密度比较

序号	文本名称	文本大小/字节	形符	类符	类符/形符比/%	标准化类符/形符比
1	1893 英文——William Butler Yeats.txt	1,094	104	68	65.38	n/a
2	"冰心译本?".txt	646	104	72	69.23	n/a
3	1968 余光中译.txt	636	92	68	73.91	n/a
4	1985 袁可嘉译.txt	936	101	72	71.29	n/a
5	1989 飞白译.txt	650	104	72	69.23	n/a
6	2001 裘小龙.txt	688	106	79	74.53	n/a
7	2002 傅浩译.txt	636	98	75	76.53	n/a
8	2011 李明译.txt	772	121	80	66.12	n/a
9	2020 侯国金译.txt	580	96	77	80.21	n/a

英文原文的 TTR 为 65.38%,根据以往研究(王克非等,2008),可知英文的 TTR 较高,而汉语译本 TTR 多数高于英文原文,词汇丰富度较高。其中,"冰心译本?"TTR 相对较低。(见图 3-1)

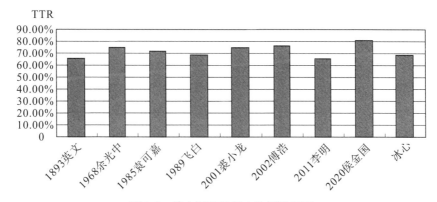

图 3-1　英文及其汉译本的词汇 TTR

从 TTR 来看,Yeats 英文的词汇丰富度低于"冰心译本?"。

为了更确切地计算各译本的词汇密度,我们借鉴以往研究(王克非等,2008)的做法,把名词 n、动词 v、形容词 a、副词 d、数词 q、量词 m 等 6 个"具有稳定词义"的词类作为实词,将汉语中起语法功能的助词、介词、连词、语气词、叹词等视为虚词。分别标注和统计后,得出表 3-3:

表 3-3　各译本词汇密度对比

单位：%

	译本 1	译本 2	译本 3	译本 4	译本 5	译本 6	译本 7	译本 8
实词	53.81	55.91	54.4	54.49	53.72	56.9	54.06	67.16
代词	10.60	8.48	10.4	9.7	10.3	8.93	14.37	9.25
虚词	13.66	11.87	11.2	11.19	11.78	10.56	17.8	10.17
标点	14.39	15.25	14.4	14.18	15.45	14.63	13.01	7.34
其他	8.34	8.47	9.68	11.21	9.57	9.75	1.36	6.5

数据显示,从实词的密度看,译本 6/8 的词汇密度较高,其次为译本 2,再次为译本 4/3/7/1/5。

为了考察译本之间的差异,我们对数据差异较大的译本 5 和 8、7 与 8、1 与 7 进行方差分析,数据如表 3-4、表 3-5 和表 3-6 所示:

表 3-4　译本 5 和 8 方差分析:无重复双因素分析

SUMMARY	观测数	求和	平均	方差
行 1	2	120.88	60.44	90.3168
行 2	2	19.55	9.775	0.55125
行 3	2	21.95	10.975	1.29605
行 4	2	22.79	11.395	32.88605
行 5	2	16.07	8.035	4.71245
列 1	5	100.82	20.164	357.0124
列 2	5	100.42	20.084	694.6868

方差分析

差异源	SS	df	MS	F	P-value	F crit
行	4077.05	4	1019.263	31.42318	0.002795	6.388233
列	0.016	1	0.016	0.000493	0.983344	7.708647
误差	129.7466	4	32.43665			
总计	4206.813	9				

表 3-5　译本 7 和译本 8 方差分析:无重复双因素分析

SUMMARY	观测数	求和	平均	方差
行 1	2	121.22	60.61	85.805
行 2	2	23.62	11.81	13.1072
行 3	2	27.97	13.985	29.10845
行 4	2	20.35	10.175	16.07445
行 5	2	7.86	3.93	13.2098

续表

SUMMARY	观测数	求和	平均	方差
列 1	5	100.6	20.12	398.2146
列 2	5	100.42	20.084	694.6868

方差分析

差异源	SS	df	MS	F	P-value	Fcrit
行	4214.304	4	1053.576	26.79122	0.003791	6.388233
列	0.00324	1	0.00324	8.24E−05	0.993192	7.708647
误差	157.3017	4	39.32542			
总计	4371.609	9				

表 3-6 译本 1 和译本 7 的方差分析：无重复双因素分析

SUMMARY	观测数	求和	平均	方差
行 1	2	120.97	60.485	89.11125
行 2	2	19.85	9.925	0.91125
行 3	2	23.83	11.915	6.09005
行 4	2	21.73	10.865	24.85125
行 5	2	14.84	7.42	1.6928
列 1	5	100.8	20.16	359.7429
列 2	5	100.42	20.084	694.6868

方差分析

差异源	SS	df	MS	F	P-value	Fcrit
行	4095.077	4	1023.769	33.39045	0.002487	6.388233
列	0.01444	1	0.01444	0.000471	0.983725	7.708647
误差	122.6422	4	30.66054			
总计	4217.733	9				

以上方差分析显示，各译本之间的语言特征虽然存在不同程度的差异，但各译本的词汇密度之间并不存在显著性差异。

(二)各文本的词性使用比较

我们对各个译本进行了词性标注，然后，使用 WordSmith 8.0 对各个标注符号进行了统计，得出表 3-7、表 3-8 和表 3-9：

表 3-7　各个译本的词性频次及其比例(1)

	1 冰				2 余				3 袁		
序号	词性	频次	比例/%	序号	词性	频次	比例/%	序号	词性	频次	比例/%
1	n	19	14.39	1	n	18	15.25	1	n	20	16.00
2	wd	16	12.12	2	wd	15	12.71	2	wd	15	12.00
3	v	12	9.09	3	v	12	10.17	3	v	14	11.20
4	a	9	6.82	4	rr	8	6.78	4	♯	11	8.80
5	♯	9	6.82	5	♯	7	5.93	5	rr	9	7.20
6	rr	7	5.30	6	p	6	5.08	6	a	9	7.20
7	p	6	4.55	7	vi	5	4.24	7	p	5	4.00
8	vi	5	3.79	8	c	5	4.24	8	f	4	3.20
9	ng	5	3.79	9	a	5	4.24	9	d	4	3.20
10	wj	3	2.27	10	d	4	3.39	10	y	3	2.40
11	vf	3	2.27	11	z	2	1.69	11	rzv	3	2.40
12	uzhe	3	2.27	12	wf	2	1.69	12	q	3	2.40
13	rzv	3	2.27	13	vyou	2	1.69	13	wf	2	1.60
14	ryv	3	2.27	14	vg	2	1.69	14	vi	2	1.60
15	k	3	2.27	15	tg	2	1.69	15	vf	2	1.60
16	d	3	2.27	16	ng	2	1.69	16	uzhe	2	1.60
17	z	2	1.52	17	m	2	1.69	17	t	2	1.60
18	y	2	1.52	18	k	2	1.69	18	s	2	1.60
19	ule	2	1.52	19	?	2	1.69	19	z	1	0.80
20	uguo	2	1.52	20	f	2	1.69	20	wj	1	0.80
21	q	2	1.52	21	wj	1	0.85	21	vyou	1	0.80
22	f	2	1.52	22	vf	1	0.85	22	vn	1	0.80
23	vshi	1	0.76	23	t	1	0.85	23	ule	1	0.80
24	t	1	0.76	24	s	1	0.85	24	?	1	0.80
25	s	1	0.76	25	rzs	1	0.85	25	ry	1	0.80
26	ry	1	0.76	26	ry	1	0.85	26	nz	1	0.80
27	qv	1	0.76	27	q	1	0.85	27	mq	1	0.80
28	m	1	0.76	28	pba	1	0.85	28	m	1	0.80
29	cc	1	0.76	29	?	1	0.85	29	k	1	0.80
30	c	1	0.76	30	cc	1	0.85	30	c	1	0.80
31	an	1	0.76	31	b	1	0.85	31	an	1	0.80
32	ag	1	0.76	32	an	1	0.85	32	à_£	1	0.80
33	?	1	0.76	33	ad	1	0.85				
34	à_£	1	0.76								

表 3-8　各个译本的词性频次及其比例(2)

	4 飞				5 裘				6 傅		
序号	词性	频次	比例/%	序号	词性	频次	比例/%	序号	词性	频次	比例/%
1	wd	15	11.19	1	v	20	14.71	1	n	23	18.70
2	v	12	8.96	2	wd	18	13.24	2	wd	14	11.38
3	n	12	8.96	3	n	18	13.24	3	v	13	10.57
4	#	12	8.96	4	#	11	8.09	4	#	9	7.32
5	rr	10	7.46	5	rr	10	7.35	5	rr	8	6.50
6	a	10	7.46	6	a	9	6.62	6	p	7	5.69
7	p	6	4.48	7	p	8	5.88	7	a	7	5.69
8	ng	6	4.48	8	d	5	3.68	8	ng	5	4.07
9	d	6	4.48	9	z	4	2.94%	9	vi	4	3.25
10	vi	5	3.73	10	vf	4	2.94	10	vg	3	2.44
11	q	3	2.24	11	ng	3	2.21	11	f	3	2.44
12	m	3	2.24	12	y	2	1.47	12	d	3	2.44
13	y	2	1.49	13	wf	2	1.47	13	wf	2	1.63
14	wf	2	1.49	14	uzhi	2	1.47	14	c	2	1.63
15	vf	2	1.49	15	rzv	2	1.47	15	ag	2	1.63
16	uzhe	2	1.49	16	f	2	1.47	16	wp	1	0.81
17	uguo	2	1.49	17	an	2	1.47	17	wj	1	0.81
18	t	2	1.49	18	wj	1	0.74	18	vf	1	0.81
19	rzv	2	1.49	19	vyou	1	0.74	19	uzhe	1	0.81
20	k	2	1.49	20	vi	1	0.74	20	?	1	0.81
21	f	2	1.49	21	uguo	1	0.74	21	t	1	0.81
22	cc	2	1.49	22	t	1	0.74	22	s	1	0.81
23	an	2	1.49	23	s	1	0.74	23	rzv	1	0.81
24	ag	2	1.49	24	ryv	1	0.74	24	ryv	1	0.81
25	z	1	0.75	25	ry	1	0.74	25	ry	1	0.81
26	?	1	0.75	26	q	1	0.74	26	q	1	0.81
27	wp	1	0.75	27	pba	1	0.74	27	pba	1	0.81
28	wj	1	0.75	28	?	1	0.74	28	?	1	0.81
29	vn	1	0.75	29	mq	1	0.74	29	m	1	0.81
30	vl	1	0.75	30	c	1	0.74	30	k	1	0.81
31	s	1	0.75	31	ag	1	0.74	31	cc	1	0.81
32	ry	1	0.75	32	à_£	1	0.74	32	b	1	0.81
33	qv	1	0.75					33	ad	1	0.81
34	?	1	0.75					34	à_£	1	0.81
35	à_£	1	0.75								

表 3-9　各个译本的词性频次及其比例(3)

7 李				8 侯			
序号	词性	频次	比例/%	序号	词性	频次	比例/%
1	n	24	16.44	1	n	14	14.00
2	v	17	11.64	2	v	10	10.00
3	wd	16	10.96	3	a	10	10.00
4	rr	11	7.53	4	d	8	8.00
5	♯	10	6.85	5	rr	7	7.00
6	p	8	5.48	6	vi	6	6.00
7	vi	6	4.11	7	p	6	6.00
8	rzv	6	4.11	8	♯	6	6.00
9	d	6	4.11	9	y	4	4.00
10	a	6	4.11	10	q	3	3.00
11	z	4	2.74	11	ng	3	3.00
12	wj	3	2.05	12	m	3	3.00
13	vf	3	2.05	13	ad	3	3.00
14	ryv	3	2.05	14	vg	2	2.00
15	f	3	2.05	15	vf	2	2.00
16	vg	2	1.37	16	rzv	2	2.00
17	uzhe	2	1.37	17	k	2	2.00
18	uguo	2	1.37	18	ag	2	2.00
19	c	2	1.37	19	vyou	1	1.00
20	vyou	1	0.68	20	vl	1	1.00
21	vshi	1	0.68	21	t	1	1.00
22	uyy	1	0.68	22	ry	1	1.00
23	s	1	0.68	23	nr	1	1.00
24	ry	1	0.68	24	nl	1	1.00
25	qt	1	0.68	25	c	1	1.00
26	q	1	0.68	26	à_£	1	1.00
27	mq	1	0.68				
28	m	1	0.68				
29	k	1	0.68				
30	ag	1	0.68				
31	?	1	0.68				
32	à_£	1	0.68				

我们利用 3GWS 软件对各个译本进行了词性标注,然后利用 MonoConc 统计了各个词性频次,并进行排序,如表 3-10 所示:

表 3-10 各译本的词性排序

序号	年代	译者	词性排序(按频次由高到低)
1	?	冰心?	nv a udel rr p ng vi d k ryv rzv uzhe vf
2	1968	余光中	nv rr udel p a c vi d
3	1985	袁可嘉	nv udel a rr p d f q rzv y
4	1989	飞白	nv udel rr ad ng p vi m q
5	2001	裘小龙	vn rr a udel p d vf z ng
6	2002	傅浩	nv rr udel a p ng vi d f vg
7	2011	李明	nv rr udel p a d rzv vi z f
8	2020	侯国金	na v d rr p udel vi ad ng q y

各译本的词性分布有较多相似之处,以名词和动词为主,译本 2、5、6、7 人称代词比例较高,译本 3、4 助词“的”的使用频次较高,体现了英文的形式化影响和渗透效应。

比较各个译本词性发现,多数译本都受到了英文原文的形式化影响,而唯独译本 8 比较不同:该译本以名词、形容词、动词、副词这些实词为主,形式化特征不明显,是各个译本中语言特征更接近原创汉语的译本。

为进一步考察各译本受英文原文形式影响的程度,我们观察了各译本人称代词 rr 的使用频次和比例,如表 3-11 所示。

表 3-11 各译本人称代词 rr 的使用频次和比例

年代	译者	人称代词 rr	
		频次	比例/%
?	冰心?	7	5.30
1968	余光中	8	6.78
1985	袁可嘉	9	7.20
1989	飞白	10	7.46
2001	裘小龙	10	7.35
2002	傅浩	8	6.50
2011	李明	11	7.53
2020	侯国金	7	7.00

仅从人称代词的频次和比例看,李明译本和飞白译本受英文代词影响较大,形式化特征较为明显,其次为裘小龙译本;似乎"冰心译本"受原文代词的影响最小,这与冰心一贯的"对应"翻译策略似乎不相符合。

(三)各译本的关键词语际对比

通过语际对比,可以观察汉语译本受英文形式影响的程度,同时可以考察译本是否忠实于原文的内容。我们首先对英文原文的关键词进行研究,然后对比各译本的关键词信息。

表 3-12 英文原文的高频词

序号	频次	词语
1	11	and
2	6	of
3	6	the
4	4	loved
5	4	your
6	3	you
7	2	a
8	2	are
9	2	down
10	2	face
11	2	how
12	2	love
13	2	old
14	2	when

从频次看,英文原文的高频词以虚词为主,包括连词、介词、冠词、代词。其中,最高频次的词语是连词 and,其次为介词 of 和冠词 the,然后是 your/you/a,而实词关键词有 loved/are/down/face/how/love/old。(见表 3-12)

为更准确地锁定关键词信息,我们使用 AntConc 统计了译本的关键词表,把冰心所译的李清照词作为参照语料,生成关键词列表。关键值(keyness)正值表示英文原文词语"loved"和"your"使用频率显著高于冰心所译的英文参照语料。(见表 3-13、表 3-14)

表 3-13 英文原文关键词

序号	频次	关键词	关键值(keyness)
1	4	loved	+17.85
2	4	your	+17.85

为再次验证关键词,我们把许渊冲译本作为参照语料,生成关键词表,包括 loved/and/your 三个关键词,其中,and 的关键数值位居第二。

表 3-14 英文原文关键词

序号	频次	关键词	关键值(keyness)
1	4	loved	+22.52
2	11	and	+18.39
3	4	your	+15.12

可见,在英文原文中,loved/and/your 这三个词作为关键词,承载了重要的概念、语篇和人际功能。

首先,loved 发挥了重要的概念功能,说明了文章的主题"爱",同时"loved"是过去式,说明是短暂的爱。

其次,and 发挥了重要的语篇功能。该词使用频次很高,关键值也很高,是一个重要的单词,在英文中起到了语篇衔接和情感表达的功能。and 在此不仅仅是一个连词,它还发挥了一定的修辞功能。and 多次重复出现,强化了诗的口语化特征,整个节奏似乎也变慢了,而且容易产生一种絮絮叨叨、连绵不断的感觉,这与作品"当你老了"的主题相关。

最后,关键词"your"发挥了重要的人际功能。该词表明诗人以第一人称的口吻,对女主人公表达爱慕之情,将读者带入了一个表白的人际环境,更具有真实感。该词多次出现在"your moments of glad grace""And loved your beauty""the sorrows of your changing face"搭配中,诗人借此表达,别的追求者只看到了女主人公的优雅体态和姣好容貌,而诗人则关心女主人公的心灵,哪怕女主人公日渐衰老也仍然爱她;相比之下,诗人的爱更加深沉而真挚。

(四)各译本的关键词词云比较

为了观察各译本的关键词,我们使用在线 word cloud 工具(https://www.jasondavies.com/wordcloud/),对英文诗篇进行词云制作,生成云图(图3-2):

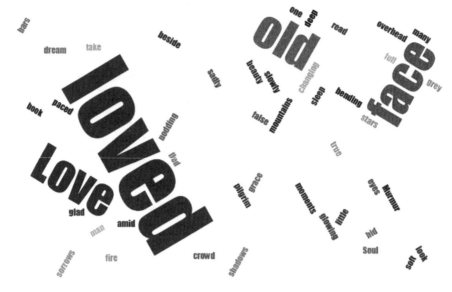

图 3-2 英文原文的关键词

可见,英文诗篇的主题围绕"loved/Love/old/face"四个最主要的关键词展开,与 AntConc 的统计和词频统计有共通之处。

从关键词对应的角度看,这四个词可分别对应汉语的"爱过/爱神/老/脸"。

我们利用词云工具(http://cloud.niucodata.com/),制作了八个汉译本的词云,如图 3-3 所示。(见图 141 页)

从各译本的词云看,各译本关键词都有不同。"冰心译本"的主题词为"你老、怎样",突出了对已逝情感的感叹;余光中译本突出"年老"和"梦见",没有突出爱的主题;袁可嘉译本凸显"人爱、你老、回想",基本上契合英文的"爱、老"主题;飞白译本的主题"爱过、你老"契合英文主题;裘小龙译本突出"消散、你老",略偏离英文主题;傅浩译本凸显了"年老",却没有强调爱的主题;李明译本主题较为分散,但"怎么"的感叹更为突出;侯国金译本则是"你老",突出了女主人公"老"的主题。

(五)各译本的情感历时变化

研究进一步分析了各译本中的情感变化。我们使用集搜客在线文本情感分析工具(https://www.gooseeker.com/),对英文原文及其 8 个汉译本进行了情感分析,分析结果将情感分为正面(积极)、负面(消极)和中性三类,统计数据如表 3-15 所示(见第 142 页)。

图 3-3 八个汉译本的词云

表 3-15　原文及其译文的情感分析

序号	作者/译者	年代	情感图片
1	William Butler Yeats	1893	中性：0　正面：0　负面：0
2	疑似冰心	未知	中性：0　正面：0　负面：0
3	余光中	1968	中性：14　正面：10　负面：2
4	袁可嘉	1985	中性：14　正面：8　负面：4
5	飞白	1989	中性：9　正面：2　负面：2
6	裘小龙	2001	中性：0　正面：0　负面：0
7	傅浩	2002	中性：7　正面：4　负面：2

续表

序号	作者/译者	年代	情感图片
8	李明	2011	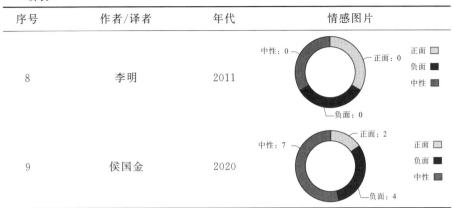
9	侯国金	2020	

由上可知,英文原文的情感分布比较均匀,三类情感使用比例相当,而各译本的情感使用比例相差较大。疑似冰心译本与原文的情感比例更为相似;余光中译本的中性情感大幅增加,正面情感略增,导致负面情感下降;袁可嘉译本的中性情感也超过了一半,负面情感较少;飞白译本的中性情感也大幅增加,正面和负面情感下降,表现出情感平淡的基调;裘小龙译本的情感比例与疑似冰心译本、英文原文相似;傅浩译文的中性情感也超过一半,与袁可嘉译文情感比例相似;李明译文情感比例与疑似冰心译文、裘小龙译文、英文原文的相似;侯国金译文的中性情感也较多,负面情感增加,正面情感比例下降。

总体来看,从语际对比角度看,在 8 个译本中,5 个译本的中性情感比原文比例多,呈现出平淡化基调,这与译者的个人功底、诗歌素养、对原文情感的理解和把握等有密切关系。另有 3 个译本的情感比例与原文类似,特别是受较多读者关注和欢迎的疑似冰心译本。

从历时角度看,余光中译文的负面情感占比较小,之后慢慢呈现出增加趋势,总体上负面情感越来越多。可以说,随着时间的推移和人们对原文理解的深入,译文总体上越来越接近原文的负面情感强度,但中性情感仍占比较大。

对于疑似冰心译本,仅从情感比例看,似乎产生时代更接近 21 世纪,与裘小龙、李明译文年代接近。进一步对比三个译本,发现有一定的相似之处(见表 3-16):

表3-16 三个译本的相似性比较

裘小龙译本（2001）	疑似冰心译本（？）	李明译本（2011）
当你老了		当你韶光已逝
当你老了，青丝成灰，充满**睡意**，	当你老了	当你韶光已逝，头发灰白，睡意沉沉，
在**炉边**打盹时，请**取下**这部诗作，	当你老了，头发花白，**睡意**沉沉，	当你倦坐于**炉火旁**，请**取下**这本诗集，
慢慢读，读出你昔日眉目之柔和，	倦坐在**炉边**，**取下**这本书来，	慢慢品味，去追忆你那曾经温柔的眼神，
细细品，品出你眼中**深深**的阴郁；	慢慢读着，追梦当年的眼神	去追忆你的双眸那**深邃**的影子。
多少人爱过你娇艳美好的时光，	那柔美的神采与**深幽**的晕影。	**多少人爱恋过你**那青春飞扬的时刻，
以真心或假意，恋慕你的俊俏，	**多少人爱过你**青春的片影，	爱恋过你的美丽是出自真心或者假意，
只有**一个人爱你**那圣洁的灵魂，	爱过你的美貌，以虚伪或是真情，	但只有一个人爱你那**朝圣者般**的灵魂，
爱你衰老的容颜上遍布的哀伤；	惟独**一人爱你**那**朝圣者**的心，	**爱你**那渐渐衰老的脸上的愁苦的皱纹。
在熊熊的炉火旁，**你弯下**身躯，	**爱你**哀戚的脸上岁月的留痕。	曲着背，你立在燃烧着的炉火旁，
凄然地低声哀诉，爱怎么消散，	在炉栅边，**你弯下了腰**，低语着，带着浅浅的伤感，	凄凄然，你低语呢喃，爱神怎么会逃逸，
消散在高处，在茫茫**群山**之巅，	爱情是怎样逝去，又怎样步上**群山**，	怎么会漫步于巍巍群山之间，
把他的脸藏于**繁星**闪烁的天宇。	怎样在**繁星**之间藏住了脸。	怎么会将容颜隐没于**繁星**万点。

从个别词语如"睡意、炉边、深、爱你、繁星、脸"等，到语言结构如"多少人爱过你……"，这三首诗都体现出一定的相似性，尤其是疑似冰心译本与2001年的裘小龙译本重合度较大，但是两首诗的个性也很强，语言使用有较大不同。

(六)各译本的结构容量历时变化

为了考察特定结构的历时变化，我们锁定了使用频次较高的"的"结构和介词结构，对各译本两个结构的使用频次、结构容量进行了标注、统计和分析。"的"结构的结果如表3-17、图3-4所示。

表 3-17　各译本助词"的"结构使用情况

年代	频次	平均结构长度
1968	6	2.5
1985	10	4.3
1989	11	4.82
2001	9	4.44
2002	8	4.88
2011	10	5.7
2020	6	3.67
冰心？	9	4.11

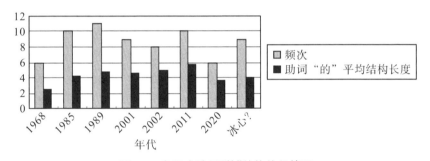

图 3-4　各译本助词"的"结构使用情况

从助词"的"结构的使用频次看,各译本先升后降、再升后降,在 1989 年达到最高点,2011 年再次达到高点。可见,各译本中"的"使用情况不同,缺乏持续稳定的变化规律。而从助词"的"结构的平均长度看,从 1968 至 2011 年,基本上呈持续上升趋势,除了 2020 年版本比较特殊。一定程度上可以说,除了个别情况,随着年代的变化,各译本助词"的"结构长度稳步上升,结构容量持续增加。

从数据看,疑似冰心译本助词"的"结构的使用频次和容量比较接近 2001 年的版本。

介词结构的结果如表 3-18、图 3-5 所示。

表 3-18　各译本的介词结构使用情况

年代	频次	平均结构长度
1968	7	3.86
1985	5	3.6
1989	6	3.67
2001	8	3.38
2002	6	3.5
2011	8	3.5
2020	6	3
冰心?	6	2.67

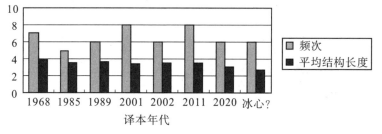

图 3-5　各译本介词结构使用情况

从介词结构的使用情况表看,2001 年和 2011 年的版本中使用频次最高,其次为 1968 年,再次为 1989 年、2002 年、2020 年以及疑似冰心版本,最少的是 1985 年的译本。从历时角度看,似乎没有固定的变化规律,多数集中在 6～8 次之间。

从介词结构的平均长度看,从 1968 年到 2020 年,基本上呈持续下降趋势,疑似冰心译本的介词结构平均长度最短,结构容量最小。

从以上统计分析可见,在助词"的"结构和介词结构的使用上,各译本使用情况有较大差异。从历时角度看,在使用频次上,缺乏持续稳定的变化规律。但在平均结构长度和容量上,各译本呈现出较为稳定的变化趋势,助词"的"结构容量持续增加,而介词结构容量持续下降。

以上关于助词结构容量的变化趋势说明,助词"的"结构容量具有扩增趋势,信息承载量增加,节奏感增强。例如:

1968:…爱/v 你/rr 脸上/s 青春/n 难/ad 驻/v 的/[ude1] 哀伤/

an;/wf 于是/cc 你/rr 俯身/…(7)

1985:…爱/v 你/rr 衰老/a 了/ule 的/［ude1］脸上/s 痛苦/a 的/ude1 皱纹/n ;/wf(8)

1989:… 爱/v 你/rr 日益/d 凋谢/vi 的/［ude1］脸上/s 的/ude1 衰/ag 戚/nr1 ;/wf …(7)

2001:爱/v 你/rr 衰老/a 的/［ude1］容颜/n 上/f 遍布/v 的/ude1 哀伤/an ;/wf …(8)

2002:…爱/v 你/rr 渐/d 衰/ag 的/［ude1］脸上/s 愁苦/a 的/ude1 风霜/n ;/wf…(8)

2011:…爱/v 你/rr 那/rzv 渐渐/d 衰老/a 的/［ude1］脸上/s 的/ude1 愁苦/a 的/ude1 皱纹/n 。…(10)

上面的例子都是一句比较长的结构,从结构容量看,呈现逐渐增加的趋势(7—8—7—8—8—10),而且出现了两个"的"、三个"的"的复杂结构。这一方面体现了人们对"的"结构的接纳度越来越高,另一方面体现了译者的语言节奏把控能力。

而介词结构容量持续下降,一定程度上说明,随着语言发展和社会规范对翻译语言的要求,人们对诗歌翻译语言的规范更为严格,尤其注重诗歌的韵律和节奏,因此长的介词结构逐渐减少。然而,由于整体诗歌的节奏和译者风格不同,各译本特定介词结构的变化也不规律,例如:

1968:在/［p］群峰/n 之上/f ,/wd(2)

1985:在/［p］头顶/n 的/ude1 山上/s(3)

1989:在/［p］密密/a 星群/n 里/f(3)

2001:于/［p］繁星/n 闪烁/v 的/ude1 天宇/n(4)

2002:在/［p］繁星/n 中间/f。/wj(2)

2011:于/［p］繁星/n 万/m 点/qt。/wj(3)

2020:于/［p］星际/n(1)

在这些例子中,七个译本的介词结构容量从 1 到 4 不等,多数为 3,与时间变化没有固定的联系。

通过以上几个小节的分析,初步得出以下结论:(1)在词汇使用方面,各译本的词汇密度较高。从实词的密度看,傅浩和侯国金译本词汇密度较高,但总体上各译本之间不存在显著性差异。(2)在词性使用上,各译本词性分布有较多相似之处,以名词和动词为主,但不少译本人称代词和助词"的"的使用频次较高,体现了英文的形式化影响和渗透效应。其中,李明译本和飞白译本受英文代词影响较大,形式化特征更为明显。(3)在关键词使用方面,英文的loved/and/your 三个关键词,发挥了重要的概念、语篇和人际功能,但各译本关键词都有不同程度的偏差。其中,袁可嘉译本和飞白译本的主题比较契合英文原文的主题。(4)在情感方面,多数译本的中性情感占比较大,呈现出情感平淡化基调。从历时角度看,译本的负面情感总体占比上升。(5)在助词"的"结构和介词结构的使用上,从历时角度看,在使用频次上,各译本缺乏持续稳定的变化规律。但在平均结构长度和容量上,各译本总体上呈现出较为稳定的变化趋势,助词"的"结构容量持续增加,而介词结构容量持续下降。(6)对于疑似冰心译本,数据显示,从翻译语言看,疑似冰心译本应该是傅浩之前的译本。然而,在相关研究文献中,却没有提及这一译本。另外,从语言特征看,这一译本受原文代词的影响最小,这与冰心一贯秉承的"对应"翻译策略似乎不相符合。而且,其情感比例与 2001 年和 2011 年译本相似,助词结构与2001 年版本类似。以上研究发现了三个问题:译本往往受到原文形式化特征的影响,译本在关键词使用和情感类别上不同程度地偏离原文,冰心译本的来源和身份存在疑问。下面我们将深入讨论背后的原因。

七、研究启示

(一)汉语译本的形式化特征

英文原文的"you"是个关键词,不仅表明了诗的人称,更具有拉近距离的人际功能。在翻译过程中,我们看到各个译本基本上都凸显了"你"的存在,其中,裘小龙译本和李明译本最为突出,如表 3-19 所示:

表 3-19　裘小龙译本的代词使用情况

英文原文	裘小龙译本
When you are old When you are old and grey and full of sleep, And nodding by the fire, take down this book, And slowly read, and dream of the soft look Your eyes had once, and of their shadows deep; How many loved your moments of glad grace, And loved your beauty with love false or true, But one man loved the pilgrim Soul in you, And loved the sorrows of your changing face; And bending down beside the glowing bars, Murmur, a little sadly, how Love fled And paced upon the mountains overhead And hid his face amid a crowd of stars.	当你老了 当**你**老了,青丝成灰,充满睡意, 在炉边打盹时,请取下这部诗作, 慢慢读,读出**你**昔日眉目之柔和, 细细品,品出(**你**)眼中深深的阴郁; 多少人爱过**你**娇艳美好的时光, 以真心或假意,恋慕**你**的俊俏, 只有一个人爱**你**那圣洁的灵魂, 爱**你**衰老的容颜上遍布的哀伤; 在熊熊的炉火旁,(**你**)弯下身躯, 凄然地低声哀诉,爱怎么消散, 消散在高处,在茫茫群山之巅, 把**他**的脸藏于繁星闪烁的天宇。
8 处 you/your/his	10 处你/他

英文原文(包括标题)中共有 8 处涉及人称的地方,包括人称代词和物主代词(you/your/his)。在裘译本中,译者不仅采用了一一对应的策略,将英文的人称代词迁移至汉语,而且增加了两处人称代词。而李译本(篇幅限制,仅列出例证)则增加了三处人称代词,如下:

英文原文:and (dream) of their shadows deep;
裘译本:细细品,品出(**你**)眼中深深的阴郁;
李译本:去追忆(**你**)的双眸那深邃的影子。

英文原文:And bending down beside the glowing bars,
裘译本:在熊熊的炉火旁,(**你**)弯下身躯,
李译本:曲着背,(**你**)立在燃烧着的炉火旁,

英文原文:And nodding by the fire, take down this book,
李译本:当(**你**)倦坐于炉火旁,请取下这本诗集,

由以上例子可见,两位译者在翻译祈使句或动词分词时,将隐藏的主语"you"进行了显化处理。这样,汉语翻译的人称代词使用比例自然增加,形式化特征增强。这一方面体现了译者处理代词采用了对应迁移的翻译策略,另

一方面体现了译者显化的处理手段,译文的代词运用受到了英文原文和译者策略的双重影响。

(二)译本的关键词偏离

本研究发现,各译本的关键词都不同程度地偏离了英文的诗篇,这体现了不同译者对英文诗篇的不同理解和表达风格。

译本 1～5 对英文原文的"Love"有相似的理解,都译为"爱"或"爱情",自傅浩译本开始,转而译为"爱神"(傅浩译本、李明译本)、"旧爱"(侯国金译本)。可知,译本重译的过程中,译者往往会借鉴前人的译文;但一旦有更合理的理解,则会发生转向,译者可不断加入自己的理解,如侯译以"旧爱早飞逝"来翻译"how Love fled",也是符合逻辑的。

从关键词云图来看,袁可嘉译本和飞白译本的关键词比较契合英文原文的主题。英文原文的关键词有"爱过、爱神、老、脸"四个词语,袁译本的关键词为"人爱、你老、回想",飞白译本为"爱过、你老",基本上体现了"爱"的主题,但没有凸显"爱神"的存在和"脸"的变化。

利用词云图,我们可以观察译本的关键词。作者尝试翻译了这首诗,并制作了词云(如图 3-6),如下:

当你老了

当你年纪大了,白发苍苍又困意沉沉,
还在炉火边打着盹,请你拿下这本诗集,
且慢慢读吧,或能忆起你眼里往昔的柔和
那秋波深深倒影多迷人;

多少人曾爱过你欢快优雅的时辰,
爱过你的美貌,假意或真心,
但唯有一人曾爱过你朝圣者的灵魂,
且爱你日渐衰老的脸上痛苦的皱纹;

弯腰坐下,在这闪着红光的炉旁,
你默默低语,略带悲凄,爱神是怎样逃离
他已步入了头顶的群山之中
而且在群星中间藏起了脸。

藏起 皱纹 红光

诗集 多少 爱神 中间 炉火 时辰 衰老 痛苦 悲凄

逃离 坐下 真心 略带 忆起 步入 群星

脸上 打着 假意 困意 迷人 默默 怎样 深深 低语 拿下

沉沉 之中 倒影 优雅 灵魂 **爱过** 而且 欢快 美貌 群山 柔和

年纪 往昔 白发苍苍 朝圣者 眼里 弯腰 慢慢

秋波 这本

你老 头顶 日渐 或能 唯有 一人

图 3-6　作者试译词云

(三)译本风格和来源

首先,译者对译本的选材往往具有一定的倾向性和个人偏好。冰心翻译的作品有多种,包括诗歌、诗剧、民间故事、书信、小说、散文诗等。然而,对于译诗,冰心曾说过:

> 我只敢翻译散文诗或小说,**而不敢译诗**。我总觉得诗是一种音乐性很强的文学形式。我在美国留学的时候,听过好几门诗歌的课。有许多英美诗人的作品,都是我所喜爱的。如莎士比亚、雪莱、拜伦等。当老师在台上朗诵的时候,那抑扬顿挫的铿锵音节,总使我低回神往,但是这些诗句要我用汉字译了出来,即使是不失原意,那音乐性就都没有了。我一直认为译诗是一种卖力不讨好的工作,**若不是为了辞不掉的"任务",我是不敢尝试的。**(冰心,1998)[673]

> 我只懂一门外文——英文,还不精通。因此不敢轻易做翻译工作,尤其译诗。我虽然也译过一两本国王和总统的诗,但那都是"上头"给我的任务,我只好努力而为。至于我自己喜爱,而又极愿和读者共同享受,而翻译出来的书,**只有两本,那就是《先知》和《吉檀迦利》!** (冰心,1998)[685]

翻阅冰心的两本译文集《冰心译文集》(1998)和《冰心译文选》(2015),均未发现书中有这首诗的翻译。从冰心自己的译诗散论来看,她似乎不太可能翻译这首诗。而且,疑似冰心译本的语言风格与冰心一贯拥护的"对应"的翻译策略不太相符。

此外,译作的语言风格一般可体现译者的翻译策略和思想。译者风格具有一定的稳定性,其翻译思想也比较鲜明。冰心作为著名的翻译家和作家,兼具两种语言的深厚功底,且积累了丰富的翻译经验,在翻译实践中形成了明晰的翻译风格。前期研究发现,在翻译语言特征方面,冰心翻译语言往往遵循汉语的写作规范,但是汉语翻译语篇的构建过程明显受到源语英语的影响,并在措辞和用词偏好上受自身写作风格的影响(刘立香,2018)[78]。而且,在策略层面,冰心往往采用"基本对应＋局部调整"的翻译策略,比较忠实地传递原文的信息和情感的同时,根据汉语的写作规范做出局部调整(刘立香,2018)[158]。

根据前面对"冰心译文?"的分析,发现译本"受原文代词的影响最小"这一语言特征与冰心"基本对应＋局部调整"的翻译策略并不相符。

而且,从外部信息看,也没有找到确凿的引文证据。搜索知网,发现冰心《当你老了》的译文在 2013 年开始出现在《视野》中,如下,但是却没有找到原文。

当你老了

威廉·巴特勒·叶芝（冰　心译）

当你老了,头发花白,睡意沉沉, 　惟独一人爱你那朝圣者的心,

倦坐在炉边,取下这本书来, 　　　爱你哀戚的脸上岁月的留痕。

慢慢读着,追梦当年的眼神, 　　　在炉栅边,你弯下了腰,

那柔美的神采与深幽的晕影。 　　低语着,带着浅浅的伤感,

多少人爱过你青春的片影, 　　　爱情是怎样逝去,又怎样步上群山,

爱过你的美貌,以虚伪或是真情, 怎样在繁星之间藏住了脸。

知网搜索到三个冰心译本的文献,如下:

威廉·巴特勒·叶芝,冰心.当你老了[J].教学考试,2018,(01):33.
William Butler Yeats,冰心.当你老了[J].新高考(英语进阶),2015,(12):1.
叶芝,冰心.当你老了[J].视野,2013,(23):46.

从网络上看,流行的"冰心译本"具有比较重要的参考意义,得到了不少读者的认可。但追根溯源,却无法找到真正的文献和详细出处。

鉴于此,我们对此译本的来源和身份存疑。而更为奇怪的是,网络上流传的李立玮译文与冰心译文一字不差,完全相同。

当你老了,头发花白,睡意沉沉,倦坐在炉边,取下这本书来,慢慢读着,追梦当年的眼神那柔美的神采与深幽的晕影。多少人爱过你青春的片影,爱过你的美貌,以虚伪或是真情,惟独一人爱你那朝圣者的心,爱你哀戚的脸上岁月的留痕。在炉栅边,你弯下了腰,低语着,带着浅浅的伤感,爱情是怎样逝去,又怎样步上群山,怎样在繁星之间藏住了脸。(叶芝,2005)[47]

从时间上看,2005 年李立玮在《教师博览》上发表了该译文,如果结合之前的情感分析图示,似乎更为合理。该译本出现在 2005 年,之前可能参照 2001 年译本,之后又有 2011 年译本参照它,形成了时间轴上的情感呼应。之后,2013 年《视野》出现了完全相同的译本(署名冰心)。但在 2009 年,已有研究(徐梅,2009)[18-19]提及冰心译本,如下:

译诗是艺术而不是技术

译诗是袁可嘉最钟爱的工作之一。美国诗人弗罗斯特曾说,"诗在翻译中丢失。"袁先生集翻译家、诗人和评论家于一身,似乎丢失得很少。爱尔兰诗人叶芝的名作《当你老了》,包括冰心在内的诸多名家都曾尝试翻译,袁可嘉的版本是流传最广、最受读者喜爱的。

从徐梅这篇文章来看,似乎真有冰心译本,但是文中没有具体说明译本的来源。如果 2005 年译本是疑似冰心译本的来源,那么该译本很有可能不是冰心所作,而上面的这一切疑问都可以解释清楚:不仅可解释与 2001 年和 2011 年译本情感呼应的可能性,而且可以解释上面提及的时间引用问题。

对于疑似冰心译本的身份问题,我们尚未找到确凿的文本证据,但在考察译本来源和身份的过程中,我们深刻认识到,做语料库研究,一定要确保语料的真实性和可靠性。而且,对于网络资料要保持怀疑精神,不能以讹传讹;语料出处要标清注明,遵守学术规范,也要遵守翻译传播规范。

八、小结

研究采用语料库的方法,对叶芝"When You Are Old"八个汉译本的语言特征进行了语际、语内、历时等多角度的比较和分析,描述了译本的词汇、词性、关键词等运用情况,发现各译本语言具有不同程度的形式化特征和偏离原文的倾向。研究尤其关注了疑似冰心译本的语言特征数据,结合冰心一贯的精确和对应翻译策略、译文语言特征以及译作的文献出处等证据,对疑似冰心译本的译者身份进行了质疑和探究。研究认为,译作往往具有译者的"指纹"特征,而语料库可帮助我们识别、提炼译者的语言特征。语料库文体统计学方法可应用于作者身份辨别,其基本前提是作家无意识的写作风格稳定不变,作者有独特的、稳定的、不受主观意识控制的写作模式,甚至是思考模式(胡显耀,2021)[82-112]。我们在验证疑似冰心译本的身份时,假定译者的翻译风格和翻译思想具有稳定性,结合外部信息,对译本身份提出质疑。然而,并不能完全保证译者风格和思想不随时代而变化。

同时,研究提出,要对译作传播进行规范。在网络时代,翻译传播变得快捷而广泛,但要严格要求翻译传播的质量,加强管理。首先,媒体和刊物要确保译文来源的正确性和可靠性;其次,要坚决打击违反学术规范的行为,对于引证不规范或审查不合格的作品,给予撤销或通报批评;最后,要加强网络译文传播的责任管理,剔除不规范译文,传播优秀作品。

第二节 从"杂糅"到"融合":女作家翻译语言历时考察

翻译语言作为语言变体的相对独立性已得到认可(秦洪武等,2014),有必要对其特征及其历时演变进行系统考察。然而,考察汉语翻译语言的历时演变是一个非常庞大的工程。汉语翻译语言非常复杂,而且我们现在对汉语翻译语言特征及其历时演变尚知之不多,研究结论也比较零散,要基于大型语料库进行全面系统的描写和阐释。

本节从局部做起,考察女作家翻译语言中的典型特征及其差异,窥探汉语翻译语言的变化及其影响因素,并以此为基础,逐步向女作家翻译群体的整体语言研究前进。虽然五位女作家在不同时期都有译作发表,但根据所选译作的发表年代,可初步划分为两个时期:一个时期是 20 世纪 50—60 年代,以陈学昭、张爱玲、冰心的译作为代表,另一个时期是 20 世纪 80—90 年代,以杨绛和三毛为代表。

我们在第二章以个案研究形式,已对各位女作家的翻译语言特征进行了初步描述和阐释。本章在前期研究基础上,对研究发现进一步开展纵向对比讨论,梳理女作家翻译语言特征的历时变化,考察其影响因素。

一、女作家翻译语言从"杂糅"到"融合"的整体变化

我们分别从各个女作家翻译语言的整体特征入手,提炼其典型特征和翻译思想,然后,对其典型特征进行历时比较,概括女作家翻译语言变化的整体特点和规律。

首先,陈学昭是较早开展法汉翻译的女作家,我们以其1955年翻译的童话《〈嚄啪〉及其他故事》为个案,考察了陈学昭法汉翻译的语言特征及翻译策略,提炼了其译中求变的风格。

在前面的研究中,我们基于陈学昭翻译童话语料库与中国原创童话和西方翻译童话语料库,通过语内类比视角,对陈学昭翻译童话的基本语言特征及其独特性进行了分析,发现陈学昭翻译童话语言在词汇、结构、修辞各个层面都表现出了创新趋势。在词汇层面,陈学昭翻译童话用词比较简单,以名词和动词为主,遵循了汉语的基本使用规范,但陈学昭翻译的功能词使用频数上升。这种变化一方面展示了汉语的可变性和伸张力,同时,也显示了汉语系统的限制力、译者求变的翻译策略、原文形式的语际迁移和影响等。在结构方面,陈学昭翻译童话语言也表现出了局部求变的趋势。陈学昭翻译童话中"使"动词比例较高,结构形式复杂多样,情感多倾向于贬义,表现出中介语的特征。这种创新用法体现了陈学昭童话文本功能表达的需要,也表现了译者对原文结构的模仿性复制,以及翻译语言独特的价值特征。研究发现,陈学昭的翻译童话与西方翻译童话语言特征相似,使动结构高频使用,一方面源自中西方语言的结构性差异,体现了西方语言对汉语结构和功能的补充、渗透和影响;另一方面,体现了汉语翻译语言的系统张力和价值特征。

不论是用词、独特的中介语语言结构,还是修辞手段,陈学昭翻译童话都与原著的幽默讽刺风格保持了高度一致,体现出了译者对法语原著深刻的感知和理解,也体现出了译者作为作家对汉语语言规范的控制力,保持了童话语言的简洁明了风格。同时,使动结构的超常、创新性使用,体现了汉语的结构张力和译者对翻译语言的创新拓展能力。从语言层面可看出译者严谨的翻译态度、高超的翻译水平、译中求变的创新能力,以及对汉语张弛有度的把控力。陈学昭翻译童话语言中局部性的杂糅和创新,并未影响读者的接受度。

接着,研究发现,张爱玲的汉译作品《鹿苑长春》(1962)也具有比较典型的"杂糅"特征。我们对张爱玲的《鹿苑长春》汉译本语言进行了语际对比和语内

类比,描绘出了张爱玲翻译语言的"杂糅"特征及其成因。从语际对比看,英文原著与张爱玲汉译本在词汇密度、高频词运用、主要角色方面有较大差异,张爱玲译本表现出了较强的语际偏离倾向。从张爱玲原创与翻译的语内类比看,在宏观层面,张爱玲汉译本词汇密度较低,用词简短,呈现出了功能性、逻辑性增强的趋势,具有较强的语内偏离倾向;在微观层面,张爱玲翻译和原创的语言结构也有不少差异,虽然两个文本的人称代词基本指代功能是类似的,但在叙事对象、搭配形式、叙事主题方面,张爱玲翻译文本具有独特性,凸显了英文的结构、逻辑和内容三个层面的影响;另外,张爱玲汉译本超常使用"把"字结构,一定程度上也受到了英文结构的影响。

从张爱玲翻译语言的研究结论看,不论是从语际对比还是语内类比的角度,张爱玲翻译的汉语文本都呈现出用词和结构的独特性,不仅偏离了英文原著的词语运用和角色塑造,也偏离了原创汉语的词语和结构特征,具有语际偏离和语内偏离双重倾向,同时杂糅了英文原文和汉语原创的双重结构形态,是一个既偏离又融合原著和原创语言特征的翻译语言"杂糅体"。这种"杂糅"不是译者随意而为的,而是在多种因素影响下,译者进行主观选择和决策的结果。

而对于冰心翻译语言特征的描述,则更为复杂。冰心的翻译语料库收集了 20 世纪 50—60 年代的作品,前文中我们采用类比语料库的方法,对冰心翻译和创作的文学性进行了类比研究,从词汇、节奏和修辞三个层面,考察冰心翻译文学性的表现、生成机制。研究发现:从关键词的使用看,冰心翻译语言的形式化特征较强,多关注人的内心世界,而冰心原创多关注身边的普通人物;冰心翻译语言节奏感强,采用了节奏明快型、长短配合型、节奏舒缓型等类型,提升了语言形式的文学性;冰心翻译修辞手段的大量使用扩充了读者的文学想象空间,提升了语言的节奏感;冰心翻译文学性的生成是多层面的,其内核与描述对象密切相关,其表现形式与语言节奏关联,而其价值实现在于劝说手段的使用,这体现了冰心高超的文字功底和准确灵活的翻译策略。

冰心的翻译语言具有较强的文学性,可读性强,具有求变作新的风格,语言把控上张弛有度。她的译作虽然具有一定的中介语特征,但其精益求精的翻译态度和高超的文字功底提升了其翻译作品的语言价值,保障了其翻译作品的文学性。冰心翻译作品的强文学性是译者与社会规范、读者期待、历史语境互动的结果。至 20 世纪 50—60 年代,汉语已经发展成熟,规范性提高,为了满足当时读者的阅读需求和语言规范要求,译者在提升翻译语言文学性方面要做出较多努力。冰心翻译实践案例启示我们,在文学翻译中,译者不仅要传递原作信息,还要再现原作的文学性,在当下中国文化和文学走出去的背景下,这已经成为文学翻译工作者的使命和责任。译者要具有深厚的"文学性"素养,掌握"文学性"再现的手段和方法,承担起新时代的文化传播使命。

而对冰心翻译与原创中"海"修辞的研究进一步印证了冰心"基本对应＋局部调整"的翻译思想和策略。研究在类比语料库的基础上,对"海"的修辞类型、使用情况、情感色彩等进行了统计,发现冰心翻译"海"的修辞用法比例比原创高,这源自英文原文和译者"对应"翻译策略的双重影响;冰心翻译和原创中"海"修辞皆以隐喻为主,且情感色彩都以积极为主,概念投射类型相似,体现了英汉修辞的共同点和相似性,但两个文本中"海"的修辞也各有特色,体现了各自主题的独特之处;冰心翻译和原创的"海"修辞发挥了积极的概念功能、语篇功能和人际功能;不仅揭示了文章的主题和内容,也形成了超越语篇层面的意义衔接链条,而且具有较强的情感功能,提升了作品的文学价值。

由此可见,翻译语言在局部词语、结构、修辞等各个层面呈现出了中介语、杂糅、创新等特征。翻译语言作为一种客观存在的语言变体,既不同于源语,又有别于目的语母语,是"第三语码"(肖忠华等,2010)。这种独特性并非译者个人随意而为的结果,而是一种比较普遍的翻译现象,体现了英语、法语原文对汉语的形式化影响和译者的翻译态度、原则及思想。陈学昭、张爱玲和冰心都是文字功底深厚的女作家兼翻译家,她们双语能力强,对原著理解深刻,所翻译的作品既较为准确地传递了原文的内容,又引进了原文的形式和结构,形成了"杂糅"体的汉语,在汉语白话文创新、发展和规范的过程中,发挥了语言创新、思想创新的典范作用。而且,这种"杂糅"的汉语翻译作品对女作家自身的创作也产生了深刻的影响。就冰心而言,不论是宏观的题材(如《繁星》和《春水》等新诗),还是微观的语言结构,都潜移默化地渗透着她翻译作品的风格特色。翻译作品与原创作品一起构成了女作家完整的文学知识图谱。

而到了20世纪80—90年代,80年代是翻译小说复苏时期,90年代以来翻译小说进入了急剧增长期(胡显耀,2006)[iv]。在这样的社会背景下,汉语白话文已经非常成熟。此时的翻译汉语也发生了巨大变化,不再以"引进"为主要任务,而是对汉语进行规范,翻译文学语言呈现出了"融合"特征。

《杨绛译文集》于1985年校订,1994年出版第一版,收录了《堂吉诃德》《吉尔·布拉斯》《小癞子》三部作品。我们已对杨绛译自西班牙语的翻译作品进行了分析,从语内类比的视角,对杨绛翻译与原创中的明喻开展比较,发现杨绛翻译中明喻的运用表现出主题丰富、结构简单、类型多样的特征。从概念整合类型看,杨绛翻译与原创的明喻都聚焦世俗世界,凸显世俗世界内部及世俗世界与自然世界的相似性;但是,杨绛翻译更关注世俗与自然世界的相似性,而其原创则更关注世俗世界内部的相似性。另外,杨绛原创对自然世界与其他世界的整合关注较多,杨绛翻译的概念整合复合类型更多,而且比较复杂。从明喻的情感色彩看,杨绛原创和翻译都以贬义为主,但原创的贬义色彩比翻译的贬义色彩更加浓厚。

从语内类比的角度看,杨绛翻译与原创在明喻主题、概念整合类型和情感色彩方面有较多共通之处,两者都以贬义为主基调,重点描绘了世俗世界的众生百态,产生了幽默讽刺的喜剧效果。杨绛翻译的明喻与原著保持了高度一致,而且语言风格与原创一脉相承,实现了"译创合一"的效果,共同组建了杨绛文学的知识图谱。然而,杨绛翻译的明喻也呈现出异于原创的独特性,在翻译语境中发挥了新的概念、语篇、认知创新和人际功能,体现了杨绛作为翻译家"译有所忠"的翻译思想和深厚的文学积淀。

由上述发现可知,杨绛的翻译语言呈现出了高度"融合"的特征,既在翻译语言中融合了西班牙原文的内容和结构,又与其原创作品风格一脉相承,相互影响,构成了杨绛文学独特的风景线。

与此同时,三毛在 1982 年、1984 年、1986 年先后翻译了多部作品。前面的研究采用语料库的方法,对三毛翻译与原创的语言特征进行了分层比较。研究发现,三毛翻译语言呈现出了词汇创新和结构复杂化两大价值形态:在词汇层面,三毛翻译的词汇丰富度总体上比原创高,且关键词与原创差异明显,连词、部分名词、人称代词、副词的关键值高于原创。在局部语言结构层面,三毛翻译呈现出结构扩展和复杂化的倾向:三毛翻译的平均句段长略长于原创;从高频介宾结构的使用看,三毛翻译的介宾结构长度略长于原创,结构容量 6 词以上的比例较大,并有少数超长的介宾结构。

三毛翻译语言词汇创新和结构复杂化两大价值形态,体现了翻译语言较为普遍的价值形态,体现了翻译语言的价值功能,即表达新概念、建构新的语篇逻辑、发挥良好的人际功能。三毛翻译语言的价值形态,充分体现了其全身心投入原作的理解过程,而又有限地局部偏离汉语规范的"我手译我心"的翻译精神,彰显了三毛严谨而活泼的翻译态度,受到了跨时代、跨地域读者的欢迎,对当下的中外翻译实践具有重要指导意义。

三毛的译作可读性很强,至今受到读者的广泛欢迎,这与其严谨的翻译精神密不可分。三毛译作的语言不是简单的模仿和复制,而是高度融合了原作的结构、内容和情感,体现出了译者与作者、译作和原作的高度融合;这种融合超越了语言层面,是文化、思想和精神的融合。其翻译语言没有翻译腔,反而产生了创新的功效,表达了新的概念、逻辑和人际功能。

以上几位女作家的翻译语言研究案例说明,简单的形式复制不利于译作接受,有机的杂糅可以促使词汇和结构创新,而高度的融合不仅有助于词汇和结构创新,也有助于作家文学风格的形成。冰心的翻译促进了创作的创新,其翻译与创作形成了两条平行的文学线;而杨绛和三毛的翻译则高度融合了原作的典型词汇、结构和修辞,为其文学创新提供了动力,成为其文学图谱的重要分支。

女作家翻译语言的历时变化,体现了汉语翻译语言走向规范和成熟的过程,也体现了社会对翻译的期待。已有研究表明,翻译的语言既不同于源语也不同于汉语本身,而是体现出两种语言特征的交替、冲突和妥协,其中翻译规范在译者的语言选择过程中起到了至关重要的作用(胡显耀,2006)。我们对女作家翻译语言的研究结论恰恰验证了这一点:翻译语言的独特性是两种异质语言冲突和妥协的结果,也是译者在社会规范的制约下,进行选择和创新的结果。社会群体通过期待规范来表达对翻译总体性质和策略的偏向,这种偏向中既有倾向于译语文化的传统化期待,也有倾向于源语文化的陌生化期待,两种期待都是翻译这一特殊行为的本质要求。文化既要求新求变,不断发展,也要维护自身的纯洁性和稳定性(胡显耀,2006)[207]。从女作家的翻译作品语言特征看,女作家既保留了汉语的本色,照顾了读者的传统期待,也在不同时代的要求下,或引进,或融合,在词汇、结构、修辞等层面进行了局部语言创新,实现了社会对译作的陌生化期待。

女作家的翻译语言具有相对独立的价值体系,满足了文本功能的表达需要和社会对译作的双重期待。女作家在语言局部词汇和结构上进行了不同程度的偏离和创新,然而总体上看,译作可读性强,这也进一步验证了王克非等(2017)的研究结论:翻译语言推动现代汉语在多个层面发生变化,主要表现为汉语结构的张力扩增,但汉语语法并未因此发生质的变化。女作家的翻译语言在词汇、结构和修辞等层面发生了变化,形式趋于复杂化、多样化,但总体依然符合汉语自身规范。从研究数据看,女作家汉语原创作品的语言并未受到翻译的大面积影响,仅有个别模仿翻译结构的现象。

二、女作家翻译语言局部的历时变化

前面已经对几位女作家的翻译语言进行了整体描述,从翻译与原创的语内类比,以及原作与译作的语际对比角度,开展了个案研究和纵向比较,发现女作家翻译语言具有局部词汇创新和结构复杂化现象,以及在社会规范制约下呈现出从"杂糅"到"融合"的变化趋势。下面,我们就翻译语言局部的历时变化进行描写和阐释。

(一)女作家翻译词汇的历时变化

为了进一步考察五位女作家翻译词汇的历时变化,我们进一步梳理了五位女作家的翻译作品,按照作品发表的先后顺序,初步把陈学昭、张爱玲、冰心分为一个时期,即 20 世纪 50—60 年代的翻译语言,杨绛和三毛的翻译则是20 世纪 80—90 年代的代表。经过 WordSmith 8.0 统计,得出表 3-20:

表 3-20　女作家翻译语言词汇的历时变化

序号	文本名称	文本大小/字节	形符	词表形符	类符	TTR/%	STTR/%	平均词长	句子数量	平均句长
	全部文本	4 083 032	692 789	692 151	28 966	4.18	47.73	1.44	39 941	26.33
1	陈学昭翻译	265 276	44 361	44 358	5 580	12.58	44.14	1.45	2 965	14.96
2	冰心翻译	334 872	52 735	52 530	7 175	13.66	44.14	1.42	3 128	16.79
3	张爱玲翻译	481 956	84 285	84 281	8 627	10.24	45.12	1.40	5 223	16.14
4	杨绛翻译	2 238 114	383 670	383 321	20 714	5.40	48.87	1.44	20 209	36.75
5	三毛翻译	762 814	127 738	127 661	11 596	9.08	48.71	1.47	8 416	15.17

由上表可知,五位女作家的 STTR 在 20 世纪 50—60 年代较低,到了 80—90 年代显著增加。这说明,随着时代变化及其对汉语翻译规范的要求,翻译语言的词汇丰富度有了较大提升。在五位女作家中,杨绛的翻译语言词汇丰富度最高,其次为三毛翻译,然后是张爱玲翻译,最后是冰心和陈学昭翻译。这与她们翻译的题材有一定关联:陈学昭翻译的是童话作品,用词丰富度较低,符合童话语言规范;杨绛翻译的是讽刺小说,内容深刻,用语精妙,丰富度较高。

在平均词长方面,五位女作家的词长介于 1.40～1.47 之间,相差不大,用词都比较简洁。

在平均句长上,杨绛翻译的句子最长,信息量大,其次为冰心翻译的句子,然后是张爱玲、三毛和陈学昭的。句长反映了原文的结构复杂度和信息承载量,同时展示了译者的翻译策略。从句长变化看,20 世纪 80—90 年代,翻译汉语的句子信息承载量比以往总体增加。

（二）女作家翻译语言结构的历时变化

前面对陈学昭的研究发现,使动结构是非常典型的翻译现象,受到了原文结构和译者策略的双重影响,也是出于表达文本功能的需要,具有独特的语言价值。因而,下面我们继续考察各个女作家翻译语言中该结构的运用情况,从张爱玲、冰心到三毛、杨绛,依次呈现该结构的搭配情况,并与陈学昭的使动结构进行比较,考察使动结构的历时变化。

在陈学昭翻译童话语料中,"使"是位居前列的高频词,主要搭配"我、他、你"这三个人称代词,以及"人、您、国王"等词,有较强的口语化倾向,凸显了童话的语言特点。具体如图 3-7 所示。

MonoConc Pro - [Frequency Statistics]
File Concordance Frequency Display Window Info

2-Left		1-Left		1-Right		2-Right	
20		39	d	31	我	100	rr
9	,	29	v	28	他	38	n
9	为了	23	wd	13	你	7	b
7	不	14	n	13	人	7	rz
7	真	10	p	8	您	3	rzv
6	要	9	q	7	国王	2	mq
6	能	6	rzv	4	这个	2	nsf
6	会	5	ad	4	绝	2	ng
6	这	3	rr	4	他们	2	a
4	假	3	an	4	她们	2	我
4	没有	3	a	3	这	1	v
4	却	2	cc	3	所有	1	p
4	种	2	vf	3	大家	1	vg
3	曾经	2	道	2	i	1	ag
3	能够	2	vn	2	苏丹	1	z
2	件	2	qv	2	自己	1	vn
2	意次	2	ude2	2	人们	1	nrf
2	栽地	2	c	2	臣	1	f
2	来	2	mq	2	巴		
2	设法	2	rz	2	一切		
2	一个	1	wj	2	它		
2	因而	1	vd	2	一个		
2	n	1	uzhe	1	剃刀		
1	场面	1	wyy	1	剃头		
1	的	1	ude1	1	阿理		
1	an	1	ry	1	可怜		
1		1	ude3	1	子孙后代		
1	种种	1	k	1	察个		
1	.	1	wyz	1	慕		

图 3-7　陈学昭翻译语言中使动结构的搭配

在张爱玲的翻译作品中也有较多的使动结构,使动结构主要搭配"他",其次为"那、它、人"等,见图 3-8。

而在张爱玲译作《鹿苑长春》中,"使"主要搭配"他",凸显了故事主人公的被动、无奈以及故事的悲情色彩。

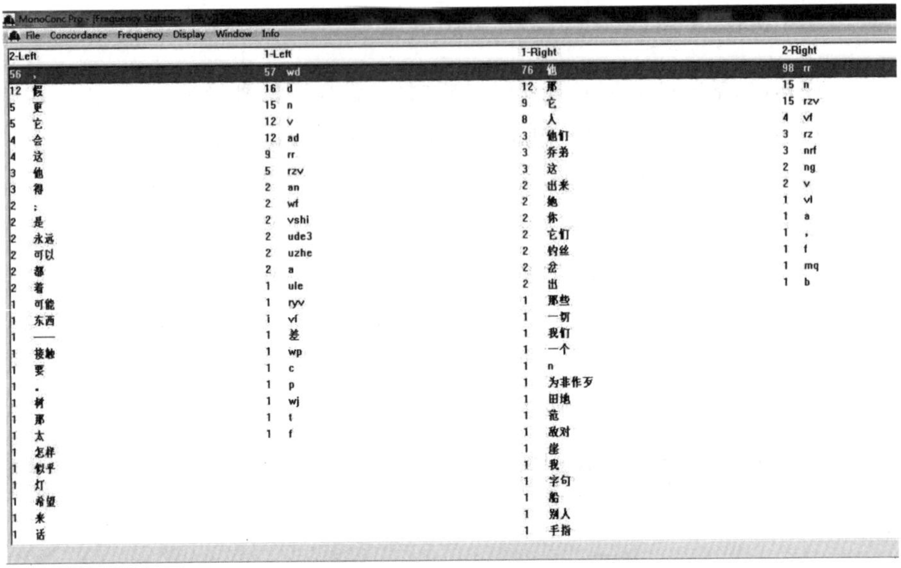

2-Left	1-Left	1-Right	2-Right
56 ，	57 wd	76 他	98 rr
12 假	16 d	12 那	15 n
5 更	15 n	9 它	15 rzv
5 它	12 v	8 人	4 vf
4 会	12 ad	3 他们	3 rz
4 这	9 rr	3 乔弟	3 nrf
3 他	5 rzv	3 这	2 ng
3 得	2 an	2 出来	2 v
2 ；	2 wf	2 她	1 vl
2 是	2 vshi	2 你	1 a
2 永远	2 ude3	2 它们	1 ，
2 可以	2 uzhe	2 钓丝	1 f
2 都	2 a	2 盆	1 mq
2 着	1 ule	2 出	1 b
1 可能	1 ryv	1 那些	
1 东西	i vf	1 一切	
1 ——	1 差	1 我们	
1 接触	1 wp	1 一个	
1 要	1 c	1 n	
1 。	1 p	1 为非作歹	
1 树	1 wj	1 田地	
1 那	1 t	1 范	
1 太	1 f	1 敌对	
1 怎样		1 崖	
1 似乎		1 我	
1 灯		1 字句	
1 希望		1 船	
1 来		1 别人	
1 话		1 手指	

图 3-8　张爱玲翻译语言中使动结构的搭配

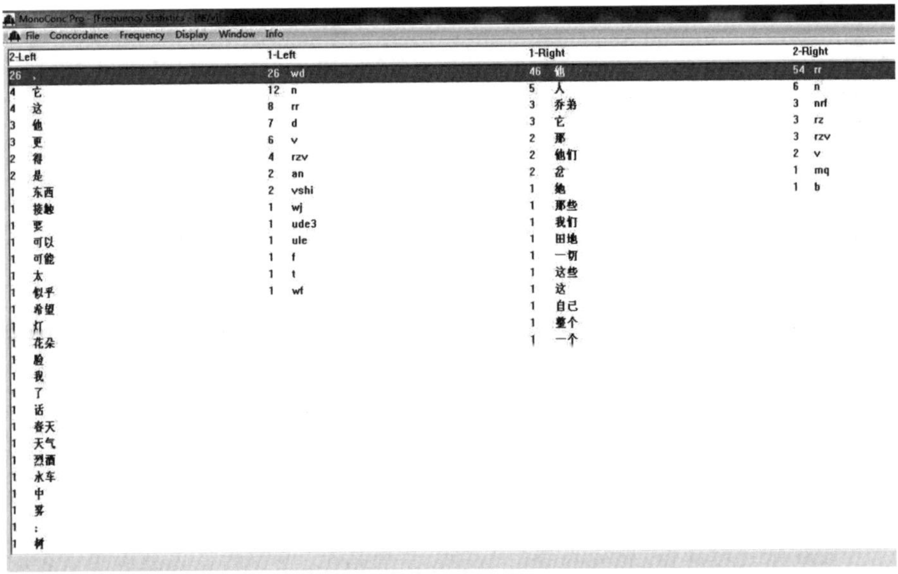

2-Left	1-Left	1-Right	2-Right
26 ，	26 wd	46 他	54 rr
4 它	12 n	5 人	6 n
4 这	8 rr	3 乔弟	3 nrf
3 他	7 d	3 它	3 rz
3 更	6 v	2 那	3 rzv
2 得	4 rzv	2 他们	2 v
2 是	2 an	2 盆	1 mq
1 东西	2 vshi	1 她	1 b
1 接触	1 wj	1 那些	
1 要	1 ude3	1 我们	
1 可以	1 ule	1 田地	
1 可能	1 f	1 一切	
1 太	1 t	1 这些	
1 似乎	1 wf	1 这	
1 希望		1 自己	
1 灯		1 整个	
1 花朵		1 一个	
1 脸			
1 我			
1 了			
1 话			
1 春天			
1 天气			
1 烈酒			
1 水车			
1 中			
1 雾			
1 ：			
1 树			

图 3-9　张爱玲《鹿苑长春》中使动结构的搭配

在冰心翻译作品中，使动结构使用频次也较高，主要搭配“我、你、他、我们、人、她、它、他们”等，可见“使＋人称代词”的使用频次较高，如图 3-10：

MonoConc Pro - Frequency Statistics
File Concordance Frequency Display Window Info

2-Left	1-Left	1-Right	2-Right
119 ,	119 wd	163 我	354 rr
29 合	99 v	51 你	83 n
28 能	61 d	37 他	7 rz
11 素被	53 n	36 我们	7 v
9 你	17 rr	34 人	6 a
7 不要	15 rzv	20 她	5 rzv
7 是这	15	17 它	4 vi
6 力量	10 vf	16 他们	3 wky
6 那	10 an	4 自己	2 m
6 没有	9 ad	4 这	2 vn
5 wj	8 p	3 每	2 vf
5 的我	7 vshi	3 ）	2 nr
5 可以	7 f	3 大	2 我们
5 wd	5 ude1	3 世界	1 nrf
4 不	5 vn	3 你们	1 d
4 .	4 q	3 孩子	1 mq
4 想	4 vi	3 它们	1 s
4 己经	4 wj	3 人们	1 b
3 都也	3 ude2	2 天空	1 wd
3 n	3 c	2 生存	1 nz
3 云境	3 a	2 读者	1 uzhi
3 只	3 rz	2 风	1 f
3 在	2 cc	2 i	1 vyou
	2 ryv	2 别人	
	2 道	2 这些	
	2 wp	2 听众	
	1 b	2 土地	
	1 vg	2 人类	

图 3-10　冰心翻译语言中使动结构的搭配

在三毛的三部翻译作品中，"使"主要搭配"我、人、你"，以及少量的"我们、他们、她"等，使用频次并不高，如图 3-11 所示：

MonoConc Pro - [Frequency Statistics 2 (使)/]
File Concordance Frequency Display Window Info

2-Left	1-Left	1-Right	2-Right
19 ,	19 wd	38 我	63 rr
6 能	17 v	10 人	15 n
4 他	17 d	8 你	3 rzv
4 这	9 n	5 我们	2 者
3 会	6 rr	3 i	1 nr
2 不	4 rzv	3 他们	1 a
2 "	3 朝	2 她	1 nrf
2 没有	2 wyz	2 它	1 rz
2 却	2 c	2 他	1 p
2 可以	2 vn	2 那	1 .
2 想	1 qv	1 单纯	1 mq
2 又	1 mq	1 用户	1 ude3
1 味道	1 vf	1 这	
1 牙痛	1 ry	1 耶稣	
1 声	1 ryv	1 用	
1 缅怀	1 wp	1 山青	
1 总	1 vi	1 这个	
1 倒	1 a	1 大家	
1 更就	1 ws	1 人们	
1 足以	1 an	1 别人	
1 它们		1 孩子	
1 如何		1 得	
1 来		1 一个	
1 终于		1 青年团	
1 多少		1 她们	
1 要		1 力	
1 打算			

图 3-11　三毛翻译语言中使动结构的搭配

在杨绛的翻译语言中，使动结构主要搭配“我、的、他”，以及“她、女、职权”等，使动结构频次较低，“使＋人称代词”频次并不高。具体如下：

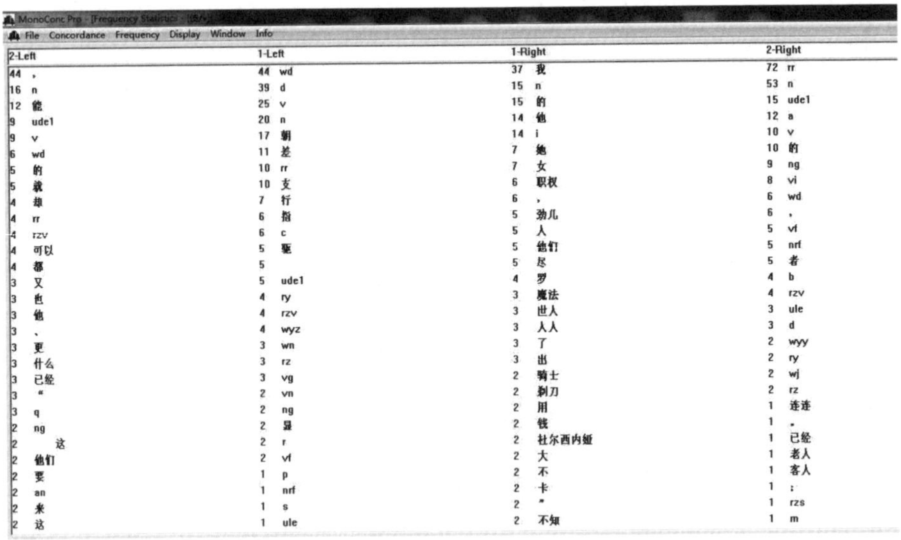

2-Left	1-Left	1-Right	2-Right
44 ，	44 wd	37 我	72 rr
16 n	39 d	15 n	53 n
12 能	25 v	15 的	15 ude1
9 ude1	20 n	14 他	12 a
9 v	17 朝	14 i	10 v
6 wd	11 差	7 她	10 的
5 的	10 rr	7 女	9 ng
5 就	10 支	6 职权	8 vi
4 却	7 行	6 ，	6 wd
4 rr	6 指	5 劲儿	6 ，
4 rzv	6 c	5 人	5 vf
4 可以	5 驱	5 他们	5 nrf
4 都	5	5 尽	5 者
3 又	5 ude1	4 罗	4 b
3 也	4 ry	3 魔法	4 rzv
3 他	4 rzv	3 世人	3 ule
3 、	4 wyz	3 人人	3 d
3 更	3 wn	3 了	2 wyy
3 什么	3 rz	3 出	2 ry
3 已经	3 vg	2 骑士	2 wj
3 “	2 vn	2 剃刀	2 rz
3 q	2 ng	2 用	1 连连
2 ng	2 显	2 钱	1 。
2 这	2 r	2 杜尔西内娅	1 已经
2 他们	2 vf	2 大	1 老人
2 要	1 p	2 不	1 客人
2 an	1 nrf	2 卡	1 ：
2 来	1 s	2 ”	1 rzs
2 这	1 ule	2 不知	1 m

图 3-12　杨绛翻译语言中使动结构的搭配

由上可知，在陈学昭、张爱玲、冰心三位女作家的翻译语言中，使动结构比较常用，“使＋人称代词”的用法频繁出现；而三毛和杨绛的翻译作品中，该结构使用频次较低，虽然也有“使＋人称代词”的用法，但并不普遍。

上述对张爱玲翻译作品使动结构的研究发现，多数使动结构出现在小说《鹿苑长春》中。我们进一步对该小说的使动结构进行了分析，标注了使动结构的基本结构、语法功能和情感色彩，得出以下数据，并与陈学昭数据进行了比较：

表 3-21　陈学昭与张爱玲翻译中各类使动结构的基本结构

女作家	使动结构	频次	比例/%
陈学昭	使＋简单句	137	85.09
	使＋人称代词＋形容词	15	9.32
	使＋名词＋形容词	4	2.48
	使＋人称代词＋动词	3	1.86
	使＋并列句	1	0.62
	使＋修饰语＋名词＋副词＋形容词	1	0.62

续表

女作家	使动结构	频次	比例/%
张爱玲	使＋简单句	64	90.14
	使＋复杂句	5	7.04
	使＋并列句	2	2.82

从陈学昭和张爱玲两位女作家采用使动结构的情况看,都以"使＋简单句"为主要类型。张爱玲翻译语言中出现了较多的复杂结构,"使＋复杂句"和"使＋并列句"的结构比较长,容量较大,例如:

（1）…/rr 里面/f,/wd 就/d 像/v 那些/rz 蜜/n 蜂/ng 钻/v 进/vf 中国/ns 浆果/n 花/n 中/f ［**使/v**］他/rr 非/b 走过/v 那/rzv 片/q 开垦/v 出/vf 的/ude1 土地/n ,/wd 穿过/v 松林/n ,/wd 沿着/p 那/rzv 条/q 路/n 下/f ,/wd 到/v 那/rzv 奔流/vi 的/ude1 小河/n 边/k 去/vf 不可/v 。/wj〈使＋并列句/状语/中性〉

（2）…vg。/wj 一/m 棵/q 低矮/a 的/ude1 扇形/n 叶/nr1 棕榈/n 拂/v 在/p 他/rr 身上/s 。/wj 它/rr ［**使/v**］他/rr 想起/v 他/rr 的/ude1 小刀/n 就/d 在/p 他/rr 口袋/n 里/f,/wd 伏/v 伏贴/a …〈使＋复杂句/谓语/中性〉

以上两个例子的使动结构比较长,超出了常见的"使某人做某事"的结构长度,加入了多个动词,有复杂的内嵌式结构。这类句子在张爱玲的译作《鹿苑长春》中有多处,是使动结构的超常规运用。

在情感色彩方面,张爱玲和陈学昭的使动结构都以贬义为主,但陈学昭的贬义色彩更加浓厚,与其童话主题密切相关,张爱玲的《鹿苑长春》贬义色彩略低,中性色彩较高,数据如表 3-22 所示:

表 3-22　陈学昭与张爱玲翻译中各类使动结构的情感色彩

情感色彩	陈学昭		张爱玲	
	频次	比例/%	频次	比例/%
褒义	34	21.12	14	19.72
中性	26	16.15	19	26.76
贬义	101	62.73	38	53.52
总计	161	100	71	100

　　我们在标注语法功能时,专门区分了独立小句与非独立语法成分,谓语、状语、修饰语、宾语、补语视为非独立语法成分,前后有断句标志的使动结构标注为独立小句。统计数据如表 3-23 所示:

表 3-23　陈学昭与张爱玲翻译中各类使动结构的语法功能

语法功能	陈学昭		张爱玲	
	频次	比例/%	频次	比例/%
谓语	109	67.70	40	56.34
状语	19	11.80	2	2.82
修饰语	17	10.56	1	1.41
宾语	10	6.21	0	0
补语	2	1.24	0	0
独立小句	4	2.48	28	39.44

　　就语法功能而言,张爱玲翻译作品中使动结构主要发挥了谓语功能,其他类型的功能较少。但是,使动结构用作独立小句的频次和比例明显较多,体现了译者断句比较频繁的做法,也从侧面反映出张爱玲的翻译中使动结构容量较大,结构比较复杂,语法功能比较独立。

　　由上可知,从局部结构的使用看,各个女作家的情况不同。使动结构在陈学昭翻译童话中高频使用,在张爱玲译作中结构容量较大、结构复杂化,在冰心翻译语言中与人称代词搭配比例较高,在三毛翻译作品中使用不多,在杨绛翻译作品中也较少。可见,从 20 世纪 50—60 年代到 80—90 年代,汉语翻译语言的结构规范发生了一定的变化,越来越规范,结构模仿的痕迹变淡,进一步说明了女作家翻译语言从局部复制性杂糅到高度融合的变化趋势。

　　20 世纪 50—60 年代,陈学昭和张爱玲的翻译作品中,都出现了大量局部性复制原文结构的现象,一定程度上说明当时的汉语翻译语言规范相对宽松,社会对翻译作品的陌生化期待较强;而在 80—90 年代,杨绛和三毛的翻译作品语言流畅,翻译痕迹较少,体现了社会对翻译语言的传统化期待和规范。这种变化规律与已有的对多译本重译的研究结论相似:名著重译不仅仅是“精益求精”的本质属性和内在要求,更是一个国家和民族对外来文化认知和接受的历时演变过程(刘泽权等,2018)[90]。随着人们对国外作品的翻译语言、文化和文学风格越来越熟悉,人们对翻译语言的陌生化期待慢慢降低,反而有了更多的传统化期待。

三、小结

在这一节,我们从历时角度,考察了五位女作家翻译语言的整体变化趋势和部分局部特征的变化情况。可看出,女作家的翻译语言不论从整体特征,还是在微观的词汇使用和典型语言结构的使用上,都呈现出了从较为明显的"杂糅"到创新性"融合"的变化趋势。这种总体趋势的历时变化并非作家随意而为,而是体现出了社会历史语境对翻译行为的规范和要求。中国社会从 20 世纪 50—60 年代到 80—90 年代,经过 30 多年的发展,汉语的逻辑越来越精密,社会对汉语翻译语言的要求也越来越高,而译者要顺应这种社会规范对翻译的要求,才能获得认可。几位女作家的翻译作品在各自的历史语境下都取得了较大成功,而且逐渐沉淀为经典之作。这不仅展示了女作家深厚的汉语写作功底,也体现了女作家的社会担当和读者意识。女作家在不同时期,顺应读者期待和社会规范要求,充分发挥自身的语言和翻译能力,以严谨的翻译态度、高超的文字表达能力、精益求精的翻译精神,为我国 20 世纪的翻译事业发展付出了巨大的努力,做出了卓越的贡献,是当下汉外翻译实践的表率和典范。

第四章　女作家汉译外语言
特征及其功能

第一节　冰心翻译语言的情感偏离与调控：
　　　　　基于李清照作品英译的语料库考察

一、引言

对等是翻译理论研究的重要内容之一（郭建中，1986；杨朝军，2000；卢巧丹等，2005；田文军等，2007），传统的翻译研究将译文与原文作比较，以忠实程度为取向，审视翻译质量（王克非，2021）[72]。但在实际翻译研究中，我们往往可见翻译的不对等现象或变异、偏离现象。随着描写性翻译研究的发展，翻译的变译（黄忠廉，2002，2016；黄忠廉等，2018）、变异（王东风，2004；胡安江，2005；王克非等，2010；黄国文等，2014；曹顺庆，2018；杨仕章，2019；郭鸿杰等，2021）和偏离（刘立香，2016；刘立香等，2018）现象引起了学界关注，相关研究从理论论述或文本分析的角度，描述翻译异于原文生态的现象，关注对象主要是文学翻译，考察其文体变异（王东风，2004）、翻译语言特征的变异（王克非等，2010）、翻译变异的功能（曹顺庆，2018）等。以上研究虽然都关注翻译的不对等，但侧重点有所不同。翻译的变异研究关注文本内部元素（如人物形象）或整体功能（如文体功能）的变化，而变译研究关注译者在特定历史语境中的选择，偏离研究则从翻译语言异于原文的特征入手，考察译者受历史语境的影响。综而观之，研究者对于翻译变异或偏离现象往往持有接受和肯定态度，认为合理"误读"和创造性叛逆有利于翻译的传播和接受（胡安江，2005；曹顺庆，

2018)[127]，但也有学者提醒翻译变异或偏离应有度，不能有主观任意的变异（张映先，2002；刘立香等，2018）。这些翻译变异研究往往关注译者的翻译策略和行为，从历史语境、译者自身、文本功能等方面把梳理成翻译不对等现象的因素，为我们解释翻译偏离现象提供了重要依据。但是，目前研究较多采用案例分析法，重视文本个案分析，较少采用基于语料库的数据分析和描述方法，相关理论假设也仍需进一步验证。

近年来，随着语料库翻译学的兴起和发展，利用大规模语料库对翻译语言特征进行系统客观描述的做法已日益成熟。当下的语料库翻译研究关注译文与母语的比较，以偏离程度为取向，考察译文语言的特征、翻译共性、翻译语言对目标语的潜在影响等（王克非，2021）[72]。国内外主要成果见 Baker（1993）、Granger et al.（2007）、Wang et al.（2014）、柯飞（2005）、胡显耀等（2009）、王克非等（2010）、王克非（2016，2021）、胡开宝等（2015）、秦洪武等（2015）、刘泽权（2016，2017）、胡开宝等（2017）、胡开宝等（2019）、刘泽权等（2019）、胡开宝（2021）等。近年语料库翻译学综述、书评增多，提出增加语料加工深度和开展跨学科研究的必要性，见赵秋荣等（2015）、黄立波（2017，2021）、胡开宝（2018）。目前基于语料库的翻译拓展研究和跨学科研究正在不断涌现（胡开宝等，2019；胡显耀，2021；王克非，2021）。

鉴于此，本研究在基于语料库的语言描写基础上，探究高素养作家型译者翻译语言的情感偏离现象及其调控策略等问题。

二、基于语料库的翻译偏离研究

基于语料库的翻译偏离研究在语料分析基础上，对翻译语言的偏离倾向进行深度观察。已有研究（刘立香等，2018）表明，翻译语言的偏离有语际偏离和语内偏离两种倾向，翻译偏离类型与译本要实现的人际功能相关，偏离方向和程度跟译者所处社会的需求及其自身素质密切关联。

翻译偏离发生的层次比较复杂，往往是系统性的价值偏离。语言是一个纯粹价值的系统（Saussure，2001）[110]，任何一个语言单位的价值都来自语言系统，语言成分之间的对立和差异构成了价值。在翻译语境中，翻译语言作为客观存在的语言变体（肖忠华等，2010），往往呈现出异于原生语言的独特性。研究表明，翻译语言虽然依托原生语言的材料，却是具有新的意义和组合能力的价值系统（刘立香等，2012；刘立香，2018）。翻译语言成分的概念及语义关系发生变异，翻译语言的价值形态就会随之变化。对此进行描写和分析，有助于考察翻译语言变体形成的动因,揭示人类在跨文化交际语境中使用语言的本质和规律。

然而,现有翻译偏离研究主要考察语言概念和结构(共现关系)层面的偏离,对于非概念层面的联想关系探索较少(吴漠汀,2011)。一般而言,翻译偏离不仅发生在概念和结构层面,还常常发生在联想层面,包括内涵、社会、情感、反映意义等。其中,情感意义主要用来表达说话者的感情与态度,具有依附性,不能独立起作用。

在中国古典诗词语境下,情感意义较多依赖形容词来表达诗人的情感和态度。李清照诗词运用了大量的形容词表达细腻、复杂的情感意义。在翻译过程中,李清照诗词形容词的细腻情感意义是如何传递的呢? 对此进行研究,可洞察冰心的情感翻译策略及其语言价值系统的生成过程。因此,我们采用语料库技术,尝试探索汉译英过程中情感意义的传递情况,并结合文本功能分析,挖掘情感意义偏离的类型、程度和原因。

三、研究问题

本研究具体回答以下三个问题:
(1)冰心翻译情感偏离的类型和程度如何?
(2)造成情感偏离的原因有哪些?
(3)冰心情感偏离的调控策略是什么?

四、研究过程

(一)研究语料

本研究语料为冰心所译的李清照词。冰心作为一位高水平作家型译者,内外兼修,中西融通,其翻译语言和水平得到了广泛认可。而且,冰心英译作品不多,所译的李清照词是冰心翻译研究的宝贵资料。以此为语料,系统描述冰心英译的情感偏离现象,可拓宽翻译语言偏离研究的范围和广度,为翻译语言价值系统描述研究提供实证支持。同时,翻译偏离也是冰心英译中国经典作品的情感策略,对当下中国文化外译具有重要的实践指导意义。

冰心英译的李清照词不多,她选择了《漱玉词》中的 25 首进行翻译(冰心,2015)[Ⅲ],这些译文是冰心 1926 年在美国威尔斯利女子大学所作的硕士论文

《李易安女士词的翻译与编辑》的一部分(冰心,2015)[1]。冰心在导师露蜜斯博士的指导下翻译而成,导师"以自己的想象力和诗的智慧帮助笔者(冰心)把这些中国词译成了英语"(冰心,2015)[3]。

我们的研究语料取自王炳根选编的《冰心译文选》,共有《一剪梅》《醉花阴》《御街行》《蝶恋花》《壶中天慢》《声声慢》《浣溪沙》《如梦令》《点绛唇》《浪淘沙》《行香子》《南歌子》《菩萨蛮》《渔家傲》《清平乐》《永遇乐》《武陵春》17首词的英译。

(二)研究方法与过程

我们采用语料库方法对文本进行处理,研究步骤如下:

首先,使用文本扫描工具,将纸质文本转换为电子文本,并对文本进行人工校对,确保没有识别错误。

其次,使用3GWS词性标注软件,标注中、英文本的词性,进行人工校对,确保词性标注准确。

再次,提取李清照文本中的形容词及其对应的冰心译文,对原作和译作形容词的情感意义类型、情感转换类型、情感变化进行人工标注,标注符号如表4-1所示:

表 4-1　语料标注符号及其意义

	标注符号	符号意义
情感意义类型	P(positive)	积极情感
	NL(neutral)	中性情感
	NE(negative)	消极情感
	0	省略
情感变化	=	情感对应
	↓	情感下调
	↑	情感上调

冰心翻译的情感转换类型,采用以下标注符号,见表4-2。

表 4-2　情感转换类型及其符号标注

情感调控	标注符号	情感转换类型	例子
情感对应	P—P	积极情感转为积极情感	暖〈gentle/P—P〉雨晴〈soft/P—P〉风初破冻
	NL—NL	中性情感转为中性情感	薄〈thin/NL—NL〉雾浓〈heavy/NL—NL〉云愁永昼
	NE—NE	消极情感转为消极情感	萧条〈desolate/NE—NE〉庭院

续表

情感调控	标注符号	情感转换类型	例子
情感 上调	NL—P	中性情感转为积极情感	梧桐更兼细〈fine/NL—P〉雨
	NE—P	消极情感转为积极情感	凉〈coolness/NE—P〉初透
	NE—NL	消极情感转为中性情感	人比黄花瘦〈thinner/NE—NL〉
	NE—0	消极情感省略	两处闲〈0/NE—0〉愁
情感 下调	NL—NE	中性情感转为消极情感	生得黑〈dark/NL—NE〉
	NL—0	中性情感省略	淡〈0/NL—0〉酒
	P—NL	积极情感转为中性情感	锦〈scribed on silk/P—NL〉书
	P—NE	积极情感转为消极情感	轻〈thin/P—NE〉衣透
	P—0	积极情感省略	芳〈0/P—0〉草

最后,我们对形容词的情感转换类型、偏离方向等标注符号进行统计。从语际对比角度,分析李清照文本与冰心译文中形容词情感意义的变化趋势,并对研究结果进行分层讨论。

五、结果与讨论

(一)冰心翻译情感偏离的趋势

我们把李清照词中的形容词及其英文译文进行一一对照,标注其情感意义的类型,而后统计各类情感色彩的形容词的使用频次和比例,得出表 4-3 和图 4-1。

表 4-3 李清照原文形容词与冰心英译的情感色彩比较

汉语原文			英语译文		
情感类别	频次	比例/%	情感类别	频次	比例/%
P	44	37.29	P	32	27.12
NL	37	31.36	NL	40	33.90
NE	37	31.36	NE	31	26.27
			0	15	12.71

以上数据显示,汉英两个文本的形容词情感色彩存在一定差异:冰心的英译文本中,积极情感比例较原文降幅较大,约 10%;中性情感略有上升;消极情感下降约 5%。不论积极或消极情感,都代表了诗人较强烈的内心感受。

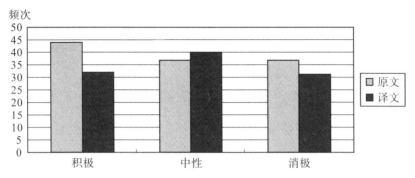

图 4-1　李清照形容词与冰心英译的情感色彩比较

在译文中,这种强烈的感情似乎呈现出一定的"淡化"趋势,而且出现了较多的
情感省略情况(12.71%)。

那么,原文与译文的形容词情感色彩是否存在显著性差异? 我们使用
Excel 的数据分析功能,利用方差分析:无重复双因素分析,对李清照文本形
容词及其冰心译文的情感色彩使用情况进行了对比分析,结果如表 4-4 所示:

表 4-4　方差分析

方差分析:无重复双因素分析

SUMMARY	观测数	求和	平均	方差
行 1	3	118	39.33333	16.33333
行 2	3	103	34.33333	24.33333
列 1	2	76	38	72
列 2	2	77	38.5	4.5
列 3	2	68	34	18

方差分析

差异源	SS	df	MS	F	P-value	F crit
行	37.5	1	37.5	1.315789	0.370059	18.51282
列	24.33333	2	12.16667	0.426901	0.70082	19
误差	57	2	28.5			
总计	118.8333	5				

数据显示,P 值为 0.370059>0.05,说明两组数据不存在显著性差异,也就是说,李清照原文的形容词与冰心英译的情感色彩不存在显著性差异。

由此看出,冰心译本在处理形容词翻译时,虽然出现了一定的情感"淡化"现象,产生了一定的情感偏离,但原文和译文的形容词情感色彩并不存在显著性差异。这说明,冰心翻译李清照原文的形容词时,情感偏离幅度不大。

(二)冰心翻译情感偏离的类型

冰心译文出现了形容词情感的偏离倾向。根据文本标注情况,我们发现,李清照原文形容词的三种情感色彩在译文中的处理方式不同,多数情感色彩得以对应保留(56.77%=22.03%+18.64%+16.10%),而有一部分则发生了不同程度的偏离,如表 4-5 所示:

表 4-5 李清照形容词情感色彩在冰心译文中的偏离趋势

原文情感色彩	译文情感色彩	使用频次	比例/%
P	P	26	22.03
	NL	8	6.78
	NE	5	4.24
	0	5	4.24
NL	P	3	2.54
	NL	22	18.64
	NE	7	5.93
	0	5	4.24
NE	P	3	2.54
	NL	10	8.47
	NE	19	16.10
	0	5	4.24
总数		118	100

由表 4-5 可知,在冰心翻译过程中,李清照作品中多数形容词的积极情感得以保留,但有一部分情感发生了变异,变为中性、消极或省略,情感值呈现出一定程度的下降趋势。

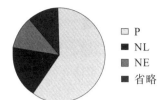

图 4-2 积极情感的对应与偏离

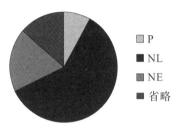

图 4-3 中性情感的对应与偏离

此外,形容词的大多数中性情感也得以保留。同样,有一部分中性情感发生了变异,按比例由高到低依次变为消极、省略或积极情感。由于积极情感变异的比例较少,中性形容词的情感值似乎也有一定程度的下降,消极情感变异比较明显。

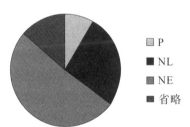

图 4-4 消极情感的对应与偏离

而对于消极形容词的情感,半数以上得以保留,亦有不少变为中性,或者省略,仅有少数变异为积极情感。由此可知,在翻译过程中,形容词的消极情感值强度有所弱化。

以上分析表明,冰心在翻译李清照原文形容词的过程中,处理情感的主要翻译策略是对应(56.77%),其次为偏离(30.50%),最后是省略(12.71%)。而且,情感偏离的类型比较多样。其中,中性变消极、积极变中性、消极变中性三种类型较多,造成了情感值一定程度上的下降倾向;中性情感的高频使用也在某种程度上弱化了原文情感的强度。

(三)冰心翻译的情感调控策略

为进一步可视化冰心翻译文本中形容词情感的调控策略,我们对其情感类型进行标注,将情感偏离的方向分为情感值对应、情感值下调、情感值上调三种情况,统计结果如表 4-6 所示:

表 4-6 冰心翻译的情感调控策略

情感调控策略	频次	比例
对应	67	56.77%
下调	30	25.42%
上调	21	17.80%

对比李清照形容词及其英译情感值,发现冰心译本的情感值多数与原文保持一致,有一部分形容词情感值下调,另有少部分情感值上调,下调和上调的情感值差距不是很大(约 7.62%)。因此,在冰心的情感策略调节下,这些形容词译文的情感值未产生明显下降趋势。

根据以上分析,研究初步得出以下结论:(1)冰心翻译呈现出一定的情感"淡化"倾向,但情感偏离原文的幅度不大,没有形成显著性差异;(2)冰心翻译的情感偏离类型多样,其中有较多的消极偏离,造成了一定的情感值下降倾向,而中性情感的形容词的高频使用也在某种程度上弱化了原文情感的强度;(3)为调控情感偏离程度,冰心采用了对应、上调、下调三种灵活的情感调控策略,译文情感值因而未产生明显的下降趋势。

(四)冰心翻译情感偏离的原因

冰心情感偏离产生的原因是多方面的,语言文化的异质性、中西诗学传统的差异、英汉语言的时空认知差异、译者自身水平都可能对情感的跨时空表述产生影响。

首先,英汉语言文化的结构性差异是冰心采取灵活情感偏离策略的根本原因。例如,"字字娇嗔"中的"娇"指年轻女子假装生气,样子妩媚,令人怜爱。"娇"写出了古代年轻女子的妩媚,冰心译为"passionate"则突出了女子的热情,无法传递出"妩媚和假装生气"的样子,在西方以热情、性感为审美标准的语境中,很难让人们理解女子"娇嗔"之态的美感。甚至有些看似概念上对应的词语,在联想层面也会产生情感偏离。例如,"半夜凉初透"中的"凉"在语境中具有消极的情感色彩,而译为对应词 coolness,在英文中则产生了积极的情感色彩。

其次,中西诗学传统的差异也是造成情感表述障碍的重要原因。如,"人比黄花瘦","瘦"在中国古典诗词中,具有典型的消极情感色彩,冰心译为 thinner than the thin yellow flowers 突出了形态的消瘦,却很难表达诗人的怜惜、同情、悲情等复杂情感。这种概念上看似对应,而情感上偏离的翻译现象在译文中并不少见。究其原因,英汉诗学传统和审美差异阻碍了中西方读者对某些情感的共同联想。

最后,英汉语言的时空认知差异也阻碍读者产生情感共鸣。汉语独特的空间性特征与英语的时间性特征不同(王文斌,2013),认知特性的差异往往阻碍了情感的跨语言流动。例如,"红藕香残玉簟秋",其中的"残"字形象地描述了花的凋零状态,引发人的空间联想。然而,英文属于时间性较强的语言,译为"gone",凸显了英文的时间性,却很难再现原文的空间性。

六、冰心翻译的情感调控模式

冰心采用对应、上调和下调三种积极的情感调控策略,跨越了情感交流的障碍,构成了灵活而系统的情感调控模式。如图 4-5 所示:

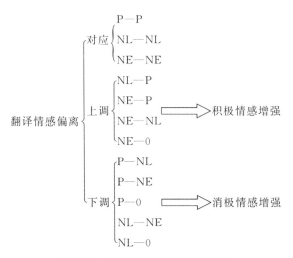

图 4-5　冰心翻译的情感调控模式

在三种情感调控策略中,对应是占主导地位的情感翻译策略,包括积极、中性、消极情感的对应。然而,值得注意的是,情感对应不一定意味着意义对应。有些情况下,冰心翻译的意义发生了变化,却保留了积极的情感意义。

情感上调策略也是冰心翻译重要的情感调控方式。上调策略一般用来应对原文的中性或消极情感表达,中性情感可以提升为积极情感,而消极情感则可以上调为积极情感或中性情感,还可以省略。很明显,这种情感上调策略有利于增强译文的积极情感强度。

情感下调也是冰心翻译的重要策略。下调策略一方面用来处理原文的积极情感,使之变为中性或消极情感,或省略,也用来调适原文的中性情感,使之变为消极情感,或省略。情感下调策略的使用,可以增强原文的消极情感强度。

综上所述,冰心的情感调控策略随语境和语言功能的实现需要而变化,是自成体系、灵活多变、目标明确的情感调控系统。

七、小结

本节关注冰心翻译的情感偏离现象及其调控策略,通过自建李清照作品及其英译(冰心翻译)语料库,我们对原文和译文进行了人工标注和深加工,提取了冰心翻译情感偏离的程度、类型和调控策略等信息。研究发现,冰心英译的李清照诗词表现出一定的情感"淡化"倾向,但情感偏离原文的幅度不大,没有形成显著性差异;冰心翻译的情感偏离有多种类型,造成了一定的情感值下降倾向,某种程度上弱化了原文的情感强度。造成这种情感偏离的因素主要有英汉语言文化的结构性差异、中西诗学传统的差异、时空认知差异等。为了实现跨时空的情感交流,冰心采用了灵活多变的情感调控策略,基本平衡了情感浮动的范围。冰心所用的情感调控模式自成系统、灵活多样,对当下提升中国经典作品外译的传播力和接受度,具有重要的参考价值。

第二节　中外传唱、译有所为：基于李清照词英译本的语料库考察

一、引言

李清照(1084—1155)是宋代著名的女词人,词风清丽婉约,在我国文学史上一直享有盛誉,但20世纪20年代在"欧美几乎无人知晓"(冰心,2015)[2]。

当时国外只有少数几个零散的法语译本,罕见英译本,而且翻译质量不高。如今,李清照英译本已有多个全译本,仅在美国翻译出版李清照词的翻译家已有28人(季淑凤,2015)[99]。李清照在西方世界的知名度越来越高,获得了"最受美国社会重视与读者欢迎的'十大中国古代词人'之首"的青睐(涂慧,2014)[56]。在众多译本中,冰心于1926年与其导师罗拉·希伯·露蜜斯博士"在完全没有文本参考的情况下,进行李易安词的翻译"(冰心,2015)[3],他们的翻译是较早向西方读者介绍李清照作品的英译本。可以说,冰心译本对于李清照词进入英语世界,具有开创性的意义。

本研究关注李清照词的两个英译本——冰心译本和许渊冲译本(简称许译本)。冰心译本是较早在美国出版的译本,为国外汉学界的李清照研究开辟了道路,意义非凡,而许译本是国内关注的热点。两个译本出版相差八十年,都产生了重要的社会影响。通过对两个译本进行对比研究和深入分析,我们尝试为中国经典文学外译提供有效建议。

二、李清照词英译本的相关研究

虽然冰心译本在西方世界具有举足轻重的作用,但目前国内对于李清照词冰心译本的研究,却并不多见,少数相关研究主要集中于李清照词的翻译策略(姚慧颖,2014)、翻译家冰心的描述性研究(魏群,2006;陶婧,2011)。对于冰心翻译的李清照词独特的语言价值和风格特质,尚未见实质性讨论。

国内学界关注较多的清照词译本主要有许渊冲译本、中国台湾译者胡品清译本、美国诗人肯尼斯·雷克斯罗斯(Kenneth Rexroth)与钟玲的合译本等,其中许渊冲先生的译本受到较多关注。许译本于2006年12月出版后,引起了学界研究的热潮,有学者专门研究许译本的独特美学价值(漆家佳,2014;车明明等,2012),或把许译本与其他译本进行对比,考察不同译本的陌生化手法运用(戴郁莲,2014)、女性主义意识(杨柳,2013)、翻译方法(常阳,2017)、译者的选择(石艳,2013)、创造性翻译(马丽娜,2012)等,研究方法多采用译本对比和例证分析,较少见语料库方法的应用(张李贝,2012)。

从文献梳理可知,李清照词英译本研究的视角丰富多样,有文学视角(李天贤等,2012)、生态视角(石艳,2013)、翻译美学(张珊,2014;漆家佳,2014)、女性主义(杨柳,2013;朱爱秋,2019)、出版视角(季淑凤,2015)、文化视角(唐聪,2019)等。近年来李清照词的翻译研究成果日益丰盈,从理论阐释和译本风格分析,逐渐走入文化传播层面,研究视野不断开阔,研究方法也更加客观。

然而,还有以下不足:经典译本的对比研究还有待加强,研究方法还不够系统。因此,本研究尝试运用语料库的研究方法,深度挖掘译本的语言特征及译者策略的影响机制。

三、研究问题

本研究具体回答以下三个问题:

(1)冰心和许渊冲译本的总体语言特征有何差异?

(2)两个译本差异产生的原因有哪些?

(3)两个译本的差异体现了怎样的翻译精神? 对当下中译外翻译实践有何启示?

四、研究方法

(一)研究语料

冰心英译本选择了李清照《漱玉词》中的 25 首进行翻译(冰心,2015)[Ⅲ],这些译文是冰心 1926 年在美国威尔斯利女子大学所作的硕士论文《李易安女士词的翻译与编辑》的一部分(冰心,2015)[1]。冰心在导师露蜜斯博士的悉心指导下翻译而成(冰心,2015)[3]。

我们的研究语料取自王炳根选编的《冰心译文选》,包括《一剪梅》《醉花阴》《御街行》《蝶恋花》《壶中天慢》《声声慢》《浣溪沙》《如梦令》《点绛唇》《浪淘沙》《行香子》《南歌子》《菩萨蛮》《渔家傲》《清平乐》《永遇乐》《武陵春》17 首词的英译。

许渊冲翻译的《李清照词选》选取了 60 首李清照词,与冰心重合的译文包括《一剪梅》《醉花阴》《孤雁儿》[①]《蝶恋花》《壶中天慢》《声声慢》《如梦令》《点绛唇》《行香子》《南歌子》《菩萨蛮》《渔家傲》《清平乐》《永遇乐》《武陵春》《浪淘沙》16 首。

为了形成对比关系,我们把两个译本重合的部分,即 16 首词,抽取出来,形成了两个具有可比性的翻译文本。因此,本研究的语料文本一共有三个:李清照原文、冰心译本、许渊冲译本。文本基本信息如表 4-7 所示:

表 4-7 三个文本的基本信息

序号	文本名称	文本大小/字节	文本产生时间
1	李清照原文.txt	2 488	宋代
2	冰心译本.txt	8 788	1926
3	许渊冲译本.txt	8 157	2006
	总体情况	19 433	

(二)研究步骤

研究按照语料库翻译学的研究路径和方法,对文本进行处理,步骤如下:

首先,收集李清照词原文、冰心译本、许渊冲译本的电子文本,转换成 Text 文本;

其次,对文本进行详细校对、分词、去噪、去除多余符号、修正错误拼写等,确保文本准确;

然后,使用词性标注软件 Free CLAWS web tagger(http://ucrel-api. lancaster.ac.uk/claws/free.html),对两个文本进行词性标注(采用 C7),以考察文本的词汇使用特征;

接着,使用 MonoConc 和 WordSmith 8.0,提取文本的相关语言特征,如词汇丰富度、平均词长、句长等;

最后,比较两个译本的各项数据信息,考察异同之处,挖掘译本语言特征所体现的翻译思想。

五、结果与讨论

(一)词汇特征比较

我们使用 WordSmith 8.0 软件,对两个译本的词汇使用总体情况进行了分析比较,得出标准化类符形符比(STTR),用来观察译本的词汇丰富度,结果如表 4-8 所示:

表 4-8　两个译本的词汇丰富度比较

序号	文本名称	类符形符比/％	标准化类符形符比/％
1	冰心译本.txt	39.13	44.90
2	许渊冲译本.txt	43.47	48.70

通过上表的 STTR 数据可知,冰心译本的词汇丰富度为 44.90％,许渊冲译本为 48.70％,相比之下,许渊冲译本的用词丰富度较高。

为进一步考察译本词汇的使用情况,我们提取了两个译本的高频词,部分列表如图 4-6 所示:

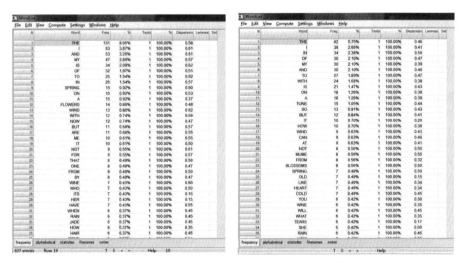

图 4-6　冰心译本(左)和许渊冲译本(右)高频词的使用情况

冰心译本使用十次以上的高频词有:the,I,and,my,is,of,to,in,spring,on,a,flowers,wind,with,now,but,are,me,it;许渊冲译本使用十次以上的高频词有:the,I,in,of,my,and,to,with,is,on,a,tune,so,but,it,how。对照观察两个译本中的高频词,可知两个译本高频词都关注"自我(I/my/me)";但在自然景物描述方面各有侧重,冰心较多使用 spring/flowers/wind 等描述真实自然景物的词语,而许渊冲较多使用 tune/so/how 等引发人情感的词语,其中许渊冲翻译词牌名时加入了 tune,因此 tune 出现频次较高。

(二)结构特征比较

两个译本的信息铺排也有一定差异。从平均词长看,两个译本数据如下

（见表 4-9、图 4-7）：

表 4-9 两个译本的词长比较

文本名称	词长（字母数量）														平均词长
	1	2	3	4	5	6	7	8	9	10	11	12	13	14	
冰心译本.txt	84	247	358	360	245	145	94	59	25	5	5	1	0	0	4.09
许渊冲译本.txt	65	246	278	376	217	147	92	53	24	5	2	1	2	1	4.16

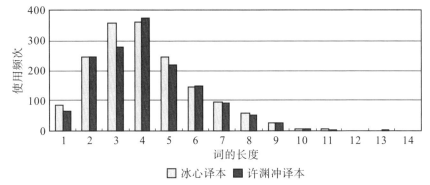

图 4-7 冰心与许渊冲译本词长比较

数据显示，两个译本的平均词长相差不大（冰心：4.09 vs 许渊冲：4.16），冰心译本平均词长略短，许译较长。从两个译本的词长分布看，在 1～3 个字母的词中，冰心译本较多，尤其是 3 和 4 个字母长度的词使用频次较高。两个译本的词长变化曲线相似，词长主要在 2～6 个字母之间，冰心译本和许渊冲译本都较多使用了含有 4 个字母的词，但是冰心译本 3 个字母的词明显比许译多。由此可见，不论是平均词长，还是使用分布，冰心译本似乎用词较为简短，许译词长略长。

在句子层面，使用 WordSmith 8.0 统计，两个译本的句长数据如表 4-10 所示：

表 4-10 两个译本平均句长比较

文本名称	句子数量	平均句长
冰心译本.txt	84	19.38
许渊冲译本.txt	140	10.78

很明显,两个译本在句子层面差异较大。冰心译本的句子数量较少,句子略长,而许译句子数量较多,句子平均长度较短。

(三)语篇衔接特征比较

在语篇层面,衔接词的使用情况可展现语篇的衔接状况。我们使用MonoConc提取了连词,考察文本的衔接情况,并统计了两个译本的连词使用情况,如表 4-11 所示:

表 4-11　冰心与许渊冲译本的连词使用比较

冰心译本		许渊冲译本	
连词	频次	连词	频次
and	33	and	20
And	20	And	10
But	9	but	6
or	2	But	6
but	2	or	2
Nor	1	Or	1
总数	67	总数	45

两个译本的连词使用有一定差异:冰心译本比许译本使用了更多连词,其中,冰心译本的小写 and 有 33 次,大写 And 20 次;转折连词 But 使用 9 次,小写 but 有 2 次;or 有 2 次,Nor 使用 1 次。可见,冰心译本使用了较多的 and(约占 79.10%)来完成语篇的显性衔接,其次为转折连词 but(16.42%)。

许渊冲译本共使用了 45 次连词,其中,and 有 20 次,And 有 10 次,but 有 6 次,But 有 6 次,or 有 2 次,Or 有 1 次。同样,and 也是许译本使用频次较高的连词(66.67%),其次为转折连词 but(26.67%),最后是 or(6.67%)。

可见,两个译本都使用了较多的 and,冰心译本使用的频次和比例更高;许渊冲译本则较多使用了 but。

我们进一步提取了两个译本的索引行,如图 4-8 和图 4-9 所示。

从使用语境看,两个译本中 but 的用意有共同之处:主要用来衔接上下文的不同意义,构成转折,以突出诗人孤独寂寞的情感。但是,不同之处是,许渊冲译本更多地使用 but 来凸显人物某方面的特征,并无转折之义,例如:

What_DDQ do_VD0 you_PPY look_VVI like_CS in_II your_
APPGE evening_NNT1

Attire_NN1 so_RG fair_JJ and_CC bright_JJ But_[CCB] fleeting_
JJ cloud_NN1 so_RG light_JJ？ _?〈凸显人物轻盈美好的形象〉

```
... ,_, "_" is_VBZ seen_VVN ._. "_" But_CCB do_VD0 n't_XX you_PPY know_VVI ,_, O_NP ...
... N2 ;_; She_PPHS1 never_RR stops_VVZ But_CCB to_TO look_VVI back_RP ,_, Leaning_VV ...
... f_IO spring_NN1 palpitate_NN1 ._. But_CCB who_PNQS 'd_VM drink_VVI wine_NN1 with_ ...
... _. What_DDQ can_VM I_PPIS1 do_VDI but_CCB try_VV0 To_TO put_VVI on_RP my_APPGE ...
... ow_NN1 deep_RR ?_? I_PPIS1 can_VM but_CCB trim_VV0 the_AT wick_NN1 ,_, unable_JK ...
... o_VV0 far_RR ,_, far_RR away_RL ,_, but_CCB the_AT sun_NN1 will_VM decline_VVI ._. ...
... _NN1 ,_, Do_VD0 n't_XX stop_VVI ,_, But_CCB carry_VV0 my_APPGE boat_NN1 is_VBZ so_RG cold_JJ ...
... y_APPGE old-time_JJ dress_NN1 ,_, But_CCB my_APPGE heart_NN1 is_VBZ so_RG cold_JJ ...
... ings_NN2 are_VBR the_AT same_DA ,_, but_CCB he_PPHS1 's_VBZ no_AT more_RRR ._. ...
... V0 to_TO float_VVI thereon_RR ._. But_CCB T_ZZ1 'm_VBM afraid_JJ the_AT le_FW gri ...
... ow_NN1 ,_, how_RRQ Could_VM I_MC1 but_CCB quicken_VV0 The_AT pace_NN1 of_IO darkn ...
... _NN1 so_RG fair_JJ and_CC bright_JJ But_CCB fleeting_JJ cloud_NN1 so_RG light_JJ ...
```

图 4-8 许渊冲译本中的 but

```
... VV0 away_RL ._. Love_NN1 is_VBZ but_CCB one_PN1 and_CC yet_RR it_PPH1 mourns_VV ...
... rom_II my_APPGE drawn_VVN brows_NN2 But_CCB pierces_VVZ straightway_RR my_APPGE h ...
... ing_JJ heart_NN1 of_IO Spring_NN1 But_CCB who_PNQS will_VM share_VVI with_IW me_P ...
... I_PPIS1 keep_VV0 my_APPGE watch_NN1 But_CCB day_NNT1 seems_VVZ never_RR to_TO gro ...
... VI each_PPX221 other_PPX222 ._. But_CCB magpies_NN2 make_VV0 a_AT1 bridge_NN1 a ...
... s_NN2 of_IO last_MD year_NNT1 ;_; But_CCB now_RT no_AT more_RRR I_PPIS1 feel_VV0 ...
... ;_; Nothing_PN1 I_PPIS1 gain_VV0 but_CCB tears_NN2 upon_II my_APPGE dress_NN1 ._. ...
... o_NP1 s_ZZ1 good_JJ feast_NN1 ,_, But_CCB who_PNQS knows_VVZ when_RRQ the_AT wi ...
... nd_CC fragrant_JJ carriages_NN2 ,_, But_CCB I_PPIS1 thank_VV0 them_PPHO2 and_CC r ...
... ings_NN2 about_II me_PPIO1 stay_NN1 But_CCB men_NN2 they_PPHS2 come_VV0 and_CC go ...
... d_VM like_VVI to_TO drift_VVI ._. But_CCB on_II Twin_NN1 Stream_NN1 I_PPIS1 fear_ ...
```

图 4-9 冰心译本中的 but

冰心译本的 but 具有更加显性的转折意义,突出诗人的无奈、孤独、寂寞之情。由此可见,两个译本虽然均使用了较多相同的连接词,建构了李清照词所表达的绵长、孤独的情感,但在细节方面,两个译本的连词使用各有侧重,情感表达强度明显不同:许译本表达的情感更加饱满,冰心译本的情感更加细腻。

(四)修辞策略比较

为了考察两个译本的修辞策略,我们选取了具有明喻特征的词 like 和 as,对两个译本的明喻使用进行了比较。据统计,冰心译本有 6 处明喻,部分例子标注如下:

(1)[Like]_II a_AT1 Dream_NN1〈词牌名/情境—梦境〉

(2)The_AT sky_NN1 meets_VVZ waves_NN2 [like]_II clouds_ NN2 and_CC morning_NNT1 mist_NN1 ._. 〈景物—景物/突出景物形状〉

(3)The_AT sinking_NN1 sun_NN1 is_VBZ [like]_II to_II melting _VVG gold_NN1 ._. 〈景物—物体(珠宝)/突出自然美感〉

(4)The_AT evening_NNT1 cloud_NN1 [like]_II fitted_JJ jade_ NN1 ._. 〈景物—物体(珠宝)/突出自然美感〉

(5)Her_APPGE waist_NN1 is_VBZ slim_JJ [as]_CSA tight_RR drawn_VVN silk_NN1 〈人物形态—物体(织物)/描述人物形态〉

(6)My_APPGE mood_NN1 is_VBZ tasteless_JJ ,_, chill_NN1 [as]_CSA water_NN1 ._. 〈人物情绪—自然事物)/描述人物情感〉

从以上例子可知,冰心译本的明喻主要用来描述景物和人的形态及情感,对人或物的描述比较客观,一定程度上突出了自然美感。与冰心译本对比,许渊冲译本明喻使用较多,有 7 处,信息如下:

(1)she_PPHS1 stands_VVZ [Like]_II slender_JJ flower_NN1 under_II heavy_JJ dew_NN1 〈人物—景物/强调人物的美〉

(2)on_II pillow_NN1 smooth_JJ [like]_II jade_NN1 ,_ 〈物体—物体(珠宝)/突出平滑珍贵〉

(3)Willow_NN1 leaves_NN2 and_CC mume_VV0 flowers_NN2 Look_VV0 [like]_II eyes_NN2 and_CC cheeks_NN2 of_IO the_AT trees_NN2 . . 〈景物—人物/生动形象〉

(4)In_II leaf[like]_JJ boat_NN1 my_APPGE soul_NN1 to_II God_ NP1's_GE abode_NN1 〈物体—景物/描写船的形状〉

(5)The_AT setting_NN1 sun_NN1 [like]_II molten_JJ gold_NN1 ,_ 〈景物—物体(珠宝)/突出自然美感〉

(6)Gathering_VVG clouds_NN2 [like]_II marble_NN1 cold_NN1 ,_ 〈景物—物体(石头)/突出触觉〉

(7)a_AT1 fine_JJ rain_NN1 drizzles_NN2 [As]_CSA twilight_ NN1 grizzles_NN2 ._. 〈景物—景物/突出自然美感〉

可见,许渊冲译本使用了较多的明喻,主要描述景物、人物和物体,用来突出自然的美感、人物的美好、物体的生动等，体现了译者丰富的想象力和饱满的情感，积极情感比较强烈。

以上数据分析显示，冰心和许译本在语言使用上呈现出一定差异：（1）在词汇使用方面，许译本用词丰富度比冰心译本高，两个译本高频词使用有共通之处，但各有侧重；（2）在结构特征上，冰心译本用词较为简短，句子略长，许译词长略长，句子平均长度较短；（3）在语篇特征方面，两个译本的连接词使用有共通之处，但连接词的情感功能有较大不同，许译本使用连接词表达的情感更加饱满，冰心译本表达的情感更加细腻；（4）在修辞使用上，冰心译本的明喻主要用来描述景物和人的形态及情感，对人或物的描述比较客观，而许渊冲译本明喻使用更为丰富多样，主要用来突出自然的美感、人物的美好、物体的生动等，积极情感比较强烈。

六、两个译本风格的成因

（一）译者的翻译目的

冰心选择李清照的词进行翻译，源自她对李清照才华的认同，也出自译者对女性诗人的认同："历代中国的文学史上很少提到女诗人，这不平等"（冰心，2015）[3]，带有一定的女性意识。

许渊冲翻译李清照的词，同样出于对李清照的认同："无论是东方还是西方，很少有人能和李清照（1084—1151）相提并论的"（李清照，2006）[前言]。许先生翻译李清照词的目的是，"对世界文化作出贡献"（许渊冲，2006）[前言]，体现了当代翻译家强烈的责任感和担当意识。

可见，两位翻译家选择将李清照的词译成英文，首先是出于对李清照文采的认同和敬仰。除此之外，冰心翻译李清照还附加了女性主义的目的，即把中国女诗人介绍到西方世界，而许渊冲展现了译者的国际视野和社会担当。

（二）译者的翻译思想

冰心先生和许渊冲先生都是著名的翻译家，两位都创造了卓越的翻译作品，并有深刻的翻译思想融合于翻译实践中。

冰心翻译李清照的基本原则是，逐字精确地翻译，保持词的形态，最终呈现的是根据原词译成的长短不一的英文格律诗（冰心，2015）[3]。这一翻译原则直接影响了冰心译作语言的特点，如用词较为简短，句子略长，高频词使用贴近原文的景观和情态,连词使用频次和比例高等特点。冰心译文在意义传达层面表现出准确、忠实的特点,而在形式上又比较贴近英文的格律诗,从内容到形式都体现出了译者的"精确"原则。

许渊冲先生的译诗具有很强的文学价值,"是在深刻理解原诗意蕴的基础上的再创造"。许先生翻译思想系统深刻,提出了"三美"(意美、音美、形美)等翻译理论。在翻译李清照的词时,许先生(李清照,2006)指出,"李清照词的特点是,口语入词,形象生动,富有形美,音乐性强,景中有情。"在翻译李清照词时,许先生希望"能译成具有意美、音美、形美的英诗"。毫无疑问,在翻译过程中,他也是这样践行的。

从语料库数据揭示的许译本语言特征可知,许译本在词汇、结构、语篇和修辞的各个层面,都融入了"三美"和"再创造"的翻译思想;其语言形式考究,高频词情感丰富,语篇衔接手段简练,情感表达饱满,修辞方面更是体现出了对"三美"的追求。

具体而言,两位译者在翻译过程中,都很好地实践了自己的翻译思想。从下面《一剪梅》的两个译本片段比较可见一斑。(表 4-12)

表 4-12 《一剪梅》两个译本的翻译思想体现

李清照原文	冰心译本	许渊冲译本
花自飘零水自流。 一种相思, 两处闲愁。 此情无计可消除, 才下眉头, 却上心头。	Apart the flowers fall, Apart the waters flow away. Love is but one and yet it mourns, Being parted, in two separate places. I have no power to shed my hurt; Grief goes from my drawn brows But pierces straightway my heart.	As flowers fall on running water here as there. I am longing for thee Just as thou art for me. How can such sorrow be driven away fore'er? From eyebrows kept apart, Again it gnaws my heart.

李清照原文先通过景物间接隐喻人的相思情感,后用具体形象来描写相思之愁。整段描写比较委婉,但情感表达细腻生动。

冰心的译文在用词上比较简洁,所用词语比较常见,在结构上比较贴近原文。但是,冰心译文没有生硬的翻译痕迹,因为冰心译本按照英文格律诗的特点押韵,充分体现了冰心"精确"的翻译原则,同时也体现了冰心对译作接受度的思考,在忠实表达意义的基础上能够兼顾目的语读者的审美体验,充分体现了冰心作为高素养译者对翻译语言"顺、真、美"的追求。

而许译本充分体现了"再创造"的翻译思想,例如,译文用了古雅的英文词语,如"thee/thou/art",来描述相思之情,增添了译文的"形美"。从音韵上看,句式工整,韵律整齐,达到了"音美"的功效。译文还使用"long for/sorrow/gnaw"等词语直接表达强烈的情感,在句式上采用了问句强调相思的愁苦之情,充分彰显了译者的在场和"再创造"的思想。译者的努力实现了"三美",不仅把原文成功地译成了英文,译作本身也成为世界文化的一部分,是融合了译者"再创造"心血的精美作品。

两部译作相距八十年,语言特征不同,却各有千秋,体现了译者深厚的语言素养和勇于担当重任、孜孜不倦的翻译家精神。

七、小结

李清照词在西方世界越来越为人所知,这在很大程度上受益于译本的传播。冰心译本和许渊冲译本都是李清照词的经典英译本,其语言特征和蕴含的翻译思想是作品外译成功的关键。我们采用语料库的方法,对两个译本的语言特征进行了分层描述,发现两个译本风格各异:(1)在词汇使用方面,两个译本的高频词有共通之处,但各有特色,总体上许译本的用词丰富度比冰心译本高;(2)在结构特征上,冰心译本用词较为简短,句子略长,许译本词长略长,句子平均长度较短;(3)语篇衔接方面,两个译本有共通之处,但连接词的情感功能有较大不同,许译使用连接词表达的情感更加饱满,冰心表达的情感更加细腻;(4)在修辞使用上,冰心译本的明喻主要用来描述景物和人的形态,描述比较客观,而许译主要用来突出自然的美感、人物的美好、物体的生动等,积极情感比较强烈。两个译本的不同语言特征,体现了两位翻译家不同的翻译思想:冰心译本充分体现了"精确"的翻译思想,而许译充分彰显了"三美"和"再创造"的翻译思想。

两位翻译家选择李清照的词进行英译,皆出于对中国经典文学文化的认同。从语言特征看,冰心翻译充分体现了"精确"的翻译原则,同时也展现了冰心对译作接受度的思考;而许译本充分彰显了译者的在场和"三美"翻译思想,译作融合了译者"再创造"的心血,体现了译者为世界文化做出贡献的时代责任感。两位翻译家思想不同,译作语言风格不同,但都体现了对中国传统文化的深度认同、对原文意义的透彻理解,以及对目的语读者体验和情感的深切关照,为我们在"中国文化走出去"背景下开展汉译外翻译实践、促进中国文化融入世界文化,提供了翻译实践的典范案例,在当下具有重要的实践指导意义和理论推广价值。

第三节 易安词翻译语言的隐喻特征及其共情修辞功能研究

一、引言

李清照(1084—1155),号易安居士,济南人,是宋代著名的女词人,词风清丽婉约,被誉为"千古第一才女"。李清照的词作(简称易安词)是中国古代文学的瑰宝,表达了词作者含蓄蕴藉的审美情感体验(杨冬梅,2006)和对人类情感的深刻感悟,描绘了一个情真、情深、情纯的情感世界(莫惊涛,2000)。易安词不仅在国内享有盛誉,在国外也引起了较大反响,在美国获得了"最受美国社会重视与读者欢迎的'十大中国古代词人'之首"的美誉(涂慧,2014)[56]。在易安词走向世界的过程中,翻译无疑发挥了桥梁和纽带作用。据前人统计,仅在美国翻译出版李清照词的翻译家就有 28 人(季淑凤,2015)[99]。而研究经典译本成功的关键因素,可为当下中国文学走出去提供重要参考路径。

易安词有较多的名家英译本,其中,较早的英译本是冰心与其导师罗拉·希伯·露蜜斯博士 1926 年合作的译本,已有近百年历史,至今在学界仍具有举足轻重的地位。另一个英译本是许渊冲先生的译本(简称许译本),2006 年出版后受到了广泛关注,有的学者研究该译本的独特美学价值(漆家佳,2014;车明明等,2012),有的学者展开译本对比研究,考察其翻译技巧和方法(戴郁莲,2014;常阳,2017)、思想意识(杨柳,2013)、译者的选择(石艳,2013)、翻译创造性(马丽娜,2012)等。

冰心译本和许译本运用了丰富的修辞手段,文学性强,审美价值较高,是其广为流传的重要原因。修辞是在每一件事上发现可用的劝说手段的能力(Aristotle,1954)[24]。在翻译语境中,翻译语言的修辞不仅是用目的语表达原作思想的方式,也是劝说目的语受众的方式。而为了达到劝说受众的目的,修辞往往采用与受众情感的时间同步和类别同向(李克,2021)[144]的方式。那么,作为一种重要的修辞手段,翻译语言的隐喻运用有何特征;面对思维方式不同的目的语受众,名家译作采用何种隐喻翻译策略,实现译文与受众情感的时间同步和类别同向,引发读者的共情,就是本研究要尝试回答的问题。

二、研究背景

李清照的词善于运用各种修辞手段,包括明喻、暗喻、重复和拟人等。已有研究显示,修辞已成为李清照作品风格的有机组成部分(葛文峰等,2009)[84]。如何在翻译中再现易安词的修辞功能,是值得探讨的问题。

然而,目前对易安词的翻译研究并不多见,相关研究集中在以下几个方面:关注个别译本的译介,如《声声慢》(赵倩,2014)、《如梦令》(张婧,2014;谷羽,2020)、《乌江》(杨清波等,2014)等,尤其是《李清照诗词全集》的翻译出版,引发了李清照词翻译研究的热潮(季淑凤等,2014;葛文峰,2016;刘锦晖等,2021);微观层面,考察李清照词的英译策略(张琰,2014;李延林等,2014)、翻译视域融合(李天贤等,2012)、同构衔接(张婧,2014;赵倩,2014)等。研究视角逐渐多样化,有出版视角(季淑凤,2015;葛文峰,2016)、多译本对比视角(杨清波等,2014;谷羽,2020)等。

从研究成果看,前期的李清照词英译研究从译本的宏观译介与传播到微观的翻译策略探索,研究深度逐步加深,视野也不断开阔。然而,目前研究方法多为单个或多个文本的小范围比较分析,较多关注译者的翻译策略,而未从译本的文学价值入手,探讨译本吸引读者的关键因素,尤其对于译本的隐喻特征及其共情修辞功能尚未开展实质性讨论。而对经典译本的隐喻特征研究具有重要的文学价值,是关系到译本传播广度和接受度的重要问题。

隐喻与共情修辞具有密切关联。前人研究发现,隐喻往往与情感理解相关(Fetterman et al.,2021),可引发共情。此外,张璨尹等(2020)对微信公众号"六神磊磊读金庸"使用隐喻的话语进行了分析,进一步提出在价值呈现、舆论引导和受众情绪调动上,隐喻都呈现出了强大的共情效果。Fetterman et al.(2021)则专门对日常隐喻的人际功能进行了研究,认为日常隐喻运用与共情具有正相关关系。李清照英译本使用了大量隐喻,那么,两位译者如何运用隐喻实现共情修辞的功能,就是本研究要探索的问题。

三、研究问题

本研究关注易安词两个经典英译本的隐喻特征,采用语料库深加工和人工标注的方法,具体回答以下几个问题:

(1)易安词两个英译本的隐喻特征有何异同? 与易安词本身的隐喻对应

度如何？

（2）易安词两个英译本的隐喻特征体现了译者怎样的翻译策略？

（3）易安词两个英译本的隐喻发挥了怎样的共情修辞功能？

四、研究方法与过程

（一）研究对象

我们收集了李清照的词、冰心译本、许渊冲译本三种文本，所选的李清照的词包括三个文本的重合部分，即 16 首词，名称如下：《一剪梅》《醉花阴》《孤雁儿》《蝶恋花》《壶中天慢》《声声慢》《如梦令》《点绛唇》《行香子》《南歌子》《菩萨蛮》《渔家傲》《清平乐》《永遇乐》《武陵春》《浪淘沙》。

表 4-13　三个文本的基本信息

序号	文本名称	文本大小/字节	文本产生时间
1	李清照原文.txt	2 488	宋代
2	冰心译本.txt	8 788	1926
3	许译本.txt	8 157	2006
	总体情况	19 433	

（二）研究过程

我们对冰心译本和许译本的语料进行了处理，步骤如下：

（1）收集李清照词原文、冰心译本（冰心，2015）、许渊冲译本（李清照，2006）的电子文本，转换成 Text 文本；

（2）对文本进行校对、去噪、修正错误等，确保文本信息准确；

（3）对两个文本的隐喻进行标注，标注隐喻类型、情感色彩、翻译策略、认知空间转换类型（具体分类在文中讨论部分说明），例如：

　　许渊冲译本：Like slender flower under heavy dew;〈明喻（人像花一样美）/露浓花瘦/增加（具体修饰词，突出人的体态美）/积极/人——自然景物〉

　　冰心译本：But pierces straightway my heart.〈暗喻（悲伤像刀子穿心）/却上心头/转变（具体动作突出相思惆怅之极）/消极/人类情感——人类事物〉

（4）针对以上标注信息，我们使用 MonoConc 提取文本的相关隐喻特征，总结两个译本的隐喻指标特征，分析并比较其翻译策略；

（5）结合译者的翻译思想和译作文本功能，对两个译本的隐喻共情修辞功能进行讨论。

五、结果与讨论

（一）两个译本的隐喻特征

首先，我们标注了两个译本的隐喻类型，发现两个译本的隐喻类型相似。16 首词的翻译都用了 20 多个修辞手段，包括明喻和暗喻。见表 1-14。

表 4-14 冰心译本与许译本的隐喻类型比较

修辞手段	冰心译本		许译本	
	频次	比例/%	频次	比例/%
明喻	6	28.57	7	35
暗喻	15	71.43	13	65
总数	21	100	20	100

而且，两个译本的主要隐喻类型皆为暗喻，分别占 71.43％和 65％，其次为明喻。然而，两个译本的隐喻来源存在一定差异。比较两个译本的隐喻与李清照原文，可以发现，冰心译本共有 21 处隐喻，其中有 11 处（约占 52.38％）与许译本来源相同，都来自相同的易安词原文，说明两个译本多数隐喻与原文直接相关。但是，两位译者的修辞翻译策略不同。进一步比较这 11 处同样来自原文的译文可知，有 7 处修辞译文采用了类似的翻译，而 4 处则采用了完全不同的译法。见表 4-15。

表 4-15 冰心译本与许译本的不同译法

序号	原文语句	冰心译本	许译本
1	却上心头	But pierces straightway my heart.	Again it gnaws my heart.
2	关锁千重	Its thousand gates are shut and fastened	How hard it is to pass The barriers paved by cloud and moonlight！

续表

序号	原文语句	冰心译本	许译本
3	暮云合璧	The evening cloud like fitted jade.	Gathering clouds like marble cold,
4	载不动许多愁	But on Twin Stream I fear/ It could not bear/My heavy weight/Of grief.	But I'm afraid the grief-o'erladen boat

分析可知,以上 4 处隐喻翻译的不同之处在于目标域不同,体现了译者不同的翻译策略。冰心译文注重对应原文,重视细致描述,而许译本注重灵活体现原文功能,善于创新。如对于"关锁千重"的译文,冰心比较真实地再现了原文的意象,而许译本则没有直接翻译"千""锁",而是转变角度,明确表达了"难通过"的意思:

　　冰心译本:Its thousand gates are shut and fastened〈暗喻/关锁千重/对应/消极/自然景物—人类事物〉
　　许译本:How hard it is to pass/The barriers paved by cloud and moonlight!〈暗喻/关锁千重/转变(意义变化)/消极/自然景物—人类事物〉

此外,两个译本的隐喻呈现出中西修辞杂糅和共生的特征。一方面,两个译本都再现了易安词原文的经典隐喻,如"人比黄花瘦":

　　冰心译文:I am thinner now than the thin yellow flowers!
　　许译本:You'll see a thinner face than yellow flower.

另一方面,两个译本都运用了西方常见的隐喻,体现了译者的修辞主体意识。例如,"却上心头",冰心译文体现了"悲伤是利器"的概念隐喻(But pierces straightway my heart.),而许译本则是"悲伤是咬人的动物"(Again it gnaws my heart.),这两个例子都是英文比较常见的隐喻表达,比较契合西方读者的认知习惯和思维方式。

总体来看,两个译本的隐喻再现和传递了易安词原文的认知方式,也融合了西方常见的隐喻思维习惯。这种中西修辞的杂糅和共生特征体现了译者辩证统一的翻译策略。译者充分发挥自己的主体性,提高译文作为独立文本的价值(冯全功等,2020)。下面我们详细阐述两位译者对于隐喻的翻译策略。

(二)两个译本的隐喻翻译策略

对应李清照的原词,我们标注了两个译本翻译隐喻的三类策略,数据统计如表 4-16 所示:

表 4-16　冰心译本与许译本的隐喻翻译策略比较

翻译策略	冰心译本		许译本	
	频次	比例/%	频次	比例/%
对应	16	76.19	8	40
增译	4	19.05	10	50
转变	1	4.76	2	10
总数	21	100	20	100

数据显示,两个译本的隐喻翻译策略有较大不同:冰心译本以对应策略为主,而许译本则以增译为主要策略,其次是对应,并且也有一定比例的转变策略。从翻译策略类型比较看,许译本的翻译策略更加灵活多样。例如,在翻译"暮云合璧"时,冰心译文写暮云像玉璧,突出云的形状,而许译本把暮云译作了大理石,突出云的温度:

冰心译本:The evening cloud like fitted jade.〈明喻/暮云合璧/对应/积极/自然景物—人类事物〉

许译本:Gathering clouds like marble cold,〈明喻/暮云合璧/对应/积极/自然景物—人类事物〉

许译本的主要翻译策略是增译,从译文文本看,增译的主要内容有以下几个方面:

(1)增加具体词汇,突出人、动物、景物的特点。例如,"露浓花瘦"的译文加入了介词"like"和方位词"under",凸显了花与露的联系,将原文较为模糊的意义衔接进行了显化处理,用来比喻人物的形态美。

许译本:Like slender flower under heavy dew;

〈明喻/露浓花瘦:人像花一样美/增加(具体词汇,比喻人的体态美)/积极/人—自然景物〉

(2)增加环境描写的真实性。例如,下面的译文加入了"invade"一词,突出了天气袭人的凉意,增加了触觉的真实感受。

> 许译本:Feeling the midnight chill <u>invade</u>.
> 〈暗喻/半夜凉初透/增加(凉意力度)/消极/天气—人〉

(3)增加情感强度描写。例如,在翻译"独抱浓愁"时,许译本加入了"溺水(drowned in sorrow deep)"的隐喻,形容人的情感愁苦之状,突出了"愁"的情感强度。

> 许译本:How can I have sweet dreams, my heart <u>drowned in</u>
> <u>sorrow deep</u>?
> 〈暗喻/独抱浓愁/增加(心情悲伤如溺水)/消极/人类情感—自然(海、水)〉

(4)增加形态描写。许译本还常增加具体的隐喻词语,描述事物的形态,例如,streams of tears 形象地写出了"千行泪"的形态。

> 许译本:Call forth <u>streams of tears</u> again.
> 〈暗喻/千行泪/增加(泪水的形态)/消极/人—自然景物〉

可见,许译本增译了较多内容,以提升译作的美感。文学性增译是再现原作之美、补偿译作所失的方法(朱英丽等,2019)[62]。相比之下,冰心译本的增译策略使用频次较低,增加内容较少,仅增加几处具体形态、动作、感受描写等。例如,翻译"情怀如水"时,冰心译作"My mood is tasteless, chill as water.(我的心情是无味、无聊的,像水一样冷冷的。)"。显然,这句话主要采取了对应策略,同时增加了"tasteless(无味的)"一词,来告诉目的语受众"情怀如水"是怎样的心情。

由此可见,两位译者的翻译策略不是单一的,而是辩证统一的策略集合。冰心虽然主要以"精确"为策略(冰心,1998)[661],但并非一一对应,而是"基本对应+局部灵活处理"的策略。而许译本虽然强调"再创造",但并非脱离原文,而是以增加描写性信息和情感为主,对应为辅,加上灵活转变,形成了"再创造+局部对应"的策略。两位译者虽然翻译策略不同,但都发挥了重要的主体作用。

首先,在采用对应策略时,两位译者都充分考虑了当时目的语读者的阅读能力和接受范围。修辞对应策略有利于传递原文的经典修辞表达,实现"陌生化"效果,达到介绍中国经典文学作品文学性的目的。从策略使用比例来看,冰心较多采用了对应策略,许译本也采用了较多的对应策略,但更多的是变通策略。这与译者的翻译目的密切相关:冰心译本属于较早的译本,其翻译目的是把李清照介绍到美国社会,对应策略是较好实现这一目的的方法。

其次,两位译者也采用了策略性偏离的手段,在翻译中充分发挥了主体性和创造性。这主要表现在译者有意增加了目的语读者熟悉的修辞表达,这些修辞往往与受众的修辞同类,比较容易实现共情修辞功能。另外,许译本还充分发挥了主体创造性,加入了自己的修辞创新,如"独抱浓愁"译为"my heart drowned in sorrow deep",把忧愁的状态比作溺水,词语表达简洁明了,而情感更为浓烈,可引发读者的情感共鸣。

(三)两个译本隐喻的共情修辞功能

两个译本的隐喻运用体现了译者辩证统一的翻译策略,在文本功能层面,这一策略有利于实现译本的共情修辞功能。在修辞目的的驱动下,修辞者有意识地使自己进入对受众的共情状态,在能力范围之内达成与受众情感的时间同步和类别同向,并能够清楚判断受众和自身情感类型及来源,区分受众和自我表征,随后设定并施行修辞策略,这一修辞运作机制可被称为共情修辞(李克等,2021)[64]。在翻译语境下,两位译者采用的辩证统一的隐喻翻译策略不同,但他们都具有较强的修辞意识,对当时读者的认知水平和阅读习惯有充分的了解,隐喻的概念、语篇和人际功能发挥较好,有利于实现共情修辞的最终目的。

(1)隐喻的概念功能:两个译本的翻译策略不同,隐喻概念的再现方式也有不同。冰心主要采用语义对应策略,注重原文隐喻概念的信息再现,因而有利于读者直观了解易安词隐喻的概念意义,认识中国传统诗词的思维方式。而许译本的隐喻表达采用了较多增译和转变策略,与原文的隐喻概念形成了一定的语义距离,但由于译者采用了较多目的语读者熟悉的隐喻表达,反而拉近了与读者的距离,有利于读者感同身受。如表 4-17 所示。

表 4-17 冰心译本与许译本隐喻的概念功能比较

李清照原文	冰心译本	许译本
独抱浓愁无好梦,夜阑犹剪灯花弄。	Alone I embrace my grief, For no sweet dream have I. Through the long night From time to time I cut The lamp wick's flower And play with it.	How can I have sweet dreams, my heart drowned in sorrow deep? I can but trim the wick, unable to fall asleep.

在表 4-17 的例子中,对于"独抱浓愁",冰心采用了对应策略,译为"Alone I embrace my grief",将原文"忧愁是物体"的概念比较清楚地再现出来,而且采用了"embrace+grief"的搭配,尝试传递原文的认知方式。许译本没有按照原文的隐喻形式来翻译,而是采用了变译策略,译为目的语受众较为熟悉的概念——"悲伤是溺水",有利于引起受众的共情。

(2)隐喻的语篇功能:两个译本的隐喻是概念化的、系统性的,往往通过多个句子来表达,语篇衔接功能较强。在表达形式上,两者都采用了受众较为熟悉的新诗模式,句子比原文略长,在构建语篇时,加入了较多连接词、代词、介词等显性衔接手段。比较而言,许译本的隐喻表达所用的衔接手段较冰心译本更为外显,更有韵律感,如《一剪梅》的部分译文,见表 4-18。

表 4-18 冰心译本与许译本隐喻的语篇衔接比较

李清照原文	冰心译本	许译本
此情无计可消除。才下眉头,却上心头。	I have no power to shed my hurt; Grief goes from my drawn brows But pierces straightway my heart.	How can such sorrow be driven away fore'er? From eyebrows kept apart, Again it gnaws my heart.

在表 4-18 的例子中,李清照原文是主题突出式表达,围绕"此情"这一主题,通过隐性的对比(下、上)方法而起到语篇意义的隐性衔接功能。冰心译本含有"悲伤是利器"的隐喻,使用了近义词(hurt、grief)衔接上下句,起到了较为显性的语篇衔接作用,而动词"pierce"凸显了悲伤这一利器对人的伤害之深。与之相比,许译本含有"悲伤是咬人的动物"的隐喻,动词"drive away""gnaw"强化了悲伤"赶不走"的烦恼和"噬咬人心"的痛苦,而且句子所用的显性衔接手段更为清晰,用了疑问句式、介词(from)、副词(such/again)、代词(it)以及押韵的方式,进一步明确了原文隐含的逻辑语义关系。从隐喻的语

篇功能看,两个译本都考虑到了英汉概念隐喻的结构差异,在谋篇构句上采用了读者熟悉的衔接手段。

(3)隐喻的人际功能:为了实现较好的人际功能,两个译本的隐喻运用在审美、情感、认知创新三个层面,都充分考虑到了读者的情感。

首先,在审美功能方面,冰心译本用词简朴、清丽,描写客观,注重细节再现,呈现出"细腻＋清丽"的审美功效。而许译本信息铺排简洁,情感强烈,注重创造和"三美",具有"豪放＋古雅"的审美功效。例如:

> 李清照原文:一种相思,两处闲愁。
> 冰心译文:Love is but one and yet it mourns,
> 　　　　　Being parted,in two separate places.
> 许译本:I am longing for thee/Just as thou art for me.

冰心译文较为客观地描述了原文的相思之情,加入了"and yet it mourns"描述相思的情感状态,并加入了"Being parted"表示原因。许译本则采用了意译的方式,没有顾忌原文的对照修辞,采用古英语"thee/thou"增添了译文的古雅,而用"long for"表达了强烈的情感。两个译本语言风格不同,带给读者的审美体验也是不同的。

其次,在情感功能方面,两个译本的隐喻各自实现了不同的情感功能,见表 4-19。

表 4-19　冰心译本与许译本隐喻运用的情感功能

情感功能	冰心译本		许译本	
	频次	比例/%	频次	比例/%
积极情感	10	47.62	9	45
消极情感	8	38.10	10	50
中性情感	3	14.29	1	5
总数	21	100	20	100

两个译本的隐喻发挥了三种情感功能,其中,冰心译本以积极情感为主,其次为消极情感,最后是中性情感。许译本的积极和消极情感比例相当,中性情感比例较小。从隐喻的情感功能看,不论是积极还是消极情感,许译本隐喻的情感功能似乎更为强烈。

最后,两个译本的隐喻还发挥了认知创新功能。从概念投射的关系看,两

个译本的隐喻都以"人"为描述对象,体现了人类世界、自然世界和动物世界的相似点。如表 4-20 所示:

表 4-20　冰心译本与许译本隐喻的概念投射

源域—目标域的概念投射类型	具体类型	冰心译本		许译本	
		频次	比例/%	频次	比例/%
	人类情感—人类事物	1	4.76	1	5
人—人	人—人类事物	3	14.29	0	0
	人类事物—人	2	9.52	0	0
	天气—人	1	4.76	1	5
自然—人	季节—人	3	14.29	1	5
	自然景物—人	7	33.33	7	35
人—自然	人(情感、形态)—自然景物	3	14.29	6	30
动物—人	动物动作—人	0	0	1	5
人—动物	人的情感—动物	0	0	3	15
自然—自然	天上自然景物—地上自然景物	1	4.76	0	0
总数		21	100	20	100

两个译本隐喻的概念投射类型包括人与人、自然与人、人与自然、动物与人、人与动物等的比较,关注人的情感、形态、事物及其与自然界景物或动物的相似之处。

但是,冰心译本与许译本隐喻的概念投射类型存在不同之处。从使用频次高低依次来看,冰心译本以"自然景物与人"的投射类型为主,其次是人—人类事物、季节—人、人(情感、形态)—自然景物。而许译本也以"自然景物—人"的投射类型为主,其次为"人(情感、形态)—自然景物",以及"人的情感—动物"的投射类型。许译本多用"人的情感—动物"的投射类型,把人的情感如相思、悲伤等比作动物,突出了情感的形象性,同时加强了情感的消极性和强烈程度。

综上所述,冰心译本中隐喻的共情修辞功能的实现路径是,通过准确再现原文信息,采用新诗形式,以细腻、清丽、客观的描述,表达略显淡化的情感,从而实现"介绍自我为主"的目的,塑造陌生化的异域形象,实现向读者介绍中国优秀传统文学的功能。这与冰心译本面向的美国读者的期待相适应:冰心于1926 年翻译李清照词,当时李清照的英译本极少,"在欧洲翻译她的词的只有两人"(冰心,1998)[660]。可以说,美国读者当时并不熟悉李清照的作品,初步了解和认识李清照,是读者的普遍期待。在这种情况下,冰心"希望能够做到逐字精确地翻译","保持原诗中经常引喻的古代人名和风俗习惯的风韵,尽量保持词的情态,虽然中文比喻的因循守旧的传统和历史性质使英文译文无法产生中国人脑子里的那种效果"(冰心,1998)[661]。因此,从读者所处的时代来看,冰心译本的"精确"翻译策略,可较好地满足读者初步认识和了解李清照词的阅读期待,塑造陌生化的形象,实现有距离的共情。

而许译本隐喻的共情修辞功能的实现路径是,通过创造性地补充新信息和结构重组,以豪放而古雅的语气,表达浓烈的情感,实现引发读者情感共鸣的修辞功能。这与读者的阅读期待直接相关:许译本于2006年出版,当时李清照词的英译本已有很多,国外读者对李清照词的阅读期待提升,不再是初步认识,而是深入了解和欣赏易安词之美。为了实现与读者的审美共情,许译本的翻译策略重在提升译作的人际功能,努力把李清照词"译成意美、音美、形美的英诗"(李清照,2006)[前言]。我们进一步提炼了两位译者利用隐喻实现共情修辞的机制,如图4-10所示:

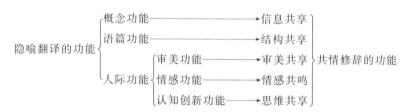

图 4-10 隐喻翻译的共情修辞机制

韩礼德(Halliday,1978)曾提出语言有三大元动能:概念功能、语篇功能和人际功能。两个译本都使用了较多的隐喻语言,也发挥了这三大元功能。从概念的角度看,隐喻要在各个功能层面实现与目的语受众的信息共享和情感共鸣:在概念层面,实现信息共享,尽可能完整地传递原文信息;在语篇层面,实现与读者的结构共享,不宜超出其对语篇结构的认知范围;在人际功能层面,达成与目的语受众的审美共享、情感共鸣和思维共享。这三个层次一般要齐头并进,才能实现共情修辞功能。

然而,由于语言差异、读者认知水平和阅读期待等多种变量的参与,译者往往要根据变量的重要性做出选择,在翻译过程中有所取舍和侧重,以实现与目的语受众情感的时间同步和类别同向。冰心译本以"精确"翻译为指导,侧重隐喻的信息和语篇形式的共享,在人际功能层面以介绍为主,情感略显淡化,对读者的陌生化程度较高,可实现有距离的共情效果。而许译本以"三美论"为指导原则,侧重隐喻的审美共享、情感共鸣和思维共享,较易拉近与读者的距离,实现近距离的共情效果。两位译者的策略体现了翻译的本质价值所在:交流、传承、沟通、创造与发展(许钧,2004)[35],冰心译本更强调交流和沟通,而许译本更重视创造与发展。翻译的功能已经不再满足于实现不同语言文本的简单转换(傅敬民,2014)[117]。两个译本的翻译时代不同,其隐喻的翻译策略不同,但都积极保持与当时读者情感的时间同步和类别同向,在不同程度上实现了共情修辞功能。研究启示,在当下的汉译英文学实践中,译者要充分考虑各种变量的参与度和重要性,适时调整策略侧重点,努力实现信息、语篇以及审美、情感和思维各层面的共享,达到共情修辞的目的。

六、小结

李清照词在国外的影响力不断增强,与译本的有效传播有密切关系。冰心译本和许渊冲译本是具有代表性的译本,两者都运用了较多的隐喻以促进译本被接受,虽时隔八十年,但从隐喻运用特征看,二者有共通之处。两个译本的隐喻类型都比较丰富,呈现出了中西隐喻杂糅共生的特征。译者在隐喻翻译中都运用了辩证统一的策略集合:冰心以"准确"为指导原则,采用了"基本对应＋局部灵活处理"的翻译策略;而许译本采用了"再创造＋局部对应"的翻译策略。虽然两个译本对隐喻的翻译策略不同,但都体现了译者对目的语受众阅读需求的关照,以及在实现与目的语受众情感的类别同向方面做出的积极努力:冰心译本主要采用对应策略,以细腻的客观描述,准确再现原文的隐喻信息,表达略显淡化的情感,从而实现"介绍自我为主"的目的,塑造陌生化的中国诗歌形象;而许译本主要采用偏离策略,通过创造性地补充隐喻信息和转变翻译视角,以豪放而古雅的语气,表达浓烈的情感,从而引发目的语受众的共情,实现"把中国文化与世界文化合二为一""为人类命运共同体出一份力"(许渊冲等,2021)[37]的目的。在比较分析案例的基础上,我们提出了隐喻翻译的动态共情机制,该机制可用于指导和评估隐喻以及其他类型的翻译实践,检验译者是否具有共情修辞意识。翻译与共情修辞的结合具有广阔的应用空间,对翻译理论研究而言,可拓展出新的系列研究课题,如译者的共情意识培养、译作的共情效果评估、不同历史语境下文学外译的共情机制等。今后我们将从历时和共时的多维视角,深度探究翻译语境下共情修辞的运行规律和发生机制等问题。

第五章 结 语

　　本书提出了翻译语言价值的基本概念和描写框架,认为翻译语言是一个相对独立的价值体系,具有自身独特的价值,由概念价值、共现价值和联想价值构成。在翻译语境中,翻译语言的价值根据偏离取向,可分为语内价值和语际价值两种类型。翻译语言的语内价值可从语内类比视角进行描述,往往表现出异于原创语言的特征,而翻译语言的语际价值可从语际对比视角考察,往往表现出异于原文语言的特征。翻译语言的语内和语际价值形态受译者决策、语言系统差异、历史语境等因素影响。

　　偏离是翻译语言的典型价值形态之一。翻译语言往往呈现出偏离原文和原创的双重特征,译本偏离原文的现象属于语际偏离现象,而译本偏离原创文本规范的现象是语内偏离现象。从理论上讲,在概念、结构和人际三个层面,翻译语言都可能产生偏离,并发挥特定的功能:在概念层面,翻译语言具有概念创新的功能;在结构层面,翻译语言具有完整的语篇功能;而且,翻译语言具有独立的人际功能。

　　翻译语言价值描写的维度可从语内类比和语际对比两个方面开展,以偏离为取向,考察翻译语言异于原创语言的价值形态,也考察翻译语言偏离原文语言的价值形态,从而客观描述翻译语言的特征、译者的翻译风格、翻译策略和历史语境的影响等。同时,在微观层面,对女作家的译本开展个案比较、历时比较、多译本比较等多维分析,以深入挖掘和描述翻译语言价值形态的形成机制。在此框架的基础上,我们对 20 世纪中国女作家兼翻译家翻译语言的价值形态进行了个案分析,并从历时角度开展了详细描述和阐释。

　　在价值形态方面,女作家的翻译语言具有共性和个性。共性包括翻译语言的词汇创新、局部结构偏离、修辞创新等,而从历时角度看,女作家的翻译语言表现出从"杂糅"到"融合"的变化趋势。个案研究核心观点如下:

　　(1)翻译语言表现出局部创新的倾向:陈学昭的翻译研究数据显示,在用词、结构、修辞层面,翻译语言总体上表现出与原著幽默讽刺风格的一致性。同时,翻译语言中使动结构的超常、创新使用,体现了汉语的结构张力和译者对翻译语言的拓展能力。

(2)翻译语言具有"杂糅"特征:张爱玲翻译语言研究显示,翻译语言具有语际偏离和语内偏离双重倾向,同时杂糅了英文原文和汉语原创的双重结构形态,是一个既偏离又融合原著和原创语言特征的翻译语言"杂糅体"。

(3)翻译语言具有较强的文学性特征:以冰心翻译语言为例,研究发现,冰心翻译语言的形式化较强,节奏感强,翻译修辞手段大量存在,提升了冰心翻译语言的文学性。冰心翻译的文学性内核与描述对象密切相关,表现形式与语言节奏关联,而其价值实现的途径在于劝说手段的使用,这体现了冰心高超的文字功底和准确灵活的翻译策略。

(4)翻译语言的修辞可发挥积极的概念功能、语篇功能和人际功能,提升作品文学价值:翻译语言的修辞与其原文有同有异。以冰心翻译与原创中"海"修辞的使用为例,研究发现,冰心翻译中"海"的修辞用法比例比冰心原创中高,但两者皆以隐喻为主,且情感色彩都以积极为主,概念投射类型相似,体现了英汉修辞的共同点和相似性;冰心翻译和原创的"海"修辞发挥了积极的概念功能、语篇功能和人际功能:不仅揭示了文章的主题和内容,也形成了超越语篇层面的意义衔接链条,而且具有较强的情感功能,提升了作品的文学价值。

(5)翻译语言与原创语言在明喻运用上有共通特征,但也具有独特功能:杨绛翻译语言的语内类比数据显示,杨绛翻译与原创在明喻主题、概念整合类型和情感色彩方面有较多共通之处,实现了"译创合一"的效果,共同组建了杨绛文学的知识图谱。然而,杨绛翻译的明喻也呈现出异于原创的独特性,在翻译语境中发挥了新的概念、语篇、认知创新和人际功能。

(6)翻译语言呈现出词汇创新和结构复杂化两大价值形态,可发挥独特的价值:三毛翻译语言在词汇和局部结构上的特点,构成了翻译语言较为独特的价值形态,体现了翻译语言独特的价值功能。三毛翻译语言的价值形态,充分体现了三毛全身心投入原作的理解过程,而又有限地局部偏离汉语规范的"我手译我心"的翻译精神,彰显了三毛严谨而活泼的翻译态度,得到了跨时代、跨地域读者的欢迎,对当下的中外翻译实践具有重要的指导意义。

(7)翻译语言往往具有历时特征和时代痕迹:通过对多译本语言特征的历时分析,可知各个译本的语言往往受到原文形式化特征的影响,在关键词使用上不同程度地偏离原文。语料库证据可揭示译者风格和思想,是译者的"指纹";"疑似冰心译本"的来源和身份并不明确,不符合冰心一贯的翻译思想。

（8）女作家的翻译语言呈现出从"杂糅"到"融合"的历时变化：从历时角度看,五位女作家的翻译语言不论在整体特征,还是在微观局部结构上,都呈现出从"杂糅"到创新性"融合"的变化趋势,体现了女作家自身的译写风格及其与社会规范的互动。

（9）女作家汉译外语言特征体现了其深切的文化自信和读者关怀：冰心选择李清照的词进行英译,是出于对中国经典文学文化的认同。从语言特征看,冰心翻译充分体现了"精确"的翻译原则,同时也展现了冰心对译作接受度的深刻思考,体现了译者对中国传统文化的深度认同、对原文意义的透彻理解,以及对目的语读者体验和情感的深切关照,为我们在"中国文化走出去"背景下开展汉译外翻译实践、促进中国文化融入世界文化,提供了翻译实践的典范案例,在当下具有重要的实践指导意义和理论推广价值。

（10）女作家汉译外语言中隐喻的恰当运用有助于实现译作的共情效果：冰心译本采用了"基本对应＋局部灵活处理"的翻译策略,通过准确再现李清照原文的隐喻信息,采用新诗形式,以细腻的客观描述,表达略显淡化的情感,从而实现"介绍自我为主"的目的,塑造陌生化的中国诗歌形象,达到了有距离的共情的效果。

本研究所提出的翻译语言价值描述框架为基于语料库的翻译研究提供了理论支撑,是创新尝试,也是在总结归纳了较多个案研究基础上得出的观点。该框架在描述女作家翻译语言特征的个案研究中得以应用,从不同角度展现了女作家翻译语言的独特价值形态以及共性表现。

另外,研究详细描述了女作家翻译语言的价值形态及其历时变化,为我们考察翻译语言独特的价值体系提供了实证数据和有力证明；研究所得出的结论具有可信度,个案研究的思路和框架为今后的语料库翻译研究提供了参考。

然而,由于研究时间较短,语料库样本量还在补充,研究所提出的翻译语言价值理论框架以及研究结论虽然具有可信度和创新性,但需要在更多样本和个案研究的基础上,进一步论证、丰富和完善。今后的研究将从更加微观的层面切入,考察女作家翻译语言价值形态的个性特征、与历史语境的深层互动以及女作家翻译语言的共情机制等问题。

注释

①《孤雁儿》又名《御街行》,许渊冲译本中的名称为《孤雁儿》,与冰心译本的《御街行》为同一首词。

参考文献

ARISTOTLE, 1954. Rhetoric[M]. Jowett B(Trans.). New York: Random House.

BAKER M, 1993. Corpus linguistics and translation studies: implications and applications[M]//BAKER M, FRANCIS G, TOGNINI-BONELLI E. Text and technology: in honour of John Sinclair. Amsterdam/Philadelphia: John Benjamins Publishing Company: 233-250.

FETTERMAN A K, EVANS N D, COVARRUBIAS J J, 2021. On the interpersonal function of metaphor use: daily metaphor use fluctuates with empathy and perspective taking[J]. Social Psychology(52): 23-35.

GRANGER S, LEROT J, PETCH-TYSON S, 2007. Corpus-based approach to contrastive linguistics and translation studies[M]. Beijing: Foreign Language Teaching and Research Press.

HALLIDAY M A K, 1978. Language as a social semiotic: the sociolo gical interpretation of language and meaning[M]. London: Edward Arnold

HOLDCROFT D, 1991. Saussure: signs, system and arbitrariness [M]. Cambridge: Cambridge University Press.

LEECH G, 1983. Semantics: the study of meaning [M]. 2nd ed. Harmondsworth: Penguin Books Ltd.

QIAN, N X, 2015. Politics, poetics, and gender in Late Qing China: Xue Shaohui (1866—1911) and the era of reform[M]. Standford, Calif: Stanford University Press.

RAWLINGS M K, 1938. The yearling[M]. New York: Simon Pulse.

SAUSSURE F, 2001. Course in general linguistics[M]. HARRIS R (Tran. and ed.). Beijing: Foreign Language Teaching and Research Press.

TOURY G，1980. In search of a theory of translation[M]. Tel Aviv：Porter Institute for Poetics and Semiotics.

TOURY，G，1995. Descriptive translation studies-and beyond [M]. Amsterdam：John Benjamins.

TOURY G，2012. Descriptive translation studies-and beyond[M]. Amsterdam：John Benjamins Publishing Company.

TSENG M Y，2015. Multimodal figuration of product stories：experience crossing and creating empathy[J]. Narrative inquiry，25(1)：113-130.

UYMAZ M，ÇALIŞKAN H，2018. Determination of perceptions of social studies teacher candidates about empathy by means of metaphors [J]. Journal of multidisciplinary studies in education，2(4)：80-91.

WANG KF，QIN H W，2014. What is peculiar to translational Mandarin Chinese? A corpus-based study of Chinese constructions' load capacity[J]. Corpus linguistics and linguistic theory，10(1)：57-77.

WOLF M，2007. Introduction：the emergence of a sociology of translation [M]//WOLF M，FUKARI A. Constructing a sociology of translation. Amsterdam：John Benjamins：1-38.

YONG H M，PENG J，2007. Bilingual lexicography from a communicative perspective[M]. Amsterdam：John Benjamins Publishing Company.

安徒生童话和王尔德童话的汉译.童话故事网 http://www.tonghuasky.org/classicfairytalebooks-21.aspx

冰心,1998.冰心译文集[M].南京:译林出版社.

冰心,2015.冰心译文选[M].王炳根,选编.福州:福建教育出版社.

曹顺庆,2018.曹顺庆:翻译的变异与世界文学的形成[J].外语与外语教学(1):126-129.

常阳,2017.交际—语义翻译理论视角下《李清照词》三种英语全译本的对比研究[D].开封:河南大学.

车明明,赵珊,2012.翻译过程中李清照词意境之美感再现:以许渊冲的翻译为例[J].重庆理工大学学报(社会科学),26(12):83-88.

陈宇,2005.近十年杨绛研究综述[J].山西师大学报(社会科学版)(6):66-70.

戴光荣,左尚君,2018.汉语译文中轻动词的使用特征研究:基于语料库的探讨[J].外语教学与研究,50(2):268-280,321.

戴郁莲,2014.论陌生化手法在诗词翻译中的再现[D].上海:东华大学.

丁琪,2010.论三毛创作的文化视野及意义[J].内蒙古大学学报(哲学社会科学版)(5):102-106.

杜舒亚,2020.外国诗歌,一个到不了的远方?:以叶芝《当你老了》为例谈外国诗歌赏析[J].语文建设(7):70-72.

丁松青,2015a.三毛,译.兰屿之歌 清泉故事[M].北京:北京十月文艺出版社.

丁松青,2015b.三毛,译.刹那时光[M].北京:北京十月文艺出版社.

冯全功,张慧玉,2020.文学译者的修辞认知转换动因研究[J].外语教学,41(2):87-92.

傅敬民,2014.翻译功能探索[J].上海大学学报(社会科学版),31(2):116-125.

高歌,2013.杨绛译作《吉尔·布拉斯》中的对等翻译[D].西安:西安外国语大学.

葛文峰,季淑凤,2009.中国典籍英译的风格再现:"易安词"英译个案分析[J].宜宾学院学报,9(1):83-86.

葛文峰,2016.美国第一部李清照诗词英译全集的译介与传播[J].中华文化论坛(9):74-79.

谷羽,2020.译诗无止境 心思宜缜密:李清照词《如梦令》六个俄译本对比赏析[J].中国俄语教学,39(3):72-78.

郭鸿杰,宋丹,2021.海峡两岸翻译文本"被"字句变异研究:变项规则分析法在描写译学中的应用[J].外语与外语教学(1):84-97,148.

郭建中,1986.论西方的翻译对等概念[J].中国翻译(5):2-7.

郭淑婉,2005.翻译家冰心[D].广州:广东外语外贸大学.

郭延礼,郭蓁,2009.中国第一位女性翻译文学家:薛绍徽[J].东方翻译(2):37-40.

郭延礼,2000.二十世纪中国近代文学研究学术历程之回顾[J].文学遗产(3):117-127.

郭延礼,2010.女性在20世纪初期的文学翻译成就[J].中国现代文学研究丛刊(3):38-50.

郭延礼,2014.女性小说书写中的"以译代作":兼论中西文化交流早期的一个倾向性问题[J].文史哲(3):5-17,165.

汉语原创童话故事.童话故事网 http://www.tonghuasky.org/classicfairytalebooks-21.aspx.

胡安江,2005.文本旅行与翻译变异?:论加里·斯奈德对寒山诗的创造性"误读"[J].解放军外国语学院学报(6):67-72.

胡靖红,2009.生态伦理批评视野中的《鹿苑长春》[D].兰州:西北师范大学.

胡开宝,李涛,孟令子,2019.语料库批评翻译学[M].北京:高等教育出版社.

胡开宝,李晓倩,2015.语料库批评译学:内涵与意义[J].中国外语,12(1):90-100.

胡开宝,孟令子,2017.批评译学研究:翻译研究新进展[J].外国语(上海外国语大学学报),40(6):57-68.

胡开宝,2009.基于语料库的莎剧《哈姆雷特》汉译本中"把"字句应用及其动因研究[J].外语学刊(1):111-115.

胡开宝,2018.数字人文视域下翻译研究的进展与前景[J].中国翻译,39(6):24-26.

胡开宝,2021.数字人文视域下现代中国翻译概念史研究:议题、路径与意义[J].中国外语,18(1):10-11.

胡显耀,曾佳,2009.对翻译小说语法标记显化的语料库研究[J].外语研究(5):72-79.

胡显耀,2006.当代汉语翻译小说规范的语料库研究[D].上海:华东师范大学.

胡显耀,2021.语料库文体统计学方法与应用[M].北京:外语教学与研究出版社.

黄国文,陈莹,2014.从变异看《论语》的英语翻译[J].外语与外语教学(3):61-65.

黄科安,1999.喜剧精神与杨绛的散文[J].文艺争鸣(2):56-64.

黄立波,2008.英汉翻译中人称代词主语的显化:基于语料库的考察[J].外语教学与研究(6):454-459.

黄立波,2017.基于专门用途语料库的翻译研究综述[J].北京第二外国语学院学报,39(2):70-82,136.

黄立波,2021.语料库翻译学理论研究[M].北京:外语教学与研究出版社.

黄忠廉,袁湘生,2018.变译理论专栏[J].上海翻译(4):71.

黄忠廉,2002.变译的七种变通手段[J].外语学刊(1):93-96.

黄忠廉,2016.达:严复翻译思想体系的灵魂:严复变译思想考之一[J].中国翻译,37(1):34-39.

季淑凤,李延林,2014.李清照的异域知音:美国诗人雷克思罗斯的易安词译介研究[J].北京社会科学(12):34-40.

季淑凤,2015.古词译介与经典重构:美国李清照词的翻译出版[J].出版科学,23(6):98-103.

金木,1991.访陈学昭记[J].上海鲁迅研究(2):237-239.

柯飞,2005.翻译中的隐和显[J].外语教学与研究(4):303-307.

柯林斯词典,http://www.iciba.com

拉布莱依,2009.《瓣咱》及其他故事[M].陈学昭,译.杭州:浙江文艺出版社.

蓝启红,2019.论中国文学海外传播的文学性坚守[J].哈尔滨师范大学社会科学学报(4):140-142.

李东芳,2005.现代文学场域下的女性写作:论女作家陈学昭的创作风格及其文坛地位的形成[J].妇女研究论丛(4):56-62.

李光泽,2013.《源氏物语》在中国的传播与接受[D].长春:吉林大学.

李克,朱虹宇,2021."共情修辞"的学理渊源与机制构建[J].当代修辞学(4):57-69.

李克,2021.共情修辞与人类命运共同体[J].天津外国语大学学报,28(2):144-145.

李清照,2006.李清照词选[M].许渊冲,译.石家庄:河北人民出版社.

李天贤,王文斌,2012.论文学翻译视域融合的"有界"与"无界":以李清照《如梦令》为例[J].外语教学,33(6):93-96,100.

李旭,2016.目的论视角下《当你老了》的两个译本对比研究[J].现代语文(语言研究版)(6):148-149.

李延林,季淑凤,2014.李清照词在美国的英译方法及启示[J].中州学刊(1):161-166.

林佩璇,2005.从冰心、泰戈尔的主体经验看翻译中积极接受的重要性[J].福州大学学报(哲学社会科学版)(3):76-80.

林佩璇,2016.意识形态规约下的诗歌创作与翻译改写:以《古老的北京》冰心译文为例[J].闽江学院学报,37(6):70-81,90.

林怡,2009.中西文化交流视域下的闽籍翻译家[J].中共福建省委党校学报(3):81-87.

刘锦晖,文军,2021.形象建构视域下英译本《李清照诗词全集》探析[J].解放军外国语学院学报,44(3):137-144.

刘静观,刘杨,2021.杨绛译作与创作中幽默元素的互文性研究[J].中州学刊(8):160-164.

刘立香,李德超,2018.翻译偏离现象研究:基于 *Le Tour du Monde en Quatre-vingts Jours* 两个汉译本的语料库分析[J].外语与翻译,25(4):1-7,98.

刘立香,李德超,2019.冰心翻译和创作语言特征对比:以明喻结构为例[J].译苑新谭(1):20-29.

刘立香,吴建平,2012.冰心翻译语言特征研究[J].福建师范大学学报(哲学社会科学版)(6):119-125.

刘立香,2016.历史语境下的翻译偏离及其接受:基于薛绍徽翻译《八十日环游记》的研究[J].西藏大学学报(社会科学版),31(2):196-202.

刘立香,2018.20世纪初至60年代闽籍女作家翻译语言研究:基于语料库的考察[M].厦门:厦门大学出版社.

刘全福,2010.在"借"与"窃"之间:文学作品重译中的伦理僭越现象反思:以《呼啸山庄》两个汉译本为例[J].东南大学学报(哲学社会科学版),12(4):93-96,105,128.

刘树元,2004.三毛散文语言艺术特色论[J].湖州师范学院学报(5):10-14.

刘泽权,汤洁,2018.基于文献计量学的杨绛著译研究现状可视化分析[J].河北大学学报(哲学社会科学版),43(3):24-32.

刘泽权,王梦瑶,2018.《老人与海》六译本的对比分析:基于名著重译视角的考察[J].中国翻译,39(6):86-90.

刘泽权,朱利利,2019.国内外语料库翻译认知研究对比考察:基于 Web of Science 和中国知网数据库的可视化分析[J].解放军外国语学院学报,42(1):29-38,159.

刘泽权,2016.两岸三地百年女性文学翻译史论构建的意义与方法[J].中国翻译,37(3):26-34,128.

刘泽权,2017.大陆现当代女翻译家群像:基于《中国翻译家辞典》的扫描[J].中国翻译,38(6):25-32.

卢巧丹,卢燕飞,2005.从皮尔斯符号学角度看翻译对等[J].外语与外语教学(3):49-51.

卢月风,2020.蔚蓝的视角:冰心诗歌中的海洋意象探析[J].浙江海洋大学学报(人文科学版),37(1):50-55.

罗列,2014.论 20 世纪初中国女性译者的间接翻译及自觉意识[J].外语教学理论与实践(3):71-76,97.

马丽娜,2012.功能派理论下的创造性翻译[D].上海:上海外国语大学.

玛乔丽·劳林斯,2015.鹿苑长春[M].张爱玲,译.2 版.北京:北京十月文艺出版社.

莫惊涛,2000.李清照的情感世界及其表现形式[J].理论学刊(2):121-123.

庞双子,王克非,2019.从"第三语码的拓展"看语料库翻译学动向[J].外语教学,40(1):95-99.

彭松,2019.冰心的海洋书写与五四海洋情怀的生发[J].鲁东大学学报(哲学社会科学版),36(4):14-19.

漆家佳,2014.从翻译美学角度看李清照词英译意境美的传递[D].合肥:安徽大学.

钱虹,2003.用生命浇灌梦中的"橄榄树":台湾女作家三毛的创作历程及其作品的阅读接受[J].同济大学学报(社会科学版)(6):98-103.

钱红旭,2013.叙事学视角下张爱玲《鹿苑长春》译本改编研究[D].重庆:四川外国语大学.

钱少武,2010.冰心、林徽因创作心境比较论:对福建女作家的一种研究[J].福建论坛(人文社会科学版)(7):84-87.

乔澄澈,2010.翻译与创作并举:女翻译家杨绛[J].外语学刊(5):109-112.

秦洪武,司佳冰,2015.翻译与目标语发展的互动研究:翻译与现代汉语言据类标记的历时变化[J].外国语(5):23-32.

秦洪武,王克非,2009.基于对应语料库的英译汉语言特征分析[J].外语教学与研究(2):131-136.

秦洪武,李婵,王玉,2014.基于语料库的汉语翻译语言研究十年回顾[J].解放军外国语学院学报,37(1):64-71,160.

荣松,1995.论冰心的爱海与写海[J].当代文坛,4(2):52-54.

三毛,2019.稻草人手记[M].北京:北京十月文艺出版社.

石慧,2018.翻译美学视角下杨绛《小癞子》两中译本对比研究[D].西安:西安外国语大学.

石宁,2013.陈学昭延安时期文学创作论[D].西安:陕西师范大学.

石艳,2013.翻译适应选择论视角下的李清照词英译本对比研究[D].杭州:浙江工商大学.

束定芳,2000.论隐喻的基本类型及句法和语义特征[J].外国语(1):20-28.

束定芳,2003.论隐喻与明喻的结构及认知特点[J].外语教学与研究(2):102-107,161.

孙会军,2018.中国小说翻译过程中的文学性再现与中国文学形象重塑[J].外国语文(5):12-15.

唐聪,2019.从格式塔异质同构看文学作品中文化意象的翻译[D].上海:上海外国语大学.

陶婧,2011.冰心译诗研究[D].芜湖:安徽师范大学.

田文军,胡汝昉,2007.对等翻译理论在商标词翻译中的应用[J].语言与翻译(4):36-39,45.

佟晓梅,霍跃红,2010.对张爱玲译者身份边缘化的生态翻译学解读[J].外语与外语教学(6):79-82.

屠国元,李静,2022.论本色译者杨绛[J].中国翻译,43(2):103-108.

涂慧,2014.如何译介,怎样研究:中国古典词在英语世界[M].北京:中国社会科学出版社.

王东风,2004.变异还是差异:文学翻译中文体转换失误分析[J].外国语(上海外国语大学学报)(1):62-68.

王芳.论现代女性文本中的母女情结[J].求索,1999(4):98-101.

王克非,胡显耀,2008.基于语料库的翻译汉语词汇特征研究[J].中国翻译,29(6):16-21,92.

王克非,胡显耀,2010.汉语文学翻译中人称代词的显化和变异[J].中国外语,7(4):16-21.

王克非,秦洪武,2017.基于历时复合语料库的翻译与现代汉语变化考察[J].外语教学与研究,49(1):37-50,159.

王克非,2012.语料库翻译学探索[M].上海:上海交通大学出版社.

王克非,2016.构建新型的历时复合语料库[N].中国社会科学报,9-19(7).

王克非,2021.翻译研究拓展的基本取向[J].外国语(上海外国语大学学报),44(2):69-74.

王克非,梁茂成.Word Smith方法在外语教学研究中的应用[J].外语电话教学,2007(3):3-7＋12.

王敏,2010.冰心爱的哲学中的海洋文化观[J].福建论坛(人文社会科学版),4(S1):174-175.

王淑杰,于松,2018.英汉思维差异在语言中的反映[J].开封教育学院学报,38(5):60-62.

王文斌,2013.论英语的时间性特质与汉语的空间性特质[J].外语教学与研究,45(2):163-173,318.

魏东,2011.杨绛作品的语言艺术研究[D].合肥:安徽大学.

魏群,2006.翻译家冰心研究[D].武汉:华中师范大学.

文学武,2015.女性·革命·炼狱:丁玲、陈学昭人生道路比较[J].文艺争鸣(2):35-40.

武光军,王克非,2011.基于英语类比语料库的翻译文本中的搭配特征研究[J].中国外语,8(5):40-47,56.

吴漠汀,2011.被遗漏的"犹抱琵琶半遮面":闵福德和他对《红楼梦》后四十回的翻译,集中讨论刺激性联想的场景[J].红楼梦学刊(6):274-289.

肖忠华,戴光荣,2010.寻求"第三语码":基于汉语译文语料库的翻译共性研究[J].外语教学与研究,42(1):52-58,81.

谢天振,2005.译介学[M].上海:上海外语教育出版社.

辛红娟,郭薇,2018.杨绛翻译观的中庸义理解读[J].中国翻译,39(4):61-66.

许钧,2003."创造性叛逆"和翻译主体性的确立[J].中国翻译(1):8-13.

许钧,2004.翻译价值简论[J].外语与外语教学(1):35-39.

许钧,2021.关于文学翻译的语言问题[J].外国语(上海外国语大学学报),44(1):01-08.

徐梅,袁可嘉,2019.落"叶"归根[J].诗歌月刊(6):18-19.

徐晓敏,2015.诗歌《当你老了》及其汉译文的系统功能语言学研究[D].呼和浩特:内蒙古大学.

许渊冲,赵凤兰,2021.人生处处皆翻译:许渊冲访谈[J].名作欣赏(19):25-37.

杨冬梅,2006.花:李清照自我情感的外在表征[J].学术交流(3):140-142.

杨华轲,2002.杨绛散文的独特价值[J].南都学坛(4):69-72.

杨绛,1964.堂吉诃德和《堂吉诃德》[J].文学评论(3):63-84.

杨绛,1984.介绍《小癞子》[J].读书(6):73-85.

杨绛,1986.失败的经验(试谈翻译)[J].中国翻译(5):23-29.

杨绛,1994.杨绛译文集[M].南京:译林出版社.

杨绛,1988.洗澡[M].北京:三联书店.

杨绛,2009.杨绛文集(散文卷下).北京:人民文学出版社.

杨柳,2013.从女性主义翻译观看译者主体性[D].成都:四川师范大学.

杨清波,吴传珍,2014.李清照《乌江》七译对比研究[J].中国翻译,35(4):79-82.

杨仕章,2019.价值论视角下翻译变异的阐释研究[J].解放军外国语学院学报,42(4):151-158.

杨朝军,2000.对等翻译论纲[J].上海科技翻译(1):10-13.

姚慧颖,2014.易安词英译探究[D].上海:上海外国语大学.

姚继中,2015.论《源氏物语》翻译验证研究:以紫式部原创和歌翻译为例[J].外国语文,31(1):112-119.

叶姗姗,2011.试论杨绛钱钟书讽刺艺术的异同及探源:以《洗澡》、《围城》为例[J].林区教学(7):43-44.

叶芝,2005.当你老了(外一首)[J].李立玮,译.教师博览(1):47.

尹伯安,2000.重译贵在创新:《名利场》两种译本的评析[J].山东师大外国语学院学报(4):79-83.

游晟,2018."场域—惯习"视角下张爱玲的翻译及其译作接受[J].福建医科大学学报(社会科学版),19(1):54-59.

袁榕,1995.名著重译应确保译文质量:从一名著重译本谈起[J].外语研究(1):44-48.

岳孟杰,2017.文学翻译的"文学性"研究:以王尔德《快乐王子集》的三个中译本为例[D].上海:上海外国语大学.

张焕新,田宁,2017.叶芝诗歌《当你老了》两个译本的经验功能对比研究[J].开封教育学院学报,37(9):48-50.

张婧,2014.李清照《如梦令》的同构关系分析[J].山西师大学报(社会科学版),41(S1):105-106.

张李贝,2012.基于语料库的李清照诗词翻译风格再现研究[D].上海:上海外国语大学.

张砾尹,李沁柯,2020.话语的"江湖"突围:时评隐喻建构的价值呈现:基于对公众号"六神磊磊读金庸"的研究[J].理论月刊(12):154-160.

张默芸,1983.台湾女作家三毛创作简论[J].福建论坛(5):116-120.

张珊,2014.翻译美学视角下李清照词的英译研究[D].无锡:江南大学.

张鞾,2009.论杨绛幽默的表现形态[J].福建论坛(社科教育版)(12):38-40.

张娅玲,2016.诗歌翻译的情感传递:以叶芝 *When You Are Old* 四种译本的对比分析为例[J].淮海工学院学报(人文社会科学版),14(6):65-67.

张琰,2014.宋词英译策略探究:以李清照《声声慢》为中心[J].中国文化研究(1):140-146.

张映先,2002.《红楼梦》翻译中的文学形象变异与创造式想象[J].外语与外语教学(9):47-50.

赵倩,2014.同构衔接在李清照词及其英译中的应用:以李清照《声声慢》及杨宪益、戴乃选译本为例[J].山西师大学报(社会科学版),41(S2):113-115.

赵秋荣,肖忠华,2015.基于语料库的翻译研究:现状与展望:第四届"基于语料库的语言对比与翻译研究"国际学术研讨会综述[J].中国翻译(2):69-71.

赵彦春,吴浩浩,2017.从认知诗学视角考察文学性的翻译[J].外语研究,34(3):65-71.

郑永慧,1985.著名的女翻译家:杨绛[J].中国翻译(8):39-41.

钟桂松,1999.个性·情感与气质:论陈学昭的创作[J].中国现代文学研究丛刊(3):207-214.

中国社会科学院语言研究所词典编辑室,2008.《现代汉语词典》[M].5版.北京:商务印书馆.

钟毅,2019.陌生化语言的翻译与剧本"文学性"的实现:20 世纪八、九十年代奥尼尔戏剧汉译本研究[J].中国翻译,40(5):121-129,190.

周锦涛,2005.抗战时期延安女性知识分子及其革命化:以陈学昭为例[J].学术论坛(1):135-140.

周妙妮,2015.操纵理论视角下 *The Yearling* 汉译本的对比研究[D].湘潭:湖南科技大学.

周倩倩,2012.大陆学术界的三毛研究综述[J].南京晓庄学院学报,28(1):85-91.

朱爱秋,2019.论李清照词英译本中的女性主义翻译策略[D].苏州:苏州大学.

朱英丽,黄忠廉,2019.文学性增译双刃效果论[J].中国俄语教学,38(2):62-67.

庄浩然,1986.论杨绛喜剧的外来影响和民族风格[J].福建师范大学学报(哲学社会科学版)(1):57-63,70.

附　录

1.陈学昭翻译童话的"使动结构"标注举例

1.…/ude1 孩子/n 就/d 跳舞/vi 跳/vi 得/ude3［使/v］人/n 心醉/vi ,/wd 骑马/vi 骑/v 得/ude3 …〈使＋小句/补语/褒义〉

2.这些/rz 格言/n［使/v］骄傲/a 的/ude1 可爱/a 王子/n 很/d 高兴/a ,/wd〈使＋修饰语＋名词＋副词＋形容词/谓语/中性〉

3.…砂? a 王子/n 的/ude1 无知/an 并/cc 不/d［使/v］他/rr 高兴/a 。/wj 他/rr 常常/d 忧虑/v…〈使＋人称代词＋形容词/谓语/贬义〉

4.温情/n 的/ude1 慈爱/an［使/v］他/rr 放弃/v 了/ule 一切/rz 可行/a 的/ude1 办法/n 。/wj〈使＋小句/谓语/贬义〉

5.…她/rr 是/vshi 唯一/d 能够/v［使/v］国王/n 回忆/v 起/vf 他/rr 美好/a 的/ude1 童年/t 和/cc 青年/n 时代/n 的/ude1 人/n 。/wj〈使＋小句/修饰语/褒义〉

6.…念书/vi 。/wj 我/rr 的/ude1 教师/n 们/k［使/v］我/rr 厌倦/v 。/wj "/wyy "/wyz…〈使＋小句/谓语/贬义〉

7.…为了/p［使/v］我/rr 高兴/a ,/wd 念/v 吧/y …〈使＋人称代词＋形容词/介词宾语/褒义〉

8.… a 女/b 教师/n 的/ude1 神气/a ,/wd 竟/d［使/v］巴惹/n 十分/d 害怕/a 。/wj 接着/c ,…〈使＋小句/句段/贬义〉

9.… ude1 聪明/an 和/cc 他/rr 的/ude1 温柔/an［使/v］他们/rr 大为/d 惊诧/a 。/wj …〈使＋人称代词＋形容词/谓语/贬义〉

10.…姆? n 复述/v 得/ude3 这么/rz 好/a ,/wd［使/v］神父/n 有/vyou 一/m 天/qt 偶然/ad 也/d…〈使＋小句/结果状语/褒义〉

11.…砂？a 王子/n 的/ude1 学问/n 同样/d 也/d［使/v］哲学家/n 感到/v 很/d 惊奇/a ，/wd 每天/ …〈使＋小句/谓语/褒义〉

12.…以来/dl 曾经/d 是/vshi 那样/rzv 地/ude2［使/v］人/n 绝望/an 。/wj"/wyz 我/rr …〈使＋人称代词＋形容词/谓语/贬义〉

13.… ude1 心愿/n ，/wd 就是/d 娶/v 那个/rz［使/v］我/rr 成为/v 这样/rzv 的/ude1 人/n 的/ude1 …〈使＋小句/修饰语/褒义〉

14.… wd"/wyz 这/rzv 真/d 是/vshi 一个/mq［使/v］你/rr 显得/v 高贵/a 的/ude1 举动/n 。/wj …〈使＋小句/修饰语/褒义〉

15.… a，/wd 王国/n 的/ude1 辛劳/an 事务/n［使/v］他/rr 身心交瘁/al 而/cc 死/v 。/wj 老/a …〈使＋小句/谓语/贬义〉

16.…"/wyz 我/rr 的/ude1 朋友/n ，/wd 你/rr［使/v］我/rr 害怕/v 。/wj "/wyy …〈使＋人称代词＋动词/小句/贬义〉

17.您/rr 背/v 的/ude1 这个/rz 句子/n 是/vshi［使/v］我/rr 那样/rzv 讨厌/v 的/ude1 演说/vn 中/f 的/ude1 一/m 句/q 。/wj〈使＋人称代词＋动词/修饰语/贬义〉

18.…p 掌握/v 你/rr 的/ude1 命运/n ，/wd［使/v］你/rr 忏悔/v 自己/rr 的/ude1 叛逆/n 之/ …〈使＋小句/目的状语/贬义〉

19.… a 床/n 上/f 。/wj 然后/c ，/wd 为了/p［使/v］这个/rz 最/d 无辜/a 的/ude1 人/n 害怕/v …〈使＋小句/介词宾语/贬义〉

20.… wd 因而/c 她/rr 的/ude1 病/n 并/cc 不/d［使/v］任何/rz 人/n 吃惊/a 。/wj 每个/r 人/n …〈使＋小句/谓语/贬义〉

21.… /n 咒/v 起/vf 。/wj 这种/r 粗暴/a ，/wd［使/v］他/rr 常常/d 总/d 是/vshi 赞成/v 强者/n 一/m 而/q 的/ude1 意见/n ，/wd 而/cc 实在/d 却/d 并/d 没有/v 什么/ry 自己/rr 的/ude1 主张/n 。/wj〈使＋并列句/谓语/贬义〉

22.… n 扣留/v 了/ule 六/m 次/qv ，/wd 因而/c［使/v］医生/n 对/p 他/rr 消除/v 了/ule 所有/b 怀疑/vn 。/wj〈使＋小句/结果状语/中性〉

23.…为了/p 人民/n 的/ude1 利益/n ，/wd 为了/p［使/v］王室/n 安定/an ，/wd 他们/rr 请求/v 国…〈使＋名词＋形容词/目的状语/中性〉

24.… wj 维埃维尔/nrf 作/v 了/ule 一/m 篇/q［使/v］人/n 那么/d 感动/v 的/ude1 演说/vn ，/wd …〈使＋小句/修饰语/褒义〉

25.…n ，/wd 觉得/v 他/rr 的/ude1 丧服/n［使/v］他/rr 显得/v 更加/d 美丽/a 了/y 。/wj …〈使＋小句/谓语/褒义〉

26.…睛/n ,/wd 那/rzv 忧郁/a 的/ude1 眼神/n［使/v］国王/n 吃惊/a 而/cc 沉醉/vi 。/wj …〈使＋名词＋形容词/谓语/褒义〉

27.…vf 了/y 。/wj 这种/r 冷淡/n［使/v］可爱/a 国王/n 感到/v 惊诧/an 。/wj 他/r …〈使＋小句/谓语/贬义〉

28.…"/wyz 夫人/n ,/wd 您/rr 真/d［使/v］我/rr 失望/a！/wt "/wyy 国王/n 喊/v …〈使＋人称代词＋形容词/谓语/贬义〉

29.…应该/v 属于/v 您/rr 。/wj 把/pba 这/rzv［使/v］我/rr 嫉妒/v 的/ude1 假面具/n 拿下/v 来 …〈使＋人称代词＋形容词/修饰语/贬义〉

30.…/v 您/rr ,/wd 我/rr 很/d 幸福/a 没有/d［使/v］您/rr 感到/v 讨厌/v 。/wj 您/rr 只要/c…〈使＋小句/谓语/贬义〉

2.杨绛明喻结构标注举例

1.…士的传记也不想出版了。"我这个故事干燥得［象］芦苇,没一点生发,文笔枯涩,思想贫薄,毫…〈人物类〉〈人物话语类〉〈世俗—自然〉〈故事—自然景物〉〈贬义〉

2.…他走上来夺过长枪,折作几段,随手拿起一段,把堂吉诃德结结实实地揍了一顿。堂吉诃德虽然披着一身铠甲,也打得［象］碾过的麦子一样。骡夫的东家都大声喝住他,…〈人物类〉〈人物状态类〉〈世俗—世俗〉〈状态—加工过的植物〉〈贬义〉

3.…信。我自己肚里有个计较,即使老天爷让王国［象］雨点似的落下地来,一个也不会稳稳地合在玛…〈事物类〉〈世俗—自然〉〈住所—自然景物〉〈褒义〉

4.…近的人一定还记得他的事情。我这么一想,就［象］热锅上的蚂蚁也似,急要把我们这位西班牙名…〈人物类〉〈人物状态类〉〈世俗—自然＋世俗〉〈状态—动物〉〈贬义〉

5.…羊角杯在各人手里传来递去,一会儿满,一会儿空,［象］水车上的吊桶;面前两皮袋酒转眼就空了一只…〈事物类〉〈世俗—世俗〉〈事物—事物〉〈中性〉

6.…谁要向她谈情,尽管是正经纯洁地求婚,她就［象］弹弓似的,把人家一下子弹得老远。她生就这…〈人物类〉〈人物动作类〉〈世俗—世俗〉〈人物—事物〉〈贬义〉

7.…因为忽然出现一个光艳照人的神仙——她真［象］个神仙。原来牧羊

姑娘玛赛(女拉)在墓旁岩…〈人物类〉〈人物相貌类〉〈世俗—精神〉〈相貌—神仙〉〈褒义〉

8.…或是干下了狠心事儿自鸣得意吗?或是要[象]个全无心肝的尼罗,居高临下地观赏烧剩的罗…〈人物类〉〈人物动作类〉〈世俗—世俗〉〈人物—精神〉〈贬义〉

9.…那样骑驴去的,不过,是骑跨在驴背上,还是[象]一口袋肥料似的横搭在驴背上,那可远不是一…〈人物类〉〈人物动作类〉〈世俗—世俗〉〈人物—事物〉〈贬义〉

10.…来的人咒诅了一百二十遍,才从地下爬起来,[象]一张土耳其弓似的伛着腰站在当道,直不起身…〈人物类〉〈人物动作类〉〈世俗—世俗〉〈人物—事物〉〈贬义〉

11.…褥子薄得象床单,里面尽是疙瘩,要不是窟窿眼里露着羊毛,摸来硬绷绷的疙瘩就[象]石子;两条床单好象盾牌上的皮革;一条毯子…〈事物类〉〈世俗—自然〉〈事物—自然景物〉〈贬义〉

12.…可是胁上作痛,总睡不着。堂吉诃德也痛得[象]兔子似的大睁着眼睛。客店里已经寂无人声,…〈人物类〉〈人物情感类〉〈世俗—自然〉〈情感—动物〉〈贬义〉

13.…一数二的,不但有刚才说的那点功用,而且还[象]剃刀一样锐利,铠甲尽管坚厚,或有魔法呵护…〈事物类〉〈世俗—世俗〉〈事物—事物〉〈褒义〉

14.…正够倒运的,即使您真找到这么一把剑,也就[象]治伤油似的,只对封上骑士的才有用;至于待…〈事物类〉〈世俗—世俗〉〈事物—事物〉〈贬义〉

15.桑丘说:"那么,您底下这边只有两个半盘牙;上面这一排半个都没有,什么都没有,整片光溜溜的象手[掌]一样。"〈事物类〉〈世俗—世俗〉〈人物身体—人物身体〉〈贬义〉

16.…能结合"一畦芦笋"的意义。一说,芦笋的根[象]耙齿;一说,芦笋是贴地生长的。西…〈自然类〉〈自然—世俗〉〈自然景物—事物〉〈贬义〉

17.…吃东西;忽见前面路上一大簇点点的光亮,好[象]一团流动的星星,向他们迎面而来。桑丘一见…〈事物类〉〈世俗—自然〉〈事物—自然景物〉〈中性〉

18.…条带子系住,带子一解,裤子马上掉落下来,[象]脚镣似的套在脚上。然后他高高掀起上衣,露…〈事物类〉〈世俗—世俗〉〈事物—事物〉〈贬义〉

19.…少钱呢?他们讲工资的时候,还是论月,还是[象]砌砖匠似的有一天算一天呢?"堂吉诃…〈人物类〉〈人物动作类〉〈世俗—世俗〉〈人物—人物〉

〈贬义〉

20.…那位异教徒原主的脑袋那么大,这只头盔完全[象]一只理发师的盆儿了。""桑丘,我告…〈事物类〉〈世俗—世俗〉〈事物—事物〉〈贬义〉

21.…吉诃德拿着盾牌招架不住,可怜的驽骍难得又[象]铜铸的一般,踢它刺它都不动。桑丘躲在驴子…〈人物类〉〈人物状态类〉〈世俗—世俗〉〈人物—事物〉〈贬义〉

22.…还不够,还得封上嘴巴,心里有话也不敢说,[象]哑巴似的,这实在是件苦事,叫人忍受不了。…〈人物类〉〈人物状态类〉〈世俗—世俗〉〈人物—人物〉〈贬义〉

23.…得比手套还软。然后我就带着她甜蜜的回信,[象]魔法师似的乘着风直飞回来,救您出这座炼狱…〈人物类〉〈人物动作类〉〈世俗—精神〉〈人物—神仙〉〈褒义〉

24.…院里多少大师、多少博士、多少神学家都可以[象]梨子似的由您挑选,由您说:"我要这个,不…〈人物类〉〈人物价值类〉〈世俗—自然〉〈人物—自然景物〉〈贬义〉

25.…一片催促声,新郎正等着她呢。当时我的悲苦[象]黑夜那样笼罩着我,我的欢乐象落日那样沉没…〈人物类〉〈人物情感类〉〈世俗—自然〉〈情感—自然现象〉〈贬义〉

26.…当时我的悲苦象黑夜那样笼罩着我,我的欢乐[象]落日那样沉没了。我眼前不见了光明,心里失…〈人物类〉〈人物情感类〉〈世俗—自然〉〈情感—自然现象〉〈贬义〉

27.…顾到旁的。溪水里有许多石头,她那一双脚就[象]嵌在石头堆里的两块白玉。他们看见这双脚又…〈人物类〉〈人物相貌类〉〈世俗—自然〉〈相貌—自然事物〉〈褒义〉

28.…脚。她把两手当梳子用。如果说她的脚在水里[象]两块白玉,她的手在头发里就象雪花捏出来的…〈人物类〉〈人物相貌类〉〈世俗—自然〉〈人物—自然事物〉〈褒义〉

29.…她的脚在水里象两块白玉,她的手在头发里就[象]雪花捏出来的。三个注视着她的人看了越加惊…〈人物类〉〈人物相貌类〉〈世俗—自然〉〈相貌—自然事物〉〈褒义〉

30.…直在苦修赎罪,光着上半身,住在这座山里,[象]个野人似的,睡就睡地下,吃面包也不摊桌布…〈人物类〉〈人物动作类〉〈世俗—世俗〉〈人物—人物〉〈贬义〉

3.冰心翻译李清照的修辞标注举例

One Branch of Spring Flowers

The sweet red lotus flower is gone，

And Autumn cools my green reed mats！

Slowly I doff my silken dress；

I enter alone my little boat.

Who from the cloud sends down to me

That letter scribed on silk?

The geese write across the sky〈拟人（大雁写字）〉

The symbol of the geese again；

Full moonlight fills my western room.

Apart the flowers fall，

Apart the waters flow away.

Love is but one and yet it mourns，

Being parted，in two separate places.

I have no power to shed my hurt；

Grief goes from my drawn brows

But pierces straightway my heart.〈隐喻（悲伤像刀子穿心）〉

To Drink Beneath the Shadow of the Flowers

The thin mist and heavy cloud

Make the day long and desolate；

The precious Jai-neo incense in the golden

lion is burnt and cold.

Again comes the happy festival on

this ninth day of the ninth moon.

On my jade pillow，beneath the

gauzy tent，

I feel the midnight coolness stealing〈隐喻（寒凉像贼侵入）〉

In upon me.

In the eastern garden I hold my

wine cup in the evening light.

Impalpable the fragrance that fills

my sleeves.

Do not say this can not break your heart;

I who in the west wind roll the curtain up，

I am thinner now than the yellow flowers！〈明喻（人比黄花瘦）〉

后 记

本书是 2020 年教育部人文社会科学研究规划青年基金项目"20 世纪中国女作家翻译语言的价值形态与历时演变"的最终研究成果。

自 2018 年厦门大学出版社出版了我的第一本语料库翻译学研究专著《20 世纪初至 60 年代闽籍女作家翻译语言研究——基于语料库的考察》之后,我一直在探究翻译语言价值体系的描写路径。这本书关注翻译语言的价值形态及其历时演变,以女作家的翻译语言为研究对象,采用语内类比和语际对比、横向和纵向比较等方法,对翻译语言的价值形态进行描写,是对此问题的进一步探索,也是这些年本人开展语料库翻译研究的一点思考。

我从 2003 年开始读硕士,读研期间跟随导师秦洪武教授学习建设语料库,熟悉了语料库软件的相关用途,对语料库翻译学有了初步认识。我的硕士学位论文《翻译过程的实验研究》收集了翻译学习者的有声思维语料,对其翻译单位和策略进行标注、统计和分析,形成了自下而上、基于文本分析的语料库辅助研究思路。2006 年硕士毕业后,我来到集美大学外国语学院工作,在科研工作中不断摸索学习语料库翻译学的研究思路。2009—2013 年我在厦门大学读博期间,跟随导师吴建平教授进一步学习了语料库的理论与方法,参与了多个语料库课题研究,积累了语料库翻译研究的经验,也开始着手自建冰心翻译语料库,并开展基于语料库的翻译研究写作。经过多年的探索和学习之后,研究开始有了一定的收获:我于 2012 年在《福建师范大学学报(哲学社会科学版)》第 6 期发表了《冰心翻译语言特征研究》一文,2014 年获得教育部人文社科青年基金项目立项,2018 年出版语料库翻译研究专著,其间不断探究语料库翻译学研究的理论、方法和路径。

目前本人在国内外期刊上正式发表学术论文 30 多篇,有 6 篇是基于语料库的女作家翻译研究,这些系列论文获得了业内专家和学者的认可。其中,论文《翻译偏离现象研究——基于 *Le Tour du Monde en Quatre-vingts Jours*

两个汉译本的语料库分析》原发表于《外语与翻译》2018 年第 4 期,被人大复印资料《语言文字学》2019 年第 4 期全文转载;论文《冰心翻译和创作语言特征对比:以明喻结构为例》于 2019 年发表在《译苑新谭》第 1 期,荣获"第八届天府翻译学术特别贡献奖";另有 1 篇发表在 CSSCI 期刊,1 篇发表于北大核心期刊。我在语料库翻译学研究的道路上,经常参加相关学术论坛、讲座,求教知名专家、学者,逐渐积累了一些学术经验和心得体会,在书中分享给读者。

本书深入探究了女作家翻译语言的各个维度,从宏观特征描述到微观结构分析,从语内类比到语际对比,从横向对比到纵向对比,对 20 世纪五位女作家的翻译语言进行了系统而客观的描述,并搜集了大量的副文本信息和研究文献,对个案研究的结论进行了阐释和剖析。虽然书中提出了不少具有创新性的学术观点和研究思路,但由于本人才疏学浅,知识面不够宽广,学术积累还不够深厚,所提出的理论框架的合理性、个案研究的系统性和整体性、研究结论的可靠性等还需进一步研究论证。

书中所写章节大多尚未发表,只有与香港理工大学李德超老师合作的"中外传唱、译有所为:基于李清照词英译本的语料库考察"这一节内容于 2021 年发表在《外语与翻译》第 3 期。

至此,衷心感谢我的硕士导师秦洪武教授一直以来的教导和关怀。每逢遇到研究困境,秦老师都能给予慷慨无私的帮助、醍醐灌顶的启发和催人奋进的鼓励。秦老师的学术写作有"十年磨一剑"的功力,每出一篇,皆为佳作。他精益求精、实事求是的学术精神激励我不断前进,踏实苦干,在语料库翻译学研究的道路上敢于突破,敢于创新。

感谢我的博士导师吴建平教授对我的关照。吴老师不仅从学术上指导我成长,为我指引努力的方向,还在生活和工作中给予教导和关心。在我 2019 年接手集美大学外国语学院副院长工作时,吴老师送给我"满招损、谦受益"六个字,让我时刻保持谦虚学习的态度,提醒我在繁忙的教学和行政工作中,不忘科研的使命,不断提升科研水平。老师为人谦和、笔耕不辍,引领我在学术的道路上"深挖一口井",砥砺奋进。

感谢香港理工大学中文及双语学系的李德超老师。我于 2017—2018 年在香港理工大学访学期间,在李老师的翻译课和 Book Club 读书会上,阅读了大量翻译研究文献,接受了系统的翻译理论思维训练。李老师指导我在学术上发展批判思维和独立观点;在课题和论文写作中,李老师给予了有力的帮助,是我学术路上的良师益友。

深深感谢我在学术路上遇到的三位恩师,是他们让我在求学的路上得到指引,在迷茫的时候找到方向,在奔跑的路上充满力量,不论风吹雨打,一直奋勇向前,努力成长。

感谢学界王克非教授、胡开宝教授、黄立波教授、刘泽权教授、胡显耀教授、戴光荣教授、杨信彰教授、张龙海教授、江桂英教授、侯国金教授、陈历明教授、林佩璇教授、冯德正博士、罗思明教授、徐海教授、刘康龙博士等老师在我学术成长之路上给予的鼓励和帮助。老师们学养深厚、思维活跃、见解独到,是我学习的榜样!

感谢我的同门陈文革教授一直以来的支持和鼓励,他经常与我探讨学术问题,给予我中肯的意见和建议。感谢我的同学李克教授。李教授在修辞研究方面造诣深厚,在我写作翻译共情修辞章节过程中,给予指导和修改,与我合作完成了该章节。感谢我的朋友陈伟彬副教授、陈曦副教授、赵威讲师、陈巧玲副教授、李荣茂副教授;在我写作本书的过程中,他们常常听我倾诉烦恼,给我温暖和鼓励。感谢集美大学外国语学院的领导、教授委员会对本书出版的支持。感谢同事们对我的信任和照顾,凡有难事,同事们都乐于相助。

感谢我的家人在我每天不间断的写作过程中,承担了家务,给予我支持和谅解,让我安心写作。感谢我的儿子,在完成作业之余,有时给我审稿,给我提意见,跟我一起讨论,为我带来了很多写作的乐趣。我平时工作忙碌,时间碎片化,只能抽空写作;寒假、暑假是写作的黄金时光,我把它们都用在了建库、标注和论文写作上,陪伴家人的时间格外少,实在愧疚。

最后,也感谢一直执着奋斗的自己,不论是读博、访学还是工作,都在努力拼搏,向阳生长。写作期间虽有疲惫、焦虑,但我始终告诉自己,这是前进中的困难,坚持就是胜利。这本书集合了自己这些年对语料库翻译学研究的思考,虽然有些观点尚需进一步验证,但倾注了大量心血,敬请专家学者批评指正。

书中难免有错漏之处,皆由本人负责。

刘立香

集美大学外国语学院

2022 年 6 月 26 日